LES FIANCÉES DU CAP TÉNÈS

VÉNUS KHOURY-GHATA

Les Fiancées du cap Ténès

ROMAN

J.-C. LATTÈS

Dubois-Thainville, chargé d'affaires à Alger,
au citoyen Talleyrand, ministre des Affaires extérieures

Citoyen Ministre *23 ventôse an 5*

Le vaisseau Le Banel *portant 200 marins, 329 militaires et 9 femmes, ayant à bord des munitions de guerre, s'est perdu le 19 nivôse sur les côtes de Barbarie, à l'ouest du cap Ténès. Les rapports qui me sont parvenus sur cet événement me font frémir. Les habitants des contrées où le naufrage a eu lieu se sont portés aux attentats les plus inouïs. Ils ont employé les moyens les plus barbares pour s'opposer au salut des Français. Ils ont brisé les embarcations, détruit les radeaux, coupé les cordes que les marins étaient parvenus à attacher à terre. Ils ont pillé et dispersé l'argent et une partie des effets qui se trouvaient sur le bâtiment. Les Français qui ont échappé à la fureur de la mer ont été dépouillés, mis à nu par le froid le plus vigoureux, assassinés ou traînés impitoyablement dans les montagnes. Plus de 200 ont péri de la main des barbares. Leurs cadavres sont encore étendus sur le rivage et sur la route d'Oran. Plusieurs naufragés, parmi lesquels se trouvaient des femmes, cinq selon les rumeurs, seront aux mains des Cabaïles. Les traités de la République, ceux de la Régence stipulent que tout bâtiment français échouant sur les côtes d'Afrique reçoive secours et protection et que les hommes, les effets et les marchandises seront respectés et restitués.*

Je vous salue très respectueusement
Dubois-Thainville, chargé d'affaires à Alger.

1

Il y a une tempête en mer et tout craque dans la montagne. Mouloud aurait continué à dormir, roulé dans son burnous crasseux, si le vent n'avait arraché des branches à son toit. C'est lui qui hurle dans les dunes, lui qui a courbé jusqu'à terre les palmiers de l'école coranique, lui qui soudain se tait pour laisser la place à ces appels lointains venus du large.

Qui crie ainsi face à Ténès quand le chef du village dort entouré de ses femmes et de ses servantes ? La lanterne de Mouloud éclaire un ciel d'encre puis fouille le paysage à la recherche des bouches qui crient. Le faisceau lumineux éclaire le sentier étroit qui mène au village, les toits de ce dernier, sa mosquée, son cimetière aux stèles boiteuses, puis la mer, houleuse en cette nuit de décembre. Sur la plus haute vague luit une lumière pareille à celle de Mouloud. « La mer aussi a sa lanterne », se dit-il, et un frisson le parcourt de la tête aux pieds.

Ce que le chevrier prend pour une lanterne n'est que des signaux de détresse. Un navire sombre face à Ténès. Il vient de France. Plus exactement de Toulon. Il fait partie des dix bâtiments de guerre envoyés par Bonaparte pour mater une rébellion d'esclaves à Saint-Domingue. Ses mâts grincent. Les fumées épaisses qui s'échappent de ses ouvertures souillent le ciel.

Mouloud dégringole la pente dans le noir. Il connaît le terrain qu'il arpente avec ses chèvres depuis qu'il sait marcher. Il s'arrête devant la première maison, frappe à sa porte, puis à toutes les portes de Ténès.

— Réveillez-vous ! crie-t-il affolé. Un navire fait naufrage dans vos eaux.

Des visages bouffis de sommeil apparaissent aux fenêtres. Les battants s'ouvrent avec lenteur. Pourquoi un navire viendrait-il s'échouer ici alors que la mer d'Allah est si grande ?

Personne ne croit le chevrier. Il a mauvaise réputation, car sa maison est en branchages. Le vent qui s'infiltre par les interstices joue de sales tours à ses oreilles. La vue des étoiles lui donne des hallucinations. L'homme est un *majnoun* [1], un délirant, né derrière le soleil. Il faut se méfier des chevriers. Ils élèvent des bêtes qui prennent leurs instructions du diable.

Mouloud ne comprend pas leurs hésitations.

— Par Allah ! sauvez ce navire. Honte à vous si ces voyageurs meurent face à votre village.

Comme ils demeurent réticents il ajoute :

— Ils doivent être très riches pour venir de si loin.

Les hommes à moitié endormis se réveillent d'un coup. Leurs regards s'allument. Ils se précipitent vers la mer et les fumées. Ils vont sauver les étrangers, Mouloud en est convaincu, sinon ils n'emporteraient pas leurs perches. Ils marchent contre le sable qui griffe leurs visages, vers le radeau ballotté par les vagues. Des centaines de silhouettes s'y sont entassées.

L'épuisement, le manque de place font lâcher prise aux plus faibles, qui disparaissent dans les flots sous l'œil de leurs camarades. Ceux qui atteignent la terre ferme sont trop exténués pour pousser plus loin. Soudain une clameur s'élève de derrière les dunes. Les habitants de Ténès surgissent. Ils s'approchent, une torche dans une main, une perche dans l'autre, bondissant de rocher en rocher vers les corps cloués par la terreur. Les coups pleuvent. L'air se gonfle de hurlements. Les mouettes qui dorment dans les anfractuo-

1. *Majnoun* : fou.

sités des rochers se réveillent et remplissent le ciel de leurs cris plaintifs. Des rescapés se jettent dans la mer alors qu'ils viennent de lui échapper. D'autres fuient vers le nord. Le vent les pousse dans cette direction. La nuée d'assaillants ne fait que grossir. Aux habitants de Ténès s'ajoutent les montagnards accourus des villages voisins. Des hommes vêtus de peaux de bêtes. Ils achèvent à coups de gourdin les agonisants, piétinent les morts. Les cris s'espacent, le vent les éparpille au loin. On entend quelques râles. Un grand silence succède au vacarme. Même le vent s'est tu. Les assaillants appuyés sur leurs perches regardent, les yeux exorbités, l'étendue du massacre. Celui qui semble être leur chef donne des ordres brefs. Les uns l'écoutent. D'autres ricanent. Les torches éclairent des bouches hilares. Mais le chef ne se laisse pas intimider. Il demande à tous les présents d'effacer les traces de leur méfait, puis de se retrouver chez lui.

— Il faut décider du sort des femmes. Elles seront attribuées aux plus courageux.

Mouloud qui s'est recroquevillé derrière une falaise reconnaît la voix de Mokrane.

2

Une heure plus tard, dans la maison de Mokrane. Des centaines de rescapés il ne reste que quatre femmes hagardes et trempées jusqu'aux os : une nonne, deux jeunes femmes et une adolescente.

— Qu'avez-vous fait des hommes ? crie Mouloud par-dessus la tête de la foule. Ils étaient cent, deux cents, même plus.

Des voix s'élèvent, mécontentes. Depuis quand les chevriers savent-ils compter ? Les chiffres fuient leurs doigts de ramasseurs d'herbes et de cailloux. On fait taire l'intrus. On le chasse tel un chien. Dans sa bêtise, il a oublié la devise des Bani Haoua : « Tout homme qui vient de la mer est un ennemi, un voleur, qui veut s'emparer de notre bétail et de nos femmes. »

Mouloud retourne vers la falaise. Le jour qui point derrière les rochers éclaire le navire à moitié englouti. Autour de la coque flottent des dizaines de noyés. Les Kabyles s'activent autour des corps éparpillés sur le sable. Ils les déshabillent puis empilent leurs vêtements sur le dos des mulets. Le mât qui sombre dans un grand fracas les fait sursauter. Ils s'enfuient avec leurs montures. Les dunes les avalent. Le bruit des vagues couvre le bruit des sabots qui courent. Des brodequins de cuir, des sabres et des épaulettes brodées débordent des selles. Mouloud reconnaît les muletiers à leurs voix qui claquent comme des fouets. Il les a déjà rencontrés dans les foires et les marchés. Tous appartiennent aux Bani Haoua. Les morts nus qu'ils ont laissés derrière eux ressemblent à des poupées brisées.

La foule dans la maison de Mokrane n'a pas fini de dévisager les étrangères. On les trouve aussi maigres que des poulets de *tichrine* [1], plus pâles que les murs de la *zaouia* [2]. Leurs cheveux jaunes sont de l'étoupe, de la mauvaise laine. Des prostituées, sinon elles n'auraient pas voyagé avec tous ces hommes.

— Elles viennent de très loin, c'est visible à leurs yeux décolorés, lance une vieille.

— Elles ont embarqué à Toulon, en France, précise le *thaleb* [3], le seul Bani Haoua à parler le français.

Hélène d'Harcourt, épouse du marquis de Courtavray, est âgée de vingt-trois ans. Marie Belleterre en a vingt, Mère Jeanne-de-l'Enfant-Jésus a cinquante ans, et Elise, orpheline de père et de mère, a fêté ses douze ans il y a une semaine.

Hélène tremble face aux hommes vêtus de peaux de bêtes et qui discutent bruyamment dans une langue

1. *Tichrine :* octobre.
2. *Zaouia :* sanctuaire.
3. *Thaleb :* élève de l'école coranique.

âpre qu'elle ne comprend pas. Sa mémoire est remplie de récits de voyageurs qui atterrissaient à la table de la comtesse douairière sa belle-mère. Les mots ne suffisaient pas pour décrire ces indigènes qui vivent en marge des lois, attaquant tout étranger, fût-il Espagnol, Maltais ou Français, qui s'aventurait dans leur contrée. Leur devise : un mahométan digne de ce nom, pour mériter le paradis, doit tuer un chrétien au moins au cours de son existence.

L'étonnement et la curiosité suscités par les voyageuses se transforment en pitié. On leur donne à manger de la semoule et du lait caillé. On leur lance des vêtements secs. Elles n'ont qu'à se dévêtir devant tout le monde, leur chair blafarde ne risque pas d'exciter les Kabyles.

Marie, Mère Jeanne et Elise s'exécutent sans broncher. Seule Hélène préfère garder ses haillons trempés. Elle n'a pas touché à la nourriture. Hélène voyageait en compagnie de son époux, le commandant Jacques de Courtavray. Marie devait retrouver son fiancé le capitaine Jean Soubiran, Elise suivait Mère Jeanne-de-l'Enfant-Jésus à Saint-Domingue où les chrétiens sont si nombreux.

— Pourquoi à Saint-Domingue ? demande le chef des Bani Haoua.

Mère Jeanne lui répond :

— Bonaparte qui a perdu la Louisiane et la Guyane a décidé de reconquérir cette île et de mater les rebelles conduits par un esclave noir, nommé Toussaint Louverture.

Hélène de Courtavray, enceinte de huit mois, aurait mieux fait de rester chez elle dans le château familial des Courtavray, au lieu de courir les mers. Une louve qui protège son petit, ses bras n'ont pas cessé d'entourer son ventre. Elle tremble de tous ses membres pendant que Marie pleure en silence et que la petite Elise est secouée d'un fou rire. Marie est sûre de faire un cauchemar. Elle va bientôt se réveiller face à Port-au-Prince. Son fiancé l'attend sur la digue, les bras grands ouverts pour l'enfermer à jamais dans sa vie. Seule

Mère Jeanne garde son sang-froid. Elle est l'aînée des rescapées, la seule à parler l'arabe, qu'elle apprit lorsqu'elle suivit les troupes françaises à Saint-Jean-d'Acre en tant qu'infirmière. Les Bani Haoua sont convaincus qu'elle est la mère des trois filles, d'où ce nom de *Yemma B'net* [1] qui circule de bouche en bouche. Elle essaie de les rassurer en déclarant qu'elle est infirmière.

— Elle guérit les maladies, explique le thaleb.

— Toutes les maladies ?

— Celles qui viennent des hommes, non d'Allah. Ses mains débusquent le mal qu'elle soigne avec des herbes. Elle les connaît toutes, même celles enfouies dans la terre.

— C'est un marabout ?

— Une guérisseuse. Elle apaise les souffrances des gens nés au Nord. Pourquoi ne le ferait-elle pas pour ceux nés au Sud ?

Un murmure d'approbation parcourt l'assistance.

— Allah dans sa grandeur a fait échouer le navire français face à Ténès, clame Mokrane. Dites à cette femme que nous la gardons, à condition qu'elle trouve preneur parmi les hommes.

Les Bani Haoua fuient le regard de leur chef. Aucun d'eux ne veut de la religieuse. Mouloud a honte d'eux, de lui-même aussi, si misérable dans ses vêtements loqueteux. Leur mutisme le rend téméraire. D'une voix aussi tremblante que celle de ses chèvres, il annonce qu'il prend Yemma B'net sous sa protection.

— Ma maison est indigne d'elle, mais elle saura la transformer par sa présence. Je ferai tout mon possible pour rendre sa vie moins pénible.

Un rire fait de mille rires accueille sa demande en mariage ; tous, sauf l'intéressée, l'ont prise pour telle.

Tous les regards convergent vers la religieuse. Va-t-elle accepter l'offre du chevrier ?

Mère Jeanne-de-l'Enfant-Jésus tend une main à Mouloud. L'autre main serre le bras d'Elise.

1. *Yemma B'net :* mère des filles.

— Je vous suivrai, mais avec cette enfant. Je l'ai recueillie à sa naissance. Elle n'a que moi au monde.

— Elle sera mieux chez moi. Elle est en âge de se marier.

L'homme qui a parlé est vêtu d'une vaste houppelande de soie. On le sent riche. Il ne fait pas partie de la tribu Bani Haoua. Il passait par là avec ses hommes lorsqu'il a entendu parler du naufrage et des femmes à vendre.

— Elle n'a que douze ans, proteste la religieuse.

— Mon fils en a treize. Ils apprendront l'amour ensemble. Aucune fille du pays n'a trouvé grâce à ses yeux. Nous avons passé au crible toutes les filles de la région, de Dalaa à Frikina. Mansour n'a jamais vu la neige. Il sera séduit par la blancheur de sa peau.

Les yeux d'Elise expriment une grande terreur. Est-ce pour la rassurer que l'homme à la houppelande lance cette dernière phrase qu'elle ne comprend pas ?

— Je la porterai jusqu'au *ksar* [1] sur mon dos s'il le faut. Des pieds aussi menus ne sont pas faits pour marcher sur nos chemins.

Des youyous accueillent ses paroles. Ils fusent du pavillon des femmes, des gorges des épouses de Mokrane agrippées aux barreaux des fenêtres. Toutes portent le même tatouage entre les sourcils. Un cercle de henné, la marque de leur appartenance à la maison.

Elise accordée au voyageur, tous les regards fixent Hélène et Marie. On se croirait à une foire aux chevaux. Les hommes tournent autour des deux femmes comme les maquignons autour des juments. Ils s'assurent de la capacité des bras à porter le bois et à tirer l'eau du puits. Le temps passe. Personne ne se décide. Soudain un homme voilé fend la foule en direction de Marie.

— Mes sept enfants sont morts à la naissance. Quelqu'un là-haut a décidé que ma progéniture doit nourrir les cimetières. Cette fille me donnera peut-être les fils qu'Allah m'a pris.

1. *Ksar :* place forte dans le désert.

L'homme s'empare de la main de Marie et l'entraîne vers sa monture attachée à un arbre.

Personne ne veut d'Hélène. Sa grossesse fait peur. L'enfant du Français assassiné sur la grève vengera son père lorsqu'il sera en âge de porter une dague. Il tuera dans son sommeil celui qui l'aura élevé. D'ailleurs la marquise ne facilite pas leur tâche. Son regard douloureux décourage les preneurs. Elle les soupçonne tous d'avoir massacré son mari. Leurs mains cachées sous leurs burnous sont maculées de son sang. Proposée trois fois de suite, Hélène ne trouve pas de protecteur. Ils se défilent l'un après l'autre, fuient le regard de leur chef qui décide, dans un élan de générosité, de garder Hélène de Courtavray chez lui. Elle grossira le nombre de ses femmes.

— Il y a toujours à manger pour une bouche en plus, marmonne-t-il en se levant.

3

L'homme voilé hisse Marie sur sa monture puis prend le chemin de la montagne. Arrivé sur une falaise qui surplombe la mer, il fait courir son cheval pour éviter à la jeune fille la vue de la grève, devenue un cimetière à ciel ouvert. Marie ne peut s'empêcher de se demander s'il a participé au massacre. La peur colle son corps au sien. Il l'effraie et la rassure en même temps. Elle ne connaît toujours pas son visage caché sous le *litham*[1] noir. Ses cuisses musclées emprisonnent les siennes. Son souffle fait frémir sa nuque. Marie ne pense à rien, même pas à Jean Soubiran qui doit guetter l'arrivée du Banel de la digue de Port-au-Prince. Elle a cessé de penser depuis que ses pieds ont touché le sable de Ténès. La vue des Kabyles qui mas-

1. *Litham :* voile.

sacraient ses compagnons puis déshabillaient leurs cadavres l'a vidée de toute sensation. Marie regarde Marie traverser le paysage crayeux sans se demander où elle va. L'homme doit connaître son chemin pour couper si souvent à travers champs. Il fend des terres nues. Le vent qui y règne en maître résonne dans le creux des rochers, dans les troncs vides des oliviers. Il faut grimper plus haut pour voir quelques moutons. Ils sont squelettiques. Leurs museaux avides cherchent l'herbe parmi les ronces. Il arrive à Marie d'apercevoir un épouvantail. Ce n'est qu'un berger. Son corps maigre enveloppé d'une *cachabia* [1] couleur terre ne se retourne pas sur leur passage. Cloué au sol, il fait partie de sa végétation grise, de ses ombres. L'homme voilé arrête sa monture au milieu d'un oued desséché, découvre son visage et parle pour la première fois. Il s'exprime dans un espagnol mâtiné de français appris au contact des commerçants qui achètent sa récolte. Il répète trois fois sa phrase afin que Marie puisse comprendre. Il lui demande de changer de nom pour brouiller la piste des morts français qui risquent de le retrouver et de se venger.

— Tu t'appelleras Maryam comme ma mère.

Il galope de nouveau, son voile a repris sa place sur son visage.

Le pays devient plus pauvre à mesure qu'ils montent.

Les villages sont réduits à quelques toits et un cimetière. Le même nombre de gourbis que de tombes. Des femmes aux bras chargés de myrte circulent entre les stèles.

Ils voyagent depuis le matin. Le soleil, devenu incandescent, brûle le dos de Marie. Sa tête dodeline sur ses épaules. Elle a le vertige. Elle a faim et surtout soif. Mais son compagnon n'est pas prêt à s'arrêter. Les oliviers, plus riches en noyaux qu'en chair, ne lui inspirent que mépris. Il pousse sa monture vers une ruine qui se profile derrière un groupe de palmiers. Il

1. *Cachabia :* vêtement en laine.

dit que c'était une vraie maison. Le propriétaire, un notable, est mort sans laisser de descendance. Personne n'a relevé les pierres qui se sont écroulées hiver après hiver.

Un nuage noir traverse son regard. Marie a compris un mot sur deux de ce qu'il a dit. Son espagnol est aussi archaïque que celui de la nourrice basque qui l'a élevée.

Il s'arrête, l'aide à descendre, l'emmène vers le puits, l'assoit à l'ombre d'un palmier. L'outre qu'il plonge dans le trou obscur sort ruisselante d'eau. Il trempe la tête de la jeune fille puis lui donne à boire.

— Bois ! Le soleil tue en toute saison.

Il étanche la soif de son cheval avant la sienne, puis se lève :

— On m'attend là-haut.

Son doigt désigne un massif montagneux.

— D'ici on ne voit que les pics. Ils entourent un plateau. La montagne l'abrite des vents.

L'homme a parlé derrière son voile, et Marie regrette de n'avoir pas revu son visage sculpté dans une pierre sombre.

Le village surgit après un tournant. Il est de la même couleur que la montagne. Des hommes en haillons sortent des maisons basses, aux petites ouvertures. Leur regard, lorsqu'il croise celui du cavalier, n'exprime aucun sentiment. Il ne reflète que le mouvement des palmiers au-dessus des toits. Personne ne le salue. Les femmes le suivent des yeux jusqu'à sa disparition derrière un massif de cactus. La côte pierreuse s'arrête devant un cimetière. Sept petites tombes y sont alignées dans un ordre parfait. Sept sépultures blanches aux voûtes arrondies. On dirait des ruches d'abeilles. L'homme à cheval n'est que l'apiculteur venu surveiller sa production de miel.

— Mes sept fils et filles, dit-il d'une voix étranglée.

— La mère est morte ?

— Ma femme, par la grâce d'Allah, est vivante. Elle veille sur ma maison et sur le domaine. C'est une maîtresse femme. Tu lui obéiras.

Marie est prise de panique. Elle a deviné l'essentiel. Quel genre de femme l'attend sous le toit qui apparaît au bout de l'allée ? Le cheval s'avance lentement, le cavalier ne fait rien pour forcer son allure.

Des tuiles rouges, des murs en pierre se cachent derrière les cyprès. Des auvents protègent la maison des pluies. Une femme sans âge se tient debout sur le perron. Des bracelets en argent ceignent ses bras maigres aux veines apparentes. Les mêmes, plus épais, entourent ses chevilles et écrasent ses pieds teints au henné. Elle salue son mari et ignore Marie qui les suit à l'intérieur, trois pas derrière eux. Seule la femme parle, l'homme se contente d'écouter. Elle le met au courant de tous les événements qui ont eu lieu durant son absence :

— L'eau du puits a tari d'un coup. Il faudra creuser du côté de l'oued pour trouver une autre source. Deux moutons manquent au troupeau. Ils ont été retrouvés à la foire du Harda. Le marchand les avait achetés à des gens de la tribu Beni Ghomérian, tous des voleurs.

La femme est de plus en plus volubile. Elle parle pour oublier la présence de l'étrangère, pour ne pas éclater en sanglots. Elle l'appelle *Sidi* [1] et lui *Hourma* [2]. A force de s'appeler Sidi et Hourma, ils ont peut-être oublié leurs vrais noms. Ils se déchaussent au seuil d'une vaste pièce au sol recouvert de tapis de haute laine. L'homme se tourne vers sa femme et lui explique en quelques phrases la présence de Marie sous leur toit.

— Cette fille a failli mourir noyée. Le navire qui l'emportait avec d'autres femmes a fait naufrage au large de Ténès. Mokrane les a données aux plus méritants. Il a gardé la plus belle et m'a donné la plus discrète. Tu lui apprendras à nous être utile. Peut-être nous donnera-t-elle les enfants qu'Allah nous a pris ?

Dans un geste d'effroi, l'épouse recouvre son visage jusque-là nu. On dirait un rideau qui tombe sur une

1. *Sidi :* homme.
2. *Hourma :* femme.

scène. Elle s'éloigne, silhouette raide au fond d'un couloir. Une porte la happe. Marie ne la voit pas de la soirée. Une jeune servante, Fatima, lui sert le dîner, à même le sol, sur un plateau en paille. Marie trouve exquis le bouillon de viande, la galette d'orge et la grappe de raisin. Maintenant qu'elle est rassasiée, elle examine la pièce autour d'elle. Une lampe-tempête éclaire les murs en pierres épaisses. La lueur de la flamme danse sur les jarres en terre cuite remplies à ras bord de céréales. Elles sont rouges, alors que le foyer creusé dans le dallage est noir de suies accumulées.

— Le feu alimente le feu de *tichrine* à *nissan* [1], lui explique Fatima. Il peut faire très froid sur ces hauteurs. Le douar est le plus haut village du Rif.

De cette phrase, Marie retient deux mots, douar et Rif, les seuls qu'elle a compris. Le village s'appelle le douar, l'homme a pour nom Sidi, répète-t-elle en elle-même.

Fatima l'aide à se déshabiller puis à se laver dans une bassine d'eau chaude. Marie lui sourit lorsqu'elle lui fait porter une djellaba en coton blanc. Ses vêtements boueux trempent dans l'eau du bain.

La servante ouvre à Marie la porte qui a englouti sa maîtresse, une heure auparavant. Un rideau vert divise l'espace en deux. Des halètements, peut-être des pleurs, parviennent de l'autre côté.

— Sidi a humilié Sitt Djélila, lui explique Fatima. Il n'aurait pas dû couper la chambre puisqu'elle accepte de partager votre intimité.

Marie ne comprend rien, mais elle hoche la tête comme si elle acquiesçait à la voix amicale. Paralysée par la peur, elle reste seule face au rideau, et au matelas déroulé sur le sol.

La poignée de la porte tournée de l'extérieur glace le sang dans ses veines. Sidi se tient dans l'embrasure. Sa lanterne fouille le visage de Marie, puis son corps. La jeune fille est brusquement happée par deux bras

1. *Tichrine* à *nissan* : octobre à avril.

puissants, bousculée en arrière, dénudée brutalement. L'homme s'allonge sur elle, pénètre entre ses cuisses, ahane, le dos tourné au rideau et au visage qui transparaît derrière le tissu. Djélila observe la scène, les orbites creuses, les pommettes saillantes, le menton osseux. Un long cri fuse de sa bouche lorsque Sidi défonce la chair fermée de Marie. L'épouse clame la douleur de la jeune fille. L'homme n'a pas encore fini de prendre son plaisir, qu'elle surgit face à la couche. Ses yeux ont repéré la tache de sang. Ses doigts maigres arrachent le drap maculé et l'emportent vers la cuisine pour le laver. Marie l'entend frotter, essorer, puis la voit suspendre le linge mouillé sur une corde tendue entre deux arbres. L'eau de la lessive arrose le pied du grenadier.

Le matin qui se faufile entre les barreaux de la fenêtre réveille Marie. L'homme n'est plus là. Sa femme accroupie dans un angle de la pièce égrène un chapelet en noyaux d'olivier. Que fait cette femme si près d'elle ? Marie a honte de sa chemise relevée jusqu'à la taille, de ses cuisses nues et du désordre qui règne dans la couche. Elle essaie de se lever mais Djélila l'en empêche.

— Reste allongée. Garde sa semence en toi. Laisse à l'enfant le temps de s'enraciner dans ton ventre. Plus vite tu nous donneras un héritier, plus vite nous te libérerons.

— Non ! proteste Marie.

— Trop tard ! Ton sang appartient à cette maison. Il a arrosé le pied du grenadier. Tu te dois à Sidi Hussein.

— Je n'aime pas Sidi Hussein. Mon fiancé m'attend à Port-au-Prince. C'est à lui que je ferai des enfants.

— Tu commenceras par nous. Notre descendance est malade. L'arbre a pourri jour après jour. Sept enfants morts en sept ans. Aucun fruit n'a tenu. « Coupe-le à la racine, change de terreau », conseillait l'imam à mon mari, qui s'entêtait à recommencer avec sa cousine aux entrailles maudites. Une vraie tombe. J'aurais mieux fait d'y enterrer mes petits au lieu de les confier à la *turba* [1], qu'il t'a certainement montrée. Il fait toujours un détour par le cimetière avant de rentrer chez lui.

Puis d'un air suppliant :

— Prête-nous ton ventre. Tu as toute la vie pour retrouver ton fiancé. Les femmes nées au Nord savent écrire. Pourquoi ne lui écris-tu pas ? Sidi postera ta lettre dans neuf mois lorsqu'il portera la récolte au Wali. C'est très loin ton Port-au-Prince ? demande-t-elle d'un ton soucieux. Plus loin qu'Alger, plus loin que le rocher de Gibraltar ?

Marie, qui a peur d'éclater en sanglots, se contente de hocher la tête comme si elle avait compris la question.

— Ça doit être le dernier pays du monde, répond Djélila. Là où s'arrêtent les routes, où le ciel touche la terre par la volonté de celui qui unit l'eau et le caillou, le mâle et la femelle.

Sa voix psalmodiante exaspère Marie. Elle préfère discuter avec son mari.

— Je veux lui parler, crie-t-elle d'un ton irrité.

— Parler à Allah ? s'étonne Djélila.

— A celui qui m'a emmenée dans cette maison. A Hussein.

Djélila sursaute.

— Une femme respectueuse ne prononce pas le nom de son homme. As-tu jamais entendu une jument appeler son cavalier ?

— Comment l'appeler alors ?

— Sidi comme tout le monde.

— Je veux le voir, insiste Marie.

— Tu attendras la nuit. Sidi ne rentre jamais avant le coucher du soleil. Un homme, c'est fait pour vivre dehors, piétiner la terre labourée ou en friche. Plus il est lourd, plus les marques de ses pas sont profondes. Les murs, les portes, les fenêtres, c'est fait pour les femmes. Pour les réunir avec ce qui leur ressemble et qui n'a pas d'âme : les marmites, les quenouilles, les

1. *Turba :* sépulture.

bassines et les arbres femelles. Ceux qui donnent des fruits comme le grenadier.

— Pourquoi avez-vous jeté l'eau de la lessive au pied du grenadier ?

— Le premier grenadier est né des larmes de Fatima, la fille du Prophète. Elle pleurait ses fils assassinés : Hassan et Hussein. Sidi a dû te dire que nous sommes chiites. Les seuls chiites du douar. C'est pour cette raison que les gens d'ici ne nous aiment pas.

Elle a parlé le dos tourné. Elle quitte la chambre sans regarder Marie. On dirait un cierge qui marche. Un cierge éteint.

Marie retrouve Sidi à la lueur de la lampe qui éclaire la chambre. Elle ne partage ni ses repas, ni ses pensées, mais cette couche où il la reprend nuit après nuit, face au rideau sur lequel s'imprime le visage de Djélila. Le sommeil la fuit. Elle pense à Jean Soubiran. Elle dormirait dans ses bras si *Le Banel* n'avait fait naufrage face au cap Ténès. La tempête faisait rage. Un incendie s'était déclaré à bord. Le commandant affolé prit la côte algérienne pour la côte espagnole. Il allait pouvoir accoster à Grenade, réparer les dégâts, puis reprendre sa route vers Saint-Domingue, dans le sillage des autres vaisseaux commandés par le général Leclerc, beau-frère de Bonaparte, époux de Pauline. Jean Soubiran faisait partie de ses troupes.

Marie n'aurait pas connu Jean Soubiran si sa grand-mère ne passait ses après-midi à sa fenêtre. Aussi agile des doigts que de la langue, elle décortiquait avec la même rapidité les petits pois et les passants :

— Tiens ! la femme du pharmacien a un nouveau chapeau. Elle doit avoir un amant. Les trois filles du docteur sont aussi charbonneuses que les casseroles de leur mère. Une bonne à tout faire, même à réchauffer le lit de son patron qui a fini par l'épouser.

Les visages étrangers l'inquiétaient. Le sang lui montait à la tête. Elle se sentait flouée. Le maire, le facteur auraient dû la mettre au courant.

— Que fait ce type chez nous ? Que contient sa mallette ? Elle doit peser lourd pour qu'il penche du côté droit. Mais qu'est-ce que je vois là ? Vite Marie. Un homme à plumes.

Marie, qui accourut, vit un shako sur la tête de l'homme.

— Demande-lui d'où viennent ses plumes, trépignait sa grand-mère.

— Grand-mère aimerait savoir où vous avez acheté vos plumes ? cria Marie par-dessus la rambarde.

— En Australie, fit-il, sérieux. Ce sont des plumes de casoar.

— On l'a plumé pour vous ?

— Pour tous les diplômés de Saint-Cyr.

— C'est un nouveau saint votre Cyr ?

— Plutôt une école, créée par Bonaparte.

— Qu'apprend-on dans cette école ?

— A vaincre.

— Qui ? demanda-t-elle, prise au jeu.

— Tous les ennemis de la France. Toussaint Louverture en premier. Il veut nous chasser de Saint-Domingue.

La grand-mère, jusque-là muette, intervint :

— Votre Toussaint m'intéresse. Il vous faudra revenir pour me le raconter.

Jean Soubiran revint six après-midi de suite, puis embarqua le septième, après avoir demandé à Marie d'attendre son retour.

— Je t'épouse dans un an, lui avait-il lancé avant de disparaître dans l'escalier. Une plume s'était détachée de son shako, et s'était posée sur le seuil. Marie l'avait ramassée. Elle ne l'a pas quittée depuis.

Au cours des six visites, les deux femmes apprirent une foule de détails sur l'esclave rebelle. Toussaint Louverture commençait ses lettres à Bonaparte par la formule : « Du premier des Noirs au premier des Blancs. » Celui-ci lui répondait par la même formule, mais inversée : « Du premier des Blancs au premier des Noirs. »

Les lettres de Jean Soubiran cessèrent au bout de trois mois. Marie écrivit au ministère de la Marine, à celui des Armées, même au gouverneur de Saint-

Domingue sans obtenir le moindre renseignement le concernant. Etait-il toujours en vie ? Elle apprit qu'on se battait dans l'île et que bon nombre de soldats français étaient portés disparus. Les mulâtres avaient surnommé Port-au-Prince Port-au-crime, à cause du carnage perpétré par les troupes françaises. Leur vengeance fut terrible. Ils empoisonnèrent l'eau des sources, coupèrent les routes, pratiquèrent la politique de la terre brûlée. Leur haine de l'occupant fit baptiser un point d'eau où ils jetaient les cadavres des prisonniers français : puits de Mme Leclerc.

— Il n'est pas exclu que Jean Soubiran soit du nombre, lança à Marie un greffier désinvolte. Cette supposition terrible l'assomma. Elle tomba gravement malade. Une méningite se déclara du jour au lendemain. Ses déplacements lorsqu'elle guérit se limitaient au salon où elle relisait les lettres de son fiancé. Elle aurait fini sa vie cloîtrée chez elle sans cette enveloppe portant un timbre étranger. Jean Soubiran était vivant. Il lui demandait d'embarquer sur *Le Banel,* à Toulon, dans trois jours.

« J'étais prisonnier, disait la lettre. Mon premier acte d'homme libre est pour toi. Je t'aime. »

Marie Belleterre embarqua avec deux robes pour tout bagage. Dans l'ourlet de celle qu'elle portait, elle avait enfermé les précieuses lettres ainsi que la plume de casoar tombée du shako de Jean.

4

Elise, qui s'éloigne derrière l'émir du ksar, ne quitte pas Mère Jeanne des yeux.

— Cesse de regarder en arrière, lui crie la religieuse. Je saurai te retrouver.

Quatre cavaliers escortent la jeune fille achetée trois livres-or. Elise a vu la bourse quitter la main de l'émir, voltiger dans l'air puis atterrir entre les mains de Mokrane. Elle devrait remercier Dieu au lieu de pleurer. Elle aurait pu finir avec l'un des assassins de ses camarades si l'émir ne s'était pas trouvé à Ténès ce jour-là. « Trois livres-or pour une fille impubère ? C'est trop cher payer », avaient riposté les jaloux. Un caprice du seigneur du désert qui veut greffer sa race d'un sang nouveau. Un sang pâle. Il en supportera les conséquences quand lui naîtra un petit-fils aussi blême que le sable de son domaine.

L'émir galope face au soleil. Sa vaste houppelande recouvre la croupe de son alezan, couleur feu. Il se retourne vers sa future bru pour s'assurer qu'elle le suit, et celle-ci lui sourit entre ses larmes. Les voyageurs suivent le littoral vers Tiffassed où les attend la caravane. Elise va au trot. Elle évite de regarder la mer qui lui a ravi ses compagnons de voyage.

Ils atteignent la ville le lendemain. Son aspect labyrinthique fait peur à Elise, sa saleté la rebute. Elle ignore que les façades crasseuses cachent des cours immaculées et des fontaines où l'eau cascade en liberté. Les ânes, les mulets qui circulent dans un bruit d'enfer ajoutent au tintamarre des ferronniers. Elise se bouche les oreilles pour échapper aux appels des marchands de tapis qui racolent les passants. Elle n'a qu'une idée, semer ses gardes et retrouver Mère Jeanne. Ses rêves d'évasion deviennent possibles devant chaque ouverture. Les marches qui descendent vers les caves, celles qui grimpent jusqu'aux terrasses lui donnent envie de sauter de sa selle et de se fondre dans la foule anonyme des passants. Elle perd tout espoir en voyant la caravane de l'émir alignée contre le mur de la mosquée. Les chevaux, qui ont du mal à traverser le désert, sont renvoyés dans les écuries. Les chameaux les remplacent. Deux bras soulèvent Elise par les aisselles et la posent au creux d'une bosse. Le ciel bascule quand la bête se redresse. Le long cou flexible fait une rotation complète sur lui-même lorsque Elise s'y accroche. Il tente de se débarrasser des bras qui l'étranglent. Elise hurle de terreur.

Le regard rassurant de l'émir l'empêche de se jeter dans le vide. Il donne l'ordre à un jeune chamelier de ne pas la quitter avant la fin du voyage. Il engage également un *drogman*[1] qui l'initiera à la langue du pays afin qu'elle puisse dialoguer avec son futur époux.

Elise ne voit pas l'utilité d'apprendre l'arabe. Elle va bientôt s'enfuir, retrouver ses compagnes, rentrer en France.

La caravane s'ébranle, suivie par une horde de mendiants. Leurs doigts s'accrochent aux selles. Leurs supplications se transforment vite en litanie :

« Jetez une pièce sur le chemin d'Allah. Jetez une pièce sur le chemin d'Allah. »

Tiffassed disparaît à mesure que la caravane s'en éloigne. Cent bêtes et autant d'hommes s'enfoncent dans l'arrière-pays. Les marchandises sont déchargées à chaque escale. Elise entend des noms de villes qu'elle oublie aussitôt. Car toutes se ressemblent. Miliana, Ksar-el Boukhari, Djefla, Laghouat, Ghardaïa puis le désert.

— Pourquoi l'émir n'habite-t-il pas la ville ? demande-t-elle à son guide.

— Il aime le Sahara, berceau de ses ancêtres, tous des nomades. Ils s'étaient fixés dans la palmeraie, il y a plus de cinq cents ans. Ils venaient d'Arabie. Ils ont apporté l'islam sur le dos de leurs chameaux et le chant du muezzin dans le creux de leurs oreilles.

Le désert s'annonce par des hameaux couleur de terre et les palmiers poussiéreux. Les maisons à moitié écroulées, ou *kherbas*, n'appartiennent à personne. Les vents brûlants, le manque d'eau ont fait fuir les propriétaires. Les dunes, de plus en plus hautes, annoncent la rupture avec le monde habité. Elise est sûre qu'elle ne reverra plus Mère Jeanne et son cœur se serre jusqu'à l'étouffer. Sa vie se déroulera désormais de l'autre côté de cette étendue de sable.

Le vent ajoute à sa panique. Lui qui soufflait en

1. *Drogman :* traducteur.

sourdine tant qu'ils cheminaient à l'abri des murs se déchaîne dans cet espace ouvert. Il gifle les visages, s'introduit sous les vêtements, fouette les corps. Les turbans se déroulent et viennent recouvrir les faces crispées. La caravane, bruyante jusque-là, devient silencieuse. La bouche qui s'ouvre avale des aiguilles de sable. La tête basse, les hommes marchent jour et nuit. Ils s'arrêtent aux heures chaudes de la journée quand le soleil transforme leur ombre en tache ronde sous leurs pieds. La décision revient aux bêtes qui s'immobilisent, hument l'air de leurs narines puis s'accroupissent par terre. On leur donne raison, surtout quand entre deux dunes apparaissent ces cavaliers vêtus de bleu. Leur regard, lorsqu'il croise la caravane, est lourd de mépris. Les nomades crachent sur le passage de l'homme domestiqué par l'homme. Leur rire sarcastique fait frémir le sable. Ils cinglent leurs montures pour échapper à la vue des sédentaires. Ils n'aiment pas l'émir du *ksar.* L'homme vit dans un lieu fixe, entre des murs en dur. Il dort toutes les nuits sous le même ciel et la même étoile. Il est stable et ils sont mouvants. Il est riche et ils sont pauvres. Ils lui reprochent de vendre ses dattes au lieu de les laisser aux oiseaux et aux voyageurs. Ils lui reprochent surtout d'avoir élevé une muraille autour de sa palmeraie, et d'avoir un fils qui héritera de ses biens.

Le *khamsin* [1] se lève alors qu'ils touchent à la fin du voyage. Les chameliers s'emmitouflent dans leurs couvertures dans l'attente d'une accalmie. Seul l'émir affronte la tempête, la tête haute, le visage découvert. Son *hiram* en laine, tissé par les femmes de sa tribu, recouvre la croupe de son chameau. C'est certainement lui qui donne au vent l'ordre de se taire, au sable de se calmer. L'air est d'une grande transparence. Le regard atteint les plus lointains horizons. Tous les yeux fixent le même point : une tache verte dans tout cet ocre et ce blanc. Son apparition est saluée par une grande clameur. Les chameliers vont pouvoir retrou-

1. *Khamsin :* le sirocco.

ver leur famille quittée depuis six mois. La main en lisière sur le front, Elise regarde dans la même direction. La tache verte est encerclée par une muraille. Une bâtisse blanche agrémentée de tours en occupe le centre. Un château en plein désert.

— C'est le ksar, lui explique son drogman. La tribu habite sous les tentes. Seule la maison de l'émir est en pierre.

La vision devient réalité à mesure que la caravane s'approche des remparts. Une porte géante, aux battants cloutés, s'ouvre devant les voyageurs. Des femmes, des enfants, des vieillards déferlent de tous les coins de la palmeraie. Ils viennent accueillir ceux qui leur apportent le blé, les fils, les épices et l'odeur des villes. Le regard d'Elise va d'une tente à l'autre, tissées en poil de chameau, mais de dimensions différentes. La même gandoura blanche enveloppe les corps des hommes. La même ceinture bleue souligne les tailles. La même dague pend sur les hanches. L'oreille aux aguets, ils écoutent leur maître.

— Dites à mon fils que je l'attends, et conduisez cette fille chez les femmes. Mansour l'épouse demain. Que tout soit prêt pour la noce.

Les visages affichent la même gêne, le même embarras. La révolte gronde dans le cœur d'Elise, pourtant elle avait deviné ce qui l'attendait en suivant l'émir dans son *ksar*. Elle voudrait protester mais aucun son ne sort de sa gorge, nouée par l'anxiété. D'ailleurs personne ne la comprendrait. La foule l'a séparée de son interprète, et les mots qu'il lui a appris au cours du voyage se limitent aux objets. Ils n'expriment aucun sentiment.

Un vieux serviteur conduit Elise vers le pavillon des femmes. Il annonce son arrivée à travers un *moucharabiah* [1], puis se retire, la laissant seule devant la porte.

— C'est la fiancée du jeune maître, clame-t-il suffi-

1. *Moucharabiah :* jalousie.

samment haut pour être entendu par tout le palais. Il l'épouse demain, à la tombée de la nuit.

Les battants s'ouvrent violemment. Des femmes de tous les âges dévisagent Elise. Les yeux soulignés de khôl la fouillent de la tête aux pieds. La consternation s'inscrit sur les faces.

— C'est une *oueled,* une enfant, répètent les lèvres brunes.

— Pas un poil sous les aisselles, renchérit une autre. Zulma sera contente. Rien à épiler.

Elles pouffent de rire. Les seins opulents tressautent sous les robes. Elise passe de main en main. On l'entraîne au hammam, on la déshabille, on s'extasie sur sa blancheur et sur les lobes de ses oreilles. Ses longues tresses blondes sont défaites par les doigts impatients, lavées, puis ointes de parfum. Les paumes de ses mains sont teintes au henné. De henné aussi les pieds. La teinture rouge protège des morsures de serpents. Le corps d'Elise suscite une dernière réflexion dont elle ne comprend pas le sens.

— Ses hanches sont aussi étroites que celles d'un gholam. Elle a des chances de plaire à Mansour.

— Qu'est-ce qu'un gholam ?

— Un garçon.

De nouveau ce rire, qui s'arrête net lorsque Elise leur demande de lui parler de Mansour. Les regards se consultent, se fuient, se diluent dans leur khôl. Les réponses évasives sont aussi troubles que l'eau du bain.

— Mansour est à la fois bouc et papillon. Il donne des coups de cornes puis s'envole. Il fait semblant d'aimer pour plaire à son père. Aucune fille de la palmeraie n'a pu le saisir jusqu'à ce jour.

— C'est une sauterelle, explique une autre. Il ravage le champ sur lequel il se pose. Il laisse le *kharab* [1] et la destruction derrière lui. Une fille s'est suicidée à cause de lui.

— Ne les écoute pas, riposte une troisième, muette

1. *Kharab :* ruine.

jusque-là. Mansour n'est pas mauvais. Je le connais mieux que personne. C'est un palmier hybride, ni mâle, ni femelle. Il ne donne pas de fruits. L'apparence est belle, mais si âpre le goût.

Une vieille qui grignote des pépins s'essuie la bouche du revers de sa manche et réprimande les médisantes.

— Ne jetez pas le trouble dans le cœur de cette enfant. Autant empoisonner l'eau d'un puits. Cessez de noircir mon petit-fils.

Mais Elise n'a rien compris et le drogman n'est plus là pour traduire.

Les femmes baissent les yeux, honteuses, et se dirigent vers la *maïda* [1]. Le dîner est servi sur un grand plateau en cuivre. Un mouton entier est couché sur une montagne de riz au safran. Elise admire la dextérité de ses compagnes à rouler les boulettes et à les envoyer d'un geste rapide dans les bouches. Elle aurait mieux apprécié ces nourritures exquises avec une fourchette. Sa maladresse suscite l'hilarité de ses camarades. Certaines insinuent hypocritement qu'elle serait peut-être plus adroite au lit. Le repas terminé, elles lui montrent la chambre conjugale. Elle ne devait la découvrir qu'après la cérémonie des noces.

— Tu dors dans le pavillon des femmes, ce soir. Nous t'offrons une couverture et des chuchotements dans l'obscurité.

Elise sombre dans un profond sommeil que le bavardage de ses voisines n'arrive pas à altérer. Le bruit du vent dans les palmiers la réveille à l'aube. Penchée par-dessus la rambarde de la fenêtre, elle découvre le *ksar* à la lumière du jour. Jeunes et vieux s'agitent dans tous les sens. Les enfants apportent le bois aux mères accroupies devant les feux. Des odeurs de cumin et de curcuma se dégagent des marmites posées en équilibre sur les pierres. Les relents attirent les chiens qui sont chassés à coups de cailloux. Les

1. *Maïda :* table.

filles, pendant ce temps, se dirigent vers le puits, au fond de la palmeraie. Une jarre posée sur la tête, elles ondoient des hanches en gardant le buste droit. La démarche altière devient provocante au passage d'un homme. Les langues humectent les lèvres brunes, le regard se fait insistant. Elles feignent d'ignorer l'homme tout en le scrutant de la tête aux pieds. Leur corps ruisselle de sueur et de sensualité.

Leurs rires cascadent autour du puits et apportent une note de fraîcheur à ce monde torride. Elise pense aux rires de ses camarades, la nuit dans le parloir, lorsque la surveillante éteignait les lumières. Des rires aigus et bas alors que ceux des filles du désert sont hauts et sonores. Elles ne semblent pas pressées de rentrer. Elles ont toute la journée devant elles pour aider leurs mères à touiller le riz, laver les gamelles, rentrer les petits frères et sœurs, puis cacher les braises sous la cendre en attendant le prochain repas.

Le soleil qui a accompli la moitié de sa course dans le ciel assomme les habitants de la palmeraie. Ils déjeunent vite puis font la sieste. Elise, à sa fenêtre, distingue des corps allongés à travers l'ouverture des tentes. Les ustensiles de cuisine accrochés aux poutres luisent doucement dans la pénombre. Toute à sa contemplation de ce monde silencieux, elle n'entend pas frapper à la porte. Ses camarades sont là, rieuses, parées de leurs atours. Elles l'ont laissée dormir jusqu'à midi. Elle a besoin de prendre des forces en prévision de la nuit qui l'attend. Elles pouffent dans leurs mains et derrière leur voile. Elise est priée de leur raconter son dernier rêve, celui qui précède la nuit de la *dakhla* [1], présage de l'avenir du couple. Elles lui demandent aussi si ses seins ont grandi au cours de son sommeil, le désir gonfle les mamelons des femmes et l'entrejambe des garçons. La vieille les rabroue. Elle en a le droit. Elle est la grand-mère du fiancé qu'elle a élevé depuis la disparition de sa mère, morte en couches. Oum Chahid a horreur des insinuations obscè-

1. *Dakhla :* la nuit de la pénétration.

nes. Elle connaît mieux que personne les travers et les faiblesses de son petit-fils. Le mariage le détournera des mauvaises habitudes dues aux fréquentations malsaines. Une fente appétissante donnera à Mansour le goût de la femme. C'est Oum Chahid qui lance le premier youyou quand apparaît le bossu chargé de porter la mariée sur son dos, la coutume le veut. Ses pieds ne doivent pas effleurer le sol. La vieille n'est pas contente. Elle rêvait d'un mariage traditionnel, une union pareille à celles qui ont lieu dans la palmeraie. Le garçon demande la fille à son père qui le reçoit cérémonieusement, et lui vante les mérites de sa future épouse, sa vie laborieuse et la fécondité de sa mère qui fait présumer de la sienne. Avant de se séparer, il lui demande un certain nombre de bœufs, de vaches et autres bestiaux en contrepartie de ce qu'il lui donne. Le fiancé n'a plus qu'à rassembler les bêtes ainsi que d'autres objets exigés et à les conduire devant la baraque de son futur beau-père. La cérémonie a lieu devant les amies de la mariée qui la conduisent à son futur domicile, lui présentent un bâton qu'elle plante devant le seuil, en déclarant qu'elle restera là sa vie durant, tel ce bâton. La fête terminée, elle prend possession du troupeau qu'elle emmènera paître.

La vieille se désole. L'étrangère n'ayant pas de père, les noces seront bâclées. Elle assiste sans grande joie aux préparatifs. Les sœurs de Mansour enduisent de henné le visage, les seins de la mariée, puis dessinent des feuilles de laurier entre ses sourcils. Elles se retirent de la chambre lorsque apparaît le bossu.

Juchée sur son dos, Elise traverse les couloirs jusqu'à la salle de réception où l'attend un trône. Sur le siège à côté du sien, Mansour vêtu d'un saroual de soie et d'une veste tissée de fils d'or n'a pas un seul regard pour elle. Il paraît plus jeune que son âge avec son doux visage dont elle ne voit que le profil, pâle aux cils recourbés. Il fixe la fenêtre d'un regard inquiet à la recherche de quelqu'un. Son visage s'illumine. Un grand garçon aux cheveux bouclés lui sourit derrière les barreaux.

— C'est son pâtre, murmure-t-on autour d'eux.

Le regard du pâtre porte toute la tristesse du monde, celui de Mansour ne l'est pas moins. Il baisse la tête dans un geste d'accablement lorsque l'imam lui annonce qu'il a pris pour épouse la dénommée Amina. Le drogman traduit aussitôt, et Elise se sent soulagée. Mansour épouse une autre fille, une Amina qui doit faire partie de l'assistance et qui va bientôt la remplacer sur ce siège. Elle se sent en paix avec elle-même et se lève pour partir, mais la voix de l'imam, coléreuse, agacée, et les regards soucieux de la foule l'embarrassent. Que lui veut-on ? Trois femmes lui font signe de dire oui. Elle n'a qu'à imiter le geste de leur tête si la parole lui fait défaut. Elise acquiesce pour ne pas décevoir celles qui l'ont gentiment accueillie coiffée, fardée, parfumée.

Les youyous qui bruissent entre les murs font frissonner les palmiers qui se balancent mollement sous le ciel. Les langues infatigables qui frémissent à l'intérieur des bouches évoquent des serpents enchaînés. Une sueur froide ruisselle le long du dos d'Elise. Elle bascule en arrière, ses bras brassent l'air comme s'ils cherchaient à s'y accrocher. Sa chute suscite un grand vacarme. Une odeur amère la ramène à elle. On brûle du *djaoui* pour chasser les esprits maléfiques capables de s'interposer entre les nouveaux époux. On égorge cinquante coqs dans la cuisine pour s'assurer la protection de la gardienne des foyers. Les mendiants auront leur part du festin : les pattes, les ergots, les gésiers.

— Retiens ton nom, lui glisse l'émir dans l'oreille avant de disparaître. Tu t'appelles désormais Amina ou Fidèle.

L'émir n'aime pas l'agitation. Les fêtes l'ennuient. Le bruit des tambours lui donne des maux de tête, les youyous percent son tympan. Il a tant de fois assisté au spectacle des cavaliers dansant devant son perron. Ils se cachent jusqu'à la dernière minute derrière les arbres, et n'interviennent qu'au signal de leur chef. Leur calvacade effraie et exalte les enfants. Leurs batailles simulées, leurs cris sauvages terrorisent les filles et les femmes. Les chevaux dressés sur leurs pattes arrière gesticulent au-dessus des têtes. Les tambourins les excitent. On doit les attacher autour des troncs pour laisser la place aux musiciens. Le chant bédouin si mélancolique fait pleurer Elise. A quoi ressemblent leurs chants funéraires si ceux de leurs mariages sont si tristes ?

La sombre mélopée n'empêche pas la phrase venimeuse de faire son chemin jusqu'aux oreilles d'Elise :

— Elle aurait mieux fait d'épouser le père. Le fils aime les gholams.

A quelle bouche attribuer ces propos ?

Elise passe en revue tous les visages, impénétrables sous leur masque de fard. Elle se tourne vers Mansour, cherchant du secours auprès de lui, mais il fuit son regard. Elle comprend que la cérémonie a pris fin en voyant le bossu accroupi à ses pieds. Il lui offre de nouveau son dos pour l'emporter vers la chambre nuptiale qu'il referme derrière lui. Le bruit de la clé dans la serrure résonne dans sa tête. Mansour se tient dans l'embrasure, l'air buté. Il est aussi pâle que la soie blanche de son saroual. La terreur d'Elise grandit à mesure qu'il s'approche d'elle. Des bruits de tambour encerclent la chambre. Les camarades du jeune marié l'exhortent à dépuceler la jeune fille.

— Enfonce-la, Mansour. Plante ta lame dans son fourreau.

L'appel au viol se fait plus pressant. De tous les coins du palais, de derrière chaque mur fusent les ordres et les recommandations :

— Sors ton zob, Mansour, brandis ton bâton.

Mansour se bouche les oreilles pour échapper aux insinuations obscènes. Il s'allonge sur le lit tout habillé, le dos tourné à Elise. Il fait même semblant de dormir. La jeune fille rassurée s'étend à son côté en faisant le moins de bruit possible. Elle dort recroquevillée sur elle-même en retenant sa respiration. Parfois, elle scrute l'obscurité pour vérifier qu'il est toujours là. Soudain, alors que le dernier tambour s'est tu, des cailloux frappent violemment les volets. Mansour sursaute et court à la fenêtre. La voix qui l'appelle dans le noir l'encourage à descendre.

— Glisse le long du palmier. Je suis là pour t'accueillir.

— Je risque de me tuer, proteste Mansour.

— Demande à la fille de t'aider.

Mansour adresse pour la première fois la parole à Elise, des mots simples qu'elle a appris avec le drogman.

— Aide-moi à grimper sur l'arbre, et pas un mot à mon père. Si jamais il apprend que j'ai passé la nuit ailleurs, il me tue.

Elise hoche la tête d'un air entendu. Sa main droite ramène une branche de palmier. La gauche aide Mansour à l'étreindre. Le bruit de la glissade, celui du feuillage qui fouette les murs lui font craindre le pire. Mais le palais dort d'un sommeil de plomb. Elise est la seule à voir les deux silhouettes s'éloigner dans la nuit. Elle reconnaît le pâtre à sa tête bouclée. Les deux garçons rasent les murs en direction d'une ouverture dans la muraille, qu'ils traversent en rampant. Ils sont à l'extérieur de la palmeraie, dans une sorte de cimetière noyé dans le sable. Une stèle les efface de sa vue.

Le chant du muezzin la réveille à l'aube. La prière aux accents sauvages lui rappelle celle, angélique, du couvent quand les religieuses arrêtaient toute activité pour célébrer la fin du jour. Les mains jointes sur la poitrine, elles priaient les yeux fermés. Seule Elise gardait les siens ouverts, fixés sur Mère Jeanne, de peur que cette dernière ne disparaisse de sa vue. Qu'aurait-elle pensé en la voyant dans ce lit, complice d'un époux amoureux d'un garçon ?

L'absence de Mansour n'étonne pas ses sœurs, venues prendre des nouvelles de la mariée. La coutume veut que pendant sept jours l'époux apparaisse après le coucher du soleil et disparaisse avec le matin. L'étonnement des filles de l'émir va plutôt au drap non maculé de sang. Les visages bouffis par le sommeil affichent un air désolé. Les questions pleuvent :

— Il ne t'a pas percée ?

— Il ne t'a pas ouverte ?

— Son bâton n'a pas frappé ? ose une autre.

Elise secoue la tête dans les deux sens. Un oui ponctué d'un non. Elle a compris un mot sur deux de leurs insinuations, mais juré de ne pas nuire à Mansour. Elle sera sa complice, son amie.

Le drap passe de main en main. Les lèvres brunes répètent la même chose. Que va-t-on montrer à l'émir ? Il sera déçu, demandera certainement des comptes, interrogera les époux. Lequel des deux a-t-il failli à son devoir ?

5

Mokrane éteint les lumières de sa maison pour inciter les habitants de Ténès à rentrer chez eux. Ils s'en vont par les ruelles en commentant les événements de la nuit. Leurs regards fuient le rivage et ses morts. Ils ont intérêt à oublier ce que leurs mains ont commis dans un moment de folie, car seule la folie a pu transformer des êtres normaux en bêtes sauvages. Mère Jeanne a du mal à suivre le chevrier sur la pente abrupte qui mène à son enclos. Ses pieds sont faits pour glisser sur le carrelage ciré des couvents, non pour escalader les sentiers. La fatigue l'arrête. Elle s'assoit, le temps de retrouver son souffle. Ses yeux repèrent le navire, le radeau disloqué puis l'ancre qu'un marin habile avait plantée entre deux rochers pour faciliter les allées et venues des embarcations chargées de rescapés. Les planches démantelées ont échoué sur la grève. Son regard finit par remarquer les cadavres éparpillés sur le sable. On leur a arraché leurs vêtements après leur vie. Les ventres nus ont gonflé. Des chiens tournent autour d'eux en aboyant. Le doigt de la religieuse parle pour elle, il montre l'horreur.

Mère Jeanne-de-l'Enfant-Jésus dégringole la pente escaladée avant tant de peine. Le désespoir lui donne des ailes. Elle pleure et court en même temps vers ce rivage, devenu un tombeau à ciel ouvert. Mouloud la suit. Il a promis sa protection à celle qu'Allah et Mokrane lui ont donnée pour compagne. Les perches oubliées par les agresseurs chassent la meute sauvage qui se ramasse cent mètres plus loin et gronde de colère. Ils reviendront plus tard, quand la religieuse et le chevrier auront quitté les lieux.

Qui faut-il enterrer en premier ? se demande-t-elle. Comment différencier un simple marin d'un capitaine ou d'un commandant ? La nudité les rend égaux.

Mère Jeanne est prête à passer sa vie à creuser et à inhumer. Elle empoigne une pelle, l'enfonce dans le sable, puis s'arrête à la vue d'un vieillard qui gesticule en courant vers elle.

— Que fais-tu, malheureuse ? Laisse à Allah le temps de voir ce que ses créatures ont commis.

— On ne peut pas les laisser là.

— Ils ne le seront plus demain. Je te le garantis.

— Parce que les chiens les auront dévorés ?

— Erreur ! Les chiens de Ténès sont moins lâches que ses habitants. Ils ne s'attaquent qu'aux vivants.

— Mais qui va les enterrer ?

— Le Prophète. N'a-t-il pas dit : « Nous sommes plus près du monde que vous-mêmes qui le voyez » ?

— Laissez les morts enterrer les morts, balbutient les lèvres de Mère Jeanne, et une sérénité incompréhensible envahit son cœur.

Le petit vieillard lui paraît soudain gigantesque. Son pouvoir semble illimité. Son doigt indique un endroit précis à l'ombre d'un rocher.

— Occupez-vous plutôt de celui qui en a besoin. Un jeune homme respire à quelques pas de vous. Il a rampé pour fuir ses assassins. Ses traces sont encore visibles sur le sable. Je l'ai repéré à son odeur. Mes yeux m'ont quitté il y a bien des années.

Le jeune homme qui a échoué à l'ombre du rocher dort la face contre terre. Son corps souple n'a pas la rigidité des cadavres. Mouloud qui le retourne dit qu'il sourit. Mère Jeanne dit qu'il grimace. Le chevrier et la religieuse se trompent sûrement. Le soleil se joue de leurs yeux. Le pauvre garçon est certainement aussi mort que ses camarades.

— Il faut se méfier des visions, conseille Mère Jeanne.

— Et ne pas écouter la voix du *chaytan* [1], renchérit Mouloud.

Mais le mort, tout mort qu'il est, continue à sourire. L'effort qu'il a déployé a dû l'épuiser pour que son sourire se transforme en grimace.

— Mais c'est Benjamin, s'écrie la religieuse.

Elle a reconnu le jeune mousse si souvent tourné en dérision par les marins, à cause de sa peau douce et de sa voix fluette. Certains l'avaient surnommé Julie, d'autres Benjamin. Benjamin fuyait leur compagnie, leurs mains baladeuses et leurs grosses plaisanteries. Benjamin ne tient pas sur ses jambes, le sang qu'il a perdu l'a terriblement affaibli. La religieuse se dit prête à le porter sur son dos. Mais Mouloud l'en dissuade. Elle risque d'être repérée par les Bani Haoua qui tueront le rescapé pour de bon. Le sac que le chevrier trouve sur la plage est un cadeau du ciel. Il y enferme le jeune homme, le hisse sur son épaule après avoir maquillé l'ouverture avec des branches. Quoi de plus naturel qu'un chevrier qui apporte des herbes à ses bêtes ?

Mouloud grimpe la pente courbé sous son faix. Sur son cheval il salue le plus naturellement du monde l'imam, le thaleb et quelques badauds. La religieuse peine derrière lui. Elle ne peut lui être d'aucune utilité. Elle a déjà du mal à porter son corps. Mouloud pose délicatement le sac sur le sol de sa masure, puis le

1. *Chaytan :* Satan.

débarrasse de son feuillage. Le mousse qui en sort a les yeux agrandis par la stupeur. Que fait-il là entre ce vieillard et cette religieuse ?

— Benjamin, mon garçon, s'extasie Mère Jeanne-de-l'Enfant-Jésus, tu as échappé à la mort.

D'où vient ce nom de Benjamin ? se demande le ressuscité.

— Pourquoi m'appelez-vous votre garçon ?

— Parce que vous en êtes un.

Il secoue la tête énergiquement.

— Je suis une fille. Mon nom est Blanche. Et vous, qui êtes-vous ?

— Mère Jeanne-de-l'Enfant-Jésus, de l'ordre du Saint-Rosaire, répond-elle d'une voix chevrotante, étonnée de ne pas être reconnue par le mousse.

Les chèvres partagent certainement la méfiance de la religieuse pour renifler aussi longuement le dénommé Benjamin-Blanche. C'est d'ailleurs à elles, non à la religieuse, qu'il raconte son histoire.

Blanche s'ennuyait à mort dans la blanchisserie maternelle. La vue du linge sale, des fers à chauffer, de la vapeur qui se faufilait jusque dans ses narines lui donnait la nausée. Elle n'avait qu'un seul désir : fuir très loin. De préférence de l'autre côté de la mer.

Elle proposa plus d'une fois ses services sur les bateaux amarrés le long du quai, mais personne n'en voulut.

— Je sais laver, coudre, repasser, cuisiner.

— Moi aussi.

Il y avait toujours un malin pour lui faire cette réponse. Les vulgaires ne manquaient jamais de lui suggérer qu'elle serait mieux dans un lit, sous une autre étiquette : femme à tout faire. Elle voyagerait pour le plaisir.

Blanche serrait les dents et revenait tête basse chez sa mère qui émergeait de son nuage de vapeur pour la traiter de feignante.

— Que faut-il faire pour quitter ce trou ? se demandait-elle soir et matin.

— Renaître en garçon ! lui souffla un marin dans un rire aussi gras que sa panse.

— Est-il possible de naître deux fois dans une même vie ?

— Tout est possible. Seules comptent les apparences.

L'idée fit son chemin dans la tête de Blanche. Les vestes, les casquettes et frocs ne manquaient pas dans la blanchisserie maternelle. Elle n'avait qu'à se servir. Elle embarqua sous le nez de sa mère qui ne la reconnut pas. La revêche blanchisseuse sourit au jeune homme qui sortait de sa boutique et lui souhaita bon voyage.

— C'est pour vous dire que nous ne sommes pas fâchées et que ma place m'attend si jamais le monde me déçoit.

Le monde que Blanche montre d'un geste ample de la main ne doit pas plaire aux chèvres. Elles bêlent avec des protestations dans la voix.

Blanche, qui vient de remettre pied sur terre, s'inquiète du sort de l'équipage.

— Que sont devenus les marins ?

— Tués par les Bani Haoua, l'informe la religieuse. Quelques-uns ont réussi à fuir.

— Et les femmes ?

— Réparties entre les hommes comme un vulgaire butin de guerre.

— La marquise aussi ?

Mère Jeanne hoche la tête en serrant ses paupières pour retenir ses larmes.

Un nuage noir traverse le regard de la rescapée. Sa phrase tombe aussi raide qu'un couperet :

— Je les vengerai jusqu'au dernier. Les Bani Haoua mourront de mes mains... De plaisir, ajoute-t-elle le regard au loin.

Mère Jeanne baisse les yeux, gênée.

— Parce que vous ne me croyez pas ? insiste le curieux personnage.

Blanche n'aime pas l'air méfiant de la religieuse, ni celui suspicieux du chevrier. D'un geste preste de la main, elle dégrafe sa veste. Deux seins ronds sursautent comme deux pigeons effrayés.

— Vous voulez voir le reste ?

Mouloud fait oui de la tête. Mère Jeanne la supplie de ne rien faire. Elle la croit sur parole. Mais Blanche a déjà tiré sur le cordon de son froc.

— Arrête, hurle la religieuse.

— Vous n'avez pas tout vu, proteste le faux mousse. Le plus important est en bas.

La dague qui a ouvert la chair sur le haut de sa cuisse a pénétré jusqu'aux os. Le sable a joué le rôle de cicatrisant mais d'infectant aussi. La jambe, d'une couleur violacée, a doublé de volume.

— Pouvez-vous me soigner, dit-elle d'une voix suppliante. Ma mère vous en serait si reconnaissante.

— Qu'attendez-vous pour aller me chercher de quoi panser cette plaie, lance Mère Jeanne à Mouloud d'une voix affolée.

Le chevrier arrache un morceau à son burnous et le lui tend.

— Je veux des plantes, malheureux, avec quoi vous autres Kabyles désinfectez-vous les blessures ?

— Avec de la joubarbe. Je sais où en trouver.

Il se précipite vers l'oued. Le bien et le mal se croisent autour des points d'eau, lieux de prédilection des âmes végétatives. Leur souffle fait pousser les plantes destinées à guérir les vivants. Il faut savoir distinguer les bénéfiques des maléfiques, cueillir les premières en balbutiant une prière, et cracher dans le sens du vent en passant devant les autres.

Mouloud repère très vite la touffe de joubarbe. Les feuilles sont tendres en cette saison. Il les cueille en invoquant le nom d'Allah. Il est convaincu qu'une deuxième vie attend le garçon devenu fille grâce à lui. Sinon comment expliquer qu'il soit le seul survivant du massacre ? Banyamin, répète-t-il sans grande conviction. Il cherche un autre nom qui irait mieux avec la blondeur de la rescapée. Un nom aussi blanc, aussi rond que les seins qui ont fusé de la veste déboutonnée.

— Laouza, balbutie-t-il entre ses lèvres. Laouza, lance-t-il d'une voix tonitruante, et il se met à courir vers sa masure.

— Tu t'appelles désormais Laouza, c'est-à-dire Amande, annonce-t-il à la jeune fille. Un fruit doux et frais qui étanche la soif mais vous laisse en même temps sur votre faim.

Laouza-Amande accepte avec grâce ce troisième nom. Le chevrier, elle en est certaine, sera son meilleur allié.

Deux semaines après, Laouza, qui a appris quelques rudiments de la langue arabe et dont la blessure a cicatrisé, entreprend d'une voix mielleuse l'interrogatoire de Mouloud :

— Qui a tué mes camarades ?

— Les gens de la montagne. Les Cabaïles. Ceux de Mokrane ont aidé.

— Y a-t-il d'autres rescapés que Mère Jeanne et moi ?

— Il y a la marquise. Marie est partie chez un cultivateur du Rif. La petite fille va épouser le fils de l'émir du ksar.

— Et les hommes ? Ils sont tous morts ?

— La moitié seulement. L'autre moitié s'est enfuie vers l'est. Vers Oran.

— La France n'est pas intervenue ? Personne n'a demandé de nos nouvelles ?

— Pas encore.

— Pourquoi Mère Jeanne évite-t-elle de parler de ce sujet ? « Prie », me dit-elle chaque fois que je lui pose une question.

— Parce qu'il ne sert à rien de se noircir le sang. Allah, qui creuse les brèches, saura les colmater, dit le proverbe. Les morts seront vengés. Tu témoigneras pour eux. Tu es leur messager. Tu défendras leur cause. Laouza réprime un frisson. Tant de sagesse dans la bouche d'un chevrier la trouble profondément.

— Oui ! Je défendrai leur cause, répète-t-elle après lui.

6

Hélène, marquise de Courtavray, s'est retrouvée sans savoir comment dans la couche du chef des Bani Haoua. Elle a hurlé lorsqu'il a refermé la porte derrière lui, hurlé quand il a éteint la lampe, hurlé lorsqu'il s'est déchaussé, hurlé lorsqu'il s'est allongé sur le matelas, loin d'elle car il n'osait l'effleurer. Les hurlements de la marquise ont réveillé la maison quand Mokrane s'est mis à ronfler. Elle a hurlé de nouveau lorsqu'on lui a proposé de partager la chambre des femmes. Leurs yeux soulignés de khôl l'effrayaient. C'est le sang des Français et non du henné qu'elles ont sur leurs mains et sur leurs pieds. Elles ont marché sur les cadavres.

Hélène s'est réfugiée dans la cour, face à la fontaine qui crache son eau dans un bruit sarcastique. La fontaine se moque de la marquise, devenue aussi misérable qu'une mendiante. Elle aurait mieux fait d'attendre la naissance de son bébé chez elle, au lieu de courir les mers derrière son mari. Le château des Courtavray lui apparaît dans ses moindres détails. L'aile droite, occupée par sa belle-mère, faiblement éclairée, les volets de l'aile gauche grands ouverts pour laisser entrer le soleil, le lustre du salon avec ses soixante bougies, le perron en fer à cheval, le cèdre qui l'ombrage, puis les chiens assoupis devant la porte de la cuisine. Ils se réveillaient en sursaut au son de cloche qui annonçait le dîner. Le bruit de vaisselle présageait l'arrivée des gamelles remplies des restes. Hélène revient par la pensée à sa chambre. Son doigt ne remontera plus la mèche de la lampe de chevet. Le lit à baldaquin n'ouvrira plus ses draps brodés pour accueillir les corps mêlés de Jacques et d'Hélène.

Les premières lueurs de l'aube la précipitent vers la rade. Elle espère y retrouver son mari. Blessé, elle le soignerait. Mort, elle lui redonnerait vie. La plage est déserte. Pas la moindre trace de la tuerie. La mer, en ménagère exemplaire, a tout nettoyé. Le soleil éclaire un sable immaculé. On dirait un lieu vierge, non encore foulé par l'homme, une terre qui vient d'émerger de la main de Dieu. Hélène se demande si le massacre n'était pas le fruit de son imagination. Elle a fait un cauchemar, rêvé que des hommes tuaient d'autres hommes. Le naufrage, la traversée sur le radeau ont traumatisé son cerveau. Son mari est certainement en vie. Mort, il aurait laissé un cadavre, des vêtements, son sabre d'officier, son képi. L'absence de ces indices la rassure. Jacques fait partie de ceux qu'elle a vus fuir vers l'est. Elle les aurait rattrapés si son ventre n'alourdissait sa marche, et si le brouillard ne les avait effacés de sa vue. La silhouette qui arrive entre deux dunes est celle de Mère Jeanne. La religieuse s'est inquiétée de ne pas la trouver chez Mokrane. Hélène lui fait de grands gestes avec ses bras.

— Il faut les trouver. Ils ont fui vers l'est, crie-t-elle dans sa direction.

Elle l'entraîne vers un vieux pêcheur qui ramasse ses filets.

— Interrogez-le. Vous connaissez sa langue.

Mère Jeanne reconnaît l'aveugle rencontré la veille, sur ces mêmes lieux.

— Quelles villes y a-t-il à l'est ? lui demande la religieuse.

— Mostaganem, Arzew, Aïn-el-Turk, Oran.

Il a répondu sans la regarder. Ses yeux levés vers le ciel sont deux globes éteints.

— Ta voix n'est pas d'ici, femme. Que cherches-tu si loin de chez toi.

— Des hommes qui ont fait naufrage sur cette plage.

— Cherche-les plutôt en bas.

Et il enfonce son doigt dans le sable.

— Où en bas ? demande la religieuse d'une voix déchirante.

— Partout sous ce *chott* [1].

Son ton est évasif. Il s'éloigne d'un pas traînant vers

1. *Chott :* rivage.

une hutte. Son filet qu'il traîne derrière lui imprime sur le sol le corps d'un reptile géant.

Hélène a compris l'allusion. Elle s'écroule, la face contre terre, et sanglote bruyamment. Mère Jeanne se sent impuissante devant ce désespoir. D'ailleurs Hélène refuse d'être consolée. Elle désire rester seule. Elle en veut à la religieuse, à cause de son dieu qui n'a rien fait pour sauver son mari.

— Je ne veux plus vous revoir. Partez.

Mère Jeanne recule, les larmes aux yeux. Elle reviendra plus tard quand Hélène se sera calmée.

Hélène de Courtavray passe la journée affalée sur la plage face au *Banel* qui s'est retourné coque en l'air. La femme et le navire exhibent leur ventre. Celui du bateau est ballotté par les vagues, et par le bébé celui de la femme. La mer, l'écume à la bouche, se jette régulièrement sur Hélène comme pour la saisir, mais celle-ci ne recule pas. Elle est indifférente à tout ce qui n'est pas son enfant. Ses mains le cherchent à travers sa peau. Il répond à la pression des doigts par une pirouette. Hélène recommence, prise au jeu, et le bébé réagit de nouveau. On dirait un poisson dans un bocal. Sa mère oublie la détresse qui l'emplissait. Elle est submergée de bonheur. Ses cheveux éparpillés autour de son visage pâle, elle dodeline de la tête, telle une femme surprise par le plaisir. Elle n'est plus seule au monde. Elle a trouvé un compagnon pour partager sa solitude. Il ne peut pas la quitter car il est vissé dans sa chair. Il ne peut la fuir par la mort, sa mort entraînerait la sienne. Hélène joue avec son bébé, se roule avec lui sur le sable, oubliant le soleil de plus en plus brûlant. Son regard survole les remparts déchiquetés de Ténès, seuls survivants d'une époque fastueuse. Une porte monumentale dressée sur les hauteurs s'ouvre sur un cimetière peuplé de lentisques, de cactus et de figuiers de Barbarie. Les yeux d'Hélène les regardent sans les voir. Elle n'est attentive qu'à l'enfant de Jacques.

On dirait une cigale, plus ses élytres sont brûlants, plus son chant devient strident. Hélène rit et les rochers lui renvoient son rire doublé de son écho. Il lui arrive d'essayer de se lever, mais le monde est pris d'un grand vertige. La mer déménage en haut, le ciel en bas. Elle s'accorde un nouveau somme avec son bébé qu'elle entoure de ses bras.

Hélène aurait dormi jusqu'au lendemain si les chiens, des habitués de la plage, n'étaient venus la renifler. Ses vêtements en loques sont ceux d'une mendiante. Les chiens n'aiment pas les mendiants. Leurs aboiements furieux la réveillent. Elle prend ses jambes à son cou et court vers le village qui aligne ses toits derrière les dunes. Ses pas la ramènent vers la maison de Mokrane, la seule qu'elle connaisse. Elle revient chez lui poussée par son instinct, comme le cheval vers son écurie. Les passants reconnaissent l'étrangère que leur chef a gardée pour lui. Ils pensent qu'il ne devrait pas la laisser courir les rues dans cette tenue, les cheveux au vent.

— Une *majnouna* [1], chuchote-t-on sur son passage.

Ils s'écartent d'elle en marmonnant des *ta'wizats*[2] au diable, le seul responsable de sa déchéance. Il va falloir qu'elle troque ses vêtements loqueteux contre la djellaba bleue réglementaire et le voile qui l'accompagne, qu'elle s'aligne sur les autres épouses de Mokrane.

Hélène reprend sa place dans la cour, face à la fontaine. Les femmes de la maison n'osent l'approcher. Son air extatique, ses rires inexplicables les inquiètent. On pousse une assiette de semoule dans sa direction. On lui lance une djellaba propre. Elle verse la semoule dans le bassin et transforme la robe en drapeau. Planté sur la grève, il attirera les bateaux qui passeront au large de Ténès. La grande maison éteint l'une après l'autre ses lumières. Une silhouette s'accroupit devant Hélène qui somnole. Deux vieilles mains lui tendent un bol fumant. L'odeur du cumin s'infiltre délicieusement dans ses narines.

1. *Majnouna :* folle.
2. *Ta'wizat :* prière pour exorciser le diable.

— Mange pour lui. Ne laisse pas mourir l'enfant.

La femme lui parle à voix basse, ses yeux dans les siens. Hélène secoue la tête pour dire qu'elle ne comprend pas.

— Tu es brûlante de fièvre. Le soleil de la Kabylie est lâche. Il frappe dans le dos. Autant s'allonger sous un chameau en rut. Tu risques la mort. Je t'emmène dès demain chez sidi Mastour. Il n'a pas son pareil pour guérir du *jnoun* [1], de la maladie, dit-elle en français, le seul mot qu'elle connaisse.

— Je ne suis pas malade, proteste Hélène.

— C'est ton *rouh*[2] qui l'est. Sidi Mastour n'est pas un toubib mais un saint. Sa zaouia est la plus fréquentée du Sahel. Il engrosse les femmes stériles, fertilise les champs, remplit les puits taris. Il lui est même arrivé de rendre la vie à des morts... Ceux qui ne l'étaient pas assez, se croit-elle obligée de préciser.

Chose étrange ! Hélène a compris la dernière phrase. Une houle d'espoir emplit son cœur. Un miracle n'est pas impossible. D'ailleurs, rien n'est impossible puisqu'elle arrive à dialoguer avec la femme arabe.

— Il pourra rendre la vie à mon mari ? demande-t-elle d'une voix étranglée par la joie.

— Si tu le lui demandes avec soumission.

— Il parle français ton Sidi ?

— Il parle toutes les langues, même celles des animaux et des végétaux. C'est un homme de partout. Il est dans tout ce qui souffle, réchauffe, brille, refroidit et illumine. Il est dans le monde et le monde est en lui. Bien entendu, tu lui feras une offrande.

Hélène fouille ses poches d'un air désolé.

— J'ai tout laissé sur le navire.

Elle réfléchit. Sa main palpe son cou, en détache une chaînette en or. Au bout de la chaînette se balance un crucifix.

— C'est bon pour la chaînette. Mais je ne suis pas

1. *Jnoun :* folie.
2. *Rouh :* âme.

sûre pour le reste. Votre religion est si triste. Comment croire en un Allah qui se fait fouetter et crucifier ? Notre Mahomet est un fier. Un vrai homme. Un grand niqueur, quatre épouses, pas une de moins. Il les a toutes contentées. C'est écrit noir sur blanc dans le Coran. Aucune ne s'est jamais plainte. Seule Lalla Khadija lui a fait des misères. Elle en avait le droit. C'était la mère de sa fille unique Fatima qui lui a donné deux petits-fils, deux pauvres martyrs : Hassan et Hussein, qu'Allah a certainement reçus dans son vaste paradis. Grâce à elle, Mahomet a connu les joies d'être grand-père.

Qui sont ces Khadija, Hassan et Hussein ? se demande Hélène de plus en plus fiévreuse. Ces noms font partie de son vertige, de ses nausées, de sa migraine. Elle a froid et chaud en même temps. Elle transpire en claquant des dents. Sa nuque est raide. Elle est incapable de tourner la tête pour voir la femme accroupie auprès d'elle. Elle lui fait comprendre par de pauvres gestes qu'elle serait heureuse de voir Sidi Mastour tout de suite. Elle n'est pas sûre de pouvoir attendre demain.

— Je suis si fatiguée, dit-elle d'une voix plaintive, et elle perd connaissance.

Hélène à l'article de la mort n'inspire plus la méfiance mais la pitié. Les épouses de Mokrane l'évitaient tant qu'elles la croyaient folle, c'est-à-dire atteinte du mal d'*Ibliss* [1]. Toutes les autres maladies, y compris la peste, ne les effraient pas. La voilà livrée à leur curiosité. Leurs mains palpent sa chair, ses vêtements, à la recherche de ce qui la différencie d'elles. Hélène ne leur oppose aucune résistance. Elle est ailleurs. Dans ses rares moments de lucidité, elle demande ce que sont devenus les rescapés du naufrage, ceux qu'elle a vus courir vers l'est. Se peut-il qu'ils aient oublié leurs camarades, leurs femmes ? Ont-ils au moins mentionné leur disparition aux autorités ? Ils ne pensaient qu'à se sauver. Les Kabyles ne

1. *Ibliss :* le diable.

ménageaient personne. Impossible que son mari fût du nombre. Jacques ne l'aurait pas laissée aux mains des agresseurs.

Hélène ignore qu'ils ont marché jusqu'à Oran où le vice-consul d'Espagne leur a offert le gîte et le couvert après avoir informé de leurs malheurs le représentant de la France.

Elle ignore également que de grandes discussions ont lieu en ce moment entre ce dernier et le dey au sujet des Français massacrés par les Kabyles, et de leurs camarades entraînés dans les montagnes. Le vice-consul d'Espagne à Oran lui écrit quotidiennement pour le mettre au courant des tractations :

Monsieur le Consul

Les courriers de la montagne de Ténès viennent d'arriver à Oran. Ils nous apprennent que les Cabaïles détiennent encore un grand nombre de vos compatriotes dont quatre femmes. Le dey nous assure tout ce que nous demandons pour les besoins et le soulagement de ceux qui ont trouvé refuge dans mon consulat, mais ne peut rien pour les autres. On annonce que la mer a jeté 190 cadavres sur la plage voisine du lieu du naufrage, et l'on évalue à 300 hommes le reste des Français. Les 313 qui nous ont été rendus sont en bon état. On leur a fourni du linge, du café et même du chocolat. Nous mettrons tout en œuvre pour qu'ils soient rapatriés le plus rapidement possible.

Il m'est arrivé d'autres malheurs. Le commandant de la troupe qui est dangereusement attaqué par la gangrène a perdu une jambe. Il est resté dans ma maison ainsi que le capitaine du vaisseau et son second pour recevoir plus facilement les secours nécessaires.

Tels sont les renseignements que je puis vous fournir. Je suis, en attendant vos ordres, votre fidèle serviteur.

J. Figuera.

Je joins à ma lettre des précisions sur le naufrage. Elles m'ont été fournies par le commandant du Banel,

Joseph Thérèse Callemand. Il vous informe que Le Banel *n'a pas fait naufrage à l'ouest de Ténès comme certains l'ont dit, mais à l'est. La montagne d'où sont descendus les Cabaïles s'appelle Ben Idjou, un point non nommé sur la carte. 114 hommes et 4 femmes sont leurs prisonniers.*

La réponse de Dubois-Thainville, le chargé d'affaires français, arrive une semaine après. Le représentant du consulat à Alger écrit directement au commandant du *Banel*.

Citoyen Commandant

Alger, le 13 pluviôse

J'ai appris le 7 du mois la nouvelle de l'événement affreux qui vous est arrivé. J'ai fait prendre par le dey d'Alger et par tous les grands de la Régence les mesures les plus promptes pour pourvoir à tous les moyens de protection, de subsistance et d'habillement de nos rescapés. Je n'ai ni nouvelles, ni renseignements sur votre situation, et j'éprouve de grandes inquiétudes. Je vous envoie ce courrier en toute vitesse. Répondez-moi sur-le-champ et donnez-moi des détails sur votre état. Demain, je ferai partir de ce port un bâtiment pour Oran, chargé de provisions. Plaignez-moi cher citoyen de ne pouvoir voler à votre secours. Des négociations du plus grand intérêt me retiennent ici. La paix est faite avec Alger. Il s'agit de délivrer nos infortunés marins tombés aux mains des barbares. Ils sont au nombre de 114.

Dubois-Thainville
Chargé d'affaires à Alger.

Dubois-Thainville ne parle pas des femmes. Les rescapées du naufrage sont-elles oubliées ? Tout porte à le croire. Le chargé d'affaires concentre ses efforts sur les 114 hommes qu'il s'acharne à vouloir récupérer. Il l'a promis à son ministre. Il voit tous les jours le dey et le presse d'envoyer des janissaires sur le lieu du naufrage afin d'arracher les Français à leurs tortionnaires. Celui-ci lui prodigue des paroles apaisantes, sans plus. Dubois-Thainville s'adresse alors au *khasnedji* [1] et le prie d'agir. Il est prêt à se rendre en personne sur le lieu de leur captivité et à discuter avec leurs geôliers. « C'est inutile, lui explique le khasnedji, le dey répond de la vie de tous les Français. »

Dubois-Thainville, qui les soupçonne de mentir, s'élève avec force contre la violation d'un article qui permet à tous les Français de voyager en Barbarie, de la manière qui leur convient... Sa colère suscite un sentiment de gêne. Le khasnedji essaie de le convaincre du drame qu'engendrerait une intervention armée en Kabylie.

Toute personne qui entreprend ce voyage s'expose à de grands dangers, selon lui : « Il est impossible de répondre de sa personne parmi des barbares au milieu desquels même les Turcs ne seraient pas en sûreté. »

Dubois-Thainville n'a plus confiance en personne. Il demande de nouveau audience au dey. Celui-ci le reçoit de mauvaise grâce et accueille ses doléances d'une manière laconique. Il reproche à la France son ingratitude.

— J'ai fait la paix avec toi, lui dit-il. J'ai rendu une partie des esclaves français et provoqué contre moi la colère du grand seigneur, le sultan d'Istanbul, auquel j'ai payé des sommes considérables, car il avait droit à ces hommes.

Le dey ment. Ce qu'il appelle les esclaves ne sont que les survivants du massacre qui s'étaient enfuis vers Oran.

Dubois-Thainville doit payer s'il désire récupérer ceux qui se trouvent dans les montagnes.

Le chargé d'affaires se met en colère. Il ne mâche pas ses mots. Pour la première fois, il ose dire ce qu'il pense :

— Le gouvernement que je représente est trop puissant pour s'abaisser à ces moyens. Je conserverai, sans doute, une éternelle reconnaissance des bontés que

1. *Khasnedji :* gardien du trésor.

vous m'avez prodiguées, mais ne puis agir que selon les ordres que j'ai reçus.

Pour la première fois, quelqu'un ose tenir tête au dey. Il est mécontent. Il quitte son siège et passe dans un appartement voisin, suivi du drogman et du chargé d'affaires qui veut lui baiser la main. Mais rien ne semble apaiser sa mauvaise humeur. Le khasnedji conseille à Dubois-Thainville de se retirer. Il promet de lui obtenir un autre rendez-vous, à condition que la France paye la somme demandée, accompagnée des présents d'usage.

— Je les crois indispensables pour que la paix revienne entre nos deux pays.

De cette rencontre, Dubois-Thainville ne soufflera mot à Talleyrand. La lettre qu'il lui écrira, parlera uniquement du naufrage et des survivants qu'il faudra récupérer.

Citoyen Talleyrand

17 pluviôse année 5 de la République

Par une lettre du 7 de ce mois, j'avais l'honneur de vous annoncer que le vaisseau Le Banel *cinglant vers Saint-Domingue était perdu à la côte de Barbarie, à l'est du cap Ténès, et qu'un grand nombre de Français étaient tombés aux mains des hordes insoumises de ces contrées. Je m'empresse aujourd'hui de vous transmettre les renseignements que j'ai reçus sur cet affreux événement et vous rendre compte des mesures que j'ai prises pour secourir les rescapés. J'ai sollicité du dey et de sa Régence toutes les mesures de protection et de secours. Ils m'ont témoigné la plus vive sollicitude et promis que les ordres les plus stricts allaient être expédiés au dey d'Oran qui était le premier informé du naufrage. J'ai donc fait parvenir à ce dernier les ordres les plus forts de punir les rebelles et d'employer toutes les forces qui sont en son pouvoir pour obtenir jusqu'au dernier Français et de pourvoir à tous leurs besoins de subsistance et d'habillement.*

Deux négociants en blé, messieurs Bousnah et Bacri, mirent à ma disposition leur bâtiment qui se trouve en chargement dans le port d'Arzew pour transporter mes caisses. Je fournirai également tous les moyens nécessaires à leur survie au vice-consul d'Espagne pour qu'il puisse prodiguer les soins à ces malheureux. Je n'ose vous affirmer, citoyen ministre, que les réparations seront proportionnelles à la gravité de l'attentat. Vous connaissez le système de ces contrées barbares. Voudrait-on faire une expédition sérieuse contre de misérables montagnards, sans asile et qui n'offrent rien à la cupidité ? Je ne vous le conseille pas. Mais j'ose répondre au gouvernement que tous les Français me seront rendus. C'est le vœu bien prononcé du dey et de tous les grands de la Régence, particulièrement du khasnedji. Je leur voue une grande gratitude pour toutes les sollicitudes qu'ils m'ont prodiguées dans cette affaire. Je dois également à MM. Bousnah et Bacri la justice de déclarer qu'ils m'ont secondé avec beaucoup de zèle.

Je vous transmets, citoyen ministre, la liste des Français qui se trouvaient sur Le Banel :

Marins	*200*	
Militaires	*529*	
Femmes	*9*	
	738	

Suivant la note fournie par le commandant Joseph Thérèse Callemand :

Sont à Oran	*313*	
Au cap Ténès	*22*	
Femmes	*4*	
Morts sur la route	*7*	*dont 1 femme*
Mort à Oran	*1*	
	347	

Manquent 391 Français.

Dubois-Thainville
Chargé d'affaires à Alger.

La correspondance entre la France et Alger concernant les rescapés du naufrage du *Banel* s'arrête après que Dubois-Thainville a récupéré le dernier homme, tombé aux mains des Kabyles. Oubliées les femmes laissées à Ténès, ou peut-être échangées contre un droit de pêche au large des côtes tunisiennes ? Tout porte à le croire quand on lit la suite des écrits entre les deux pays.

Le chargé d'affaires français est devenu un habitué du palais. Il s'y rend tous les jours, mendie un rendez-vous, paie des bakchichs à droite à gauche, fait des courbettes devant le khasnedji, devant l'agha et le chef de la police. Il se démène comme un diable pour plaire à Talleyrand qui veut donner satisfaction à Bonaparte et surtout ne pas s'attirer ses foudres. Ses visites lui font mesurer la cruauté du régime. Les exécutions sont monnaie courante dans l'arrière-cour de la caserne qui jouxte le palais. On pend pour des motifs minimes. L'hérétique finit sur un gibet, le voleur a la main coupée, le faussaire est immolé par le feu. On fait la chasse au faux dans tous les coins de la ville. Des milliers de juifs examinent les sultanins en or, les sequins vénitiens, les pistoles espagnoles. Ils n'ont pas leur pareil pour détecter les copies. Alger est une tour de Babel. Comment dans ce cas récupérer les 114 hommes et femmes éparpillés entre Ténès et le Rif ?

7

L'homme voilé et sa femme interdisent à Marie Belleterre de s'éloigner de la propriété. Ses promenades s'arrêtent à la muraille. Elle retourne tête basse vers la cuisine où s'active Fatima. La jeune servante lui enseigne sa langue tout en lavant et cuisinant. Marie sait déjà le nom des objets qu'elle touche. Peu à peu, elle apprend à décrire le paysage qu'elle voit à travers les barreaux de la fenêtre. Sa première phrase fut d'exprimer son désir de revoir le village qu'elle a traversé, il y a un mois, à la tombée de la nuit. Mais Fatima l'en a dissuadée.

— Les maîtres ne le permettront pas.

Fatima arrive tôt le matin, après avoir mis de l'ordre dans le gourbi paternel, et repart le soir dès que le soleil disparaît derrière la montagne. Elle a montré sa maison à Marie, la dernière du douar. Elle y habite avec son père, sa grand-mère et ses sept frères et sœurs. Sa mère, partie avec un nomade après la naissance de son petit frère, s'est délestée de sa famille sur son aînée.

Fatima chez elle balaie un sol en terre battue et lave le linge avec un mélange de sel et de cendre. Elle balaie un vrai dallage chez ses employeurs et lave avec du savon. Marie qui s'ennuie voudrait l'aider, mais l'épouse de Sidi l'en empêche. Marie est là pour faire un enfant à Sidi, non pour faire le ménage.

— Tu peux toutefois m'aider à trier les graines, séparer le blé de l'ivraie, la lentille du caillou. Il faut remplir les jarres et ne compter que sur ces provisions. La neige dans le Rif bloque toutes les ouvertures. Notre maison est isolée du reste du monde.

— Même du douar ?

— Même du douar. Fatima restera chez elle jusqu'au printemps. Nous saurons nous débrouiller sans elle.

— Pourquoi ne couchera-t-elle pas ici ? s'étonne Marie.

— Sidi ne veut pas d'étrangers sous son toit, la nuit. Leur ombre laisse des traces de suie sur les murs.

— Moi-même suis une étrangère.

— Tu partiras à ton tour, mais après la naissance de l'enfant. Nous te dédommagerons. Sidi est un homme juste. Il a la crainte d'Allah au cœur.

Marie reçoit la gifle avec un mélange de honte et de joie. Sa tâche terminée, elle ira à la recherche de ses camarades qu'elle finira par retrouver en marchant jour et nuit. Brusquement, elle réalise qu'elle est traitée au même titre que les tâcherons saisonniers que le couple renvoie une fois rentrée la récolte. Le sang lui monte à la tête. Elle sent le besoin de s'affirmer face à celle qui vient de l'humilier. D'ailleurs, elle la domine avec sa haute taille, l'écrase avec sa jeunesse. Son regard va de la peau parcheminée de Djélila à la sienne éclatante, des rares cheveux gris plaqués autour du visage étriqué de l'épouse à son épaisse chevelure nattée en une torsade couleur miel. Tel un arbre au printemps, le corps de Marie éclate de santé, celui de sa rivale évoque un tronc calciné. La révolte qui bouillonnait en elle se mue en compassion, elle déclare qu'elle va se promener du côté du douar.

— Tu devras enjamber mon cadavre avant, réplique la femme de Sidi. Les habitants du village nous détestent. Ils nous envient nos terres, notre maison, l'eau de notre puits. Ils jalousent même les tombes de nos enfants. Ils enterrent les leurs sous des tumulus de pierres. Les chacals les déterrent dès qu'ils ont le dos tourné et les dévorent avec leurs os. Les parents se donnent bonne conscience en répétant qu'il ne faut pas se dresser contre la volonté du Créateur qui a réparti les humains entre dévoreurs et dévorés, exploiteurs et exploités, riches et pauvres. Ils sont nés pour être pauvres. Ils ne font rien pour améliorer leur vie.

Marie se bouche les oreilles pour ne plus l'entendre. Elle étouffe.

— J'ai besoin de respirer. Laisse-moi aller jusqu'à la première maison.

— Pour ramener sur tes semelles l'odeur de leur misère ? Sidi et moi n'avons jamais frayé avec toute cette racaille.

Une femme aigrie. Djélila veut entraîner Marie dans sa haine, l'enfermer dans la prison qu'elle a construite autour de son couple. Mais Marie fuit à sa manière, en se plongeant dans les lettres de Jean Soubiran qu'elle ressort de l'ourlet de sa robe. La traversée en radeau a gonflé le papier et collé entre elles certaines pages. Peu importe. Marie les connaît par cœur.

Marie ma douce fiancée, récite-t-elle les yeux mi-clos.

Je suis arrivé à Port-au-Prince hier. Mon regard n'a pas cessé de chercher la côte française et la maison de mon aimée. L'expédition me semble des plus hasardeuses. Que vient faire la France à Saint-Domingue ? Asservir un peuple ? S'emparer de ses terres après l'en avoir chassé ? Vendre ses habitants comme esclaves ? Bonaparte accumule les erreurs en essayant d'oublier sa défaite à Saint-Jean-d'Acre. Il y a laissé plus de la moitié de son armée et six navires coulés par les Britanniques. Que sont devenus nos soldats atteints de la peste et abandonnés en Palestine ? Est-ce pour effacer nos échecs en Terre sainte et en Louisiane, vendue 80 000 francs seulement aux Etats-Unis, qu'il faut à tout prix conquérir Saint-Domingue ?

La Nouvelle-Orléans est devenue New Orleans. Le drapeau américain a remplacé le drapeau tricolore sur le fronton des administrations. Adieu Louisiane, mais bienvenue à ma fiancée à Port-au-Prince.

Marie n'a pas besoin de lire la suite, elle est inscrite sur l'envers de ses yeux.

La France prépare une nouvelle expédition. Des vaisseaux partiront de Brest, d'autres de Toulon. J'ai déposé une demande pour que ma future femme puisse embarquer. Une place t'attend sur Le Banel. *Le commandant Callemand est un ami de mon père. Tu voyageras sous sa protection. Je t'attendrai sur le quai pour t'emmener chez nous après un court passage chez le curé. Le père Martin, aumônier de notre régiment, me donnera le droit de te serrer dans mes bras, après sa bénédiction.*

Je t'aime

Jean.

Marie garde les autres lettres pour les jours à venir, quand la vie lui paraîtra moins supportable, la maison plus hostile et plus écrasant le poids de l'homme sur son corps. Quand elle ne tolérera plus le sexe qui la laboure nuit après nuit afin d'y semer sa graine pour que son ventre devienne aussi rond que ses jarres, aussi lourd que ses sacs de blé.

Une obscurité soudaine envahit la chambre. Le soleil, étincelant il y a un moment, n'est plus qu'un disque noir. La nuit pénètre par toutes les ouvertures alors que le soir est encore loin. Djélila est trop agitée pour répondre à ses questions. Debout sur le seuil, la main en visière sur le front, elle fixe l'astre éteint avec terreur. Ses lèvres annoncent des catastrophes.

Elle dit qu'il faut s'attendre à de grands malheurs.

— Le crapaud a craché sur la figure du soleil.

Marie, qui essaie de regarder l'éclipse, est refoulée à l'intérieur et rabrouée.

— Que fais-tu, malheureuse ? Tu veux donner naissance à un enfant aveugle ?

— Je ne suis pas enceinte, riposte Marie hors d'elle.

— Ton sang n'a pas coulé une seule fois depuis que tu partages la couche de Sidi. Je sais mieux que toi ce qui se passe dans ton ventre.

Marie comprend la cause des nausées qui l'étranglent et qu'elle impute à la nourriture, trop épicée. Elle, qui n'avait pas versé une seule larme quand l'homme voilé l'avait prise, pleure maintenant à gros sanglots. Elle est piégée et condamnée à passer des mois, peut-être des années, dans cette maison. Une maison aussi silencieuse qu'une tombe. Sans Fatima, elle aurait désappris la parole.

— Où est Fatima ? demande-t-elle entre deux sanglots.

— Tu sais bien qu'elle ne vient jamais le vendredi, jour de prière.

— Je veux la voir.

— Tu la verras demain quand le soleil aura retrouvé son vrai visage.

Djélila s'éloigne, et Marie en profite pour aller à la recherche de la jeune servante. Elle quitte la maison par la porte qui donne sur les champs. L'obscurité la protège des regards. Elle marche à grandes foulées, sûre de retrouver le gourbi de son amie. Ses murs étaient du même jaune que la montagne, sur son toit paissaient des chèvres.

Marie emprunte le bas-côté de la route. L'herbe amortit le bruit de ses pas. Elle craint d'être suivie et se met à courir. Elle court et parle à Jean Soubiran en même temps : « Oublie-moi, Jean. Marie est morte et Maryam a pris son apparence. Un enfant l'enchaîne désormais à un village, à une maison et à un homme qu'elle ne voit que de nuit. Je n'aurais pas dû sortir vivante du naufrage. Je t'aime. »

Le douar paraît encore plus misérable vu de près. Marie hésite entre plusieurs portes. Tous les gourbis se ressemblent. Tous adhèrent à la montagne, des chèvres paissent sur tous les toits. Elle appelle « Fatima » plusieurs fois de suite, mais personne ne répond. Partout les mêmes gravats, mêmes figuiers de Barbarie couverts de poussière, et même silence. Seuls les chiens sont dans la rue. Ils sont du même jaune que les gourbis et la montagne, à croire qu'ils ont été moulés dans la même argile. Ils ont tourné un moment autour de Marie, puis s'en sont éloignés après l'avoir reniflée.

Un coq s'égosille. Il a pris la fin de l'éclipse pour le jour. Marie est gagnée par la panique. Elle frappe à toutes les portes. On lui répond de l'intérieur, sans jamais lui ouvrir. Les éclipses ont mauvaise réputation.

— Quelle Fatima cherches-tu ? Il y en a six dans le douar, et autant dans le cimetière.

— La servante de Sidi.

— Plus bas, le dernier gourbi.

Fatima est stupéfaite de voir Marie devant sa porte.

— La maison est en feu ? Ma maîtresse est-elle morte ? Quelqu'un a tué mon maître ?

Seuls des événements d'une telle gravité pouvaient pousser Marie chez elle.

— Je voulais te voir, avoue Marie, honteuse.

Fatima est embarrassée. La pièce où elle introduit la visiteuse est aussi obscure qu'une tombe. Les yeux de Marie ont du mal à distinguer les silhouettes tapies à même le sol. Six enfants, pieds et fesses nus, la dévisagent avec curiosité. L'homme qui bourre sa pipe avec des herbes qu'il effrite de ses doigts osseux ne semble pas avoir remarqué sa présence. Une femme allongée sous une couverture tourne le dos à la porte.

— C'est ma grand-mère. Elle a juré de ne quitter sa natte que pour le linceul. Le départ de ma mère lui a coupé les jambes. Elle a cessé de marcher depuis un an.

Les confidences de Fatima alertent son père. Sa main chasse les fumées qui l'empêchent de voir Marie. Il parle de sa femme sur un ton calme. La fugueuse ne lui inspire que pitié.

— Ce n'était pas une mauvaise femme. Le seul fautif est ce maudit chamelier. Il a promis à Zahia de lui montrer la mer, et l'idiote l'a cru. Un menteur ! Un chameau aussi vieux que le sien est incapable de pousser jusqu'au Sahel.

Il tire une longue bouffée, puis se tourne vers sa fille.

— Demande-lui si elle connaît la mer. Est-il vrai qu'elle marche alors qu'elle n'a ni jambes, ni pieds ?

Marie qui raconte son naufrage grandit dans l'estime de l'homme. Il ne cache pas son admiration.

— La mer a voulu te tuer. Quel mal lui as-tu fait ?

— Aucun, répond Marie. Je voyageais comme tout le monde.

Il secoue la tête, soupçonneux :

— Voyager, voyager, c'est facile à dire. N'y a-t-il pas assez de chemins sur la terre d'Allah ? La mer n'aime pas qu'on lui marche sur la tête. Ses routes ne sont pas faites pour être piétinées mais pour mesurer la puissance du Créateur, qui a sculpté avec autant de soin l'utile et l'inutile, le beau et le laid, et donné une apparence humaine à ceux qui ne le méritent pas : les chiens et les nomades. Ma femme serait encore chez elle si son chamelier de malheur ne l'avait arrachée à sa famille. Un nomade, sans toit ni foi. J'ai pardonné. Mais il faudra voir avec les autres. Les gens du douar sont aussi tranchants que l'épée du Prophète. Les coutumes sont les coutumes, même le sultan ne peut y déroger. Zahia paiera avec son sang le passage de l'étranger dans son ventre. Un trou dans le sol et une montagne de gravats et de cailloux l'attendent sous le figuier de la place. Ils lui taperont dessus jusqu'à ce que ses os se détachent de sa chair. La faim la ramènera chez moi. Elle reviendra à la *Aïnsara* [1], quand tarira le lait de la chamelle de son amant.

— Ma fille n'est pas folle pour revenir chez toi, lance la vieille de sous sa couverture.

— Je ne fais que répéter ce qu'a dit le *mounajjem* [2], lui précise son gendre avant de se replonger dans ses vapeurs.

Fatima a honte de sa famille. Elle presse Marie de retourner chez Sidi.

— Il va s'inquiéter. Sitti Djélila s'adressera au marabout pour te retrouver. Je t'aurais accompagnée, mais il vaut mieux qu'on ne nous voie pas ensemble. La honte est sur nous depuis que ma mère nous a quittés. Ils nous adresseront de nouveau la parole, mais après le châtiment.

— Quel châtiment ? s'informe Marie.

— Quand ils auront lapidé ma mère.

Fatima envisage la mort de sa mère comme une chose inéluctable. La femme adultère doit mourir pour que les habitants du douar fraient de nouveau avec sa famille.

Le jeune frère de Fatima se frotte aux jambes de Marie comme si c'était un chat.

— C'est le dernier. Ma mère a fui le lendemain de sa naissance. Il a un pied de bouc. On a accusé ma mère d'avoir fauté avec un bélier.

Le pied de bouc n'est qu'un pied estropié. Marie, qui l'a examiné de près, accuse la malnutrition et les grossesses rapprochées plutôt que les mœurs de la femme. Mais Fatima ne veut rien entendre. Inutile de mettre en doute le verdict des notables du village. Il faut les écouter. Ils détiennent la sagesse. Ils ont tout réglementé. Les héritages en premier.

1. *Aïnsara :* Saint-Jean.
2. *Mounajjem :* voyant.

Les femmes n'héritent pas. Pour ne pas morceler les terres. C'est inscrit en toutes lettres sur une pierre de la montagne. Tout le village y va une fois l'an. Les jeunes portent les vieux sur leur dos. Les grabataires sont transportés sur des civières. Nous profitons de ce déplacement pour visiter le sanctuaire de Lalla Khadija. Les femmes stériles accrochent des bouts de laine de leur ceinture sur la branche d'un olivier. Les pauvres qui aspirent à moins de misère escaladent la pente à genoux.

— Parce qu'il y a beaucoup de misérables ? ose Marie.

— Moins qu'en ville. L'homme du Rif se contente d'une seule épouse et aime les enfants qu'elle lui donne. La femme kabyle n'est pas à plaindre. Elle circule non voilée, entre et sort à sa guise en toute liberté comme les poules dans le champ. Son gourbi n'est pas une prison. La vie sur les hauteurs est moins pénible que dans les villes. La pauvreté n'est pas considérée comme une tare puisqu'elle est partagée. Tous les villages sont égaux. Les hommes se promènent de foire en foire, les mains presque vides. On échange un soc de charrue contre de la laine et des épices, des œufs et quelques poules contre une couverture en poil de chameau. Tout peut être revendu, sauf les objets funéraires. Ils appartiennent aux morts. Leur arracher leur mobilier les rend hargneux. Ils se vengent.

— De quel mobilier parles-tu ?

— Des lampes à huile, des pots à eau, des plats en terre cuite. Parfois un berceau vide quand il s'agit d'enfant mort en bas âge. Sitt Djélila a gardé ceux des enfants. Cette femme est un puits muré. Il ne sert à personne, n'étanche aucune soif. As-tu remarqué le coffre dans l'angle de sa chambre ? Il contient des dizaines de robes tissées de fils d'or et d'argent. Elle ne les met jamais puisqu'elle est en deuil. Peut-être t'en donnera-t-elle une quand tu feras un fils à Sidi. Sais-tu qu'elle m'a demandé de faire courir le bruit qu'elle attend un enfant ? J'ai obéi, comme d'habitude. La nouvelle a fait rire les gens du douar, ils ne sont pas nés d'hier. Tout le Rif connaît son âge, gravé par son père sur le cyprès de son jardin. Sitt Djélila est du pays. Sidi s'y est installé après l'avoir épousée. Djélila n'a pas respecté la coutume : elle a hérité de son père. La malédiction est tombée sur sa descendance. Personne ne la fréquente. Même les femmes du douar d'à côté l'évitent.

— Parce que vous vous rendez visite entre villages voisins ? demande Marie insatiable.

— Rarement. A quoi cela servirait-il ? Les dialectes ne sont pas les mêmes. Le même objet porte un nom différent. Ils ont leurs coutumes, nous avons les nôtres. Leurs amphores sont en terre cuite, les nôtres en peau de chèvre. Leurs femmes calent leurs jarres sur leurs épaules, nous portons les nôtres sur la tête et pas une goutte n'en tombe. Nos dos sont aussi droits que nos peupliers. L'air, le voisinage du ciel, les saints de la montagne nous protègent. Même les Turcs n'ont pu pénétrer ici. Ils ont grignoté les bords en essayant de se faire des alliés parmi les traîtres. Peine perdue. Leurs bakchichs n'ont laissé aucune trace sur les mémoires. De l'eau sur le plumage d'un canard. Nos hommes n'ont courbé la tête devant aucun dey, aucun bey ou agha, même pas devant Sidi. Ils ont quitté ses terres sans regret, sans revendication non plus. Je suis la seule à travailler pour lui. Le village fait semblant de ne pas le savoir. Ça les arrange. Nous sommes si pauvres. Ils seraient contraints de partager avec nous le contenu de leurs marmites. Des marmites remplies d'os.

8

Des visages se penchent sur Hélène terrassée par la fièvre. Elle en cerne les contours, non les traits. Le soleil a enfoncé ses dards dans son crâne et cousu ses paupières avec un fil de feu. Hélène a l'impression de flotter sur un brouillard. Un galop résonne au loin. Il vient de la mer, du rivage qui a enseveli Jacques de Courtavray sous son sable. Le cavalier et sa monture galopent sur les vagues, piétinent l'écume, labourent les dunes et s'approchent dans un grand hennissement de la maison de Mokrane. Le portail s'ouvre de lui-même devant eux. Ils pénètrent dans les chambres, poitrine et poitrail ruisselants de sueur. Ils sont soudés l'un à l'autre. Un centaure cherche Hélène dans la maison du chef de la tribu Bani Haoua.

Qu'est-ce qui fait crier les épouses de Mokrane ? Pourquoi Assia, Mounia, Aïcha, Nahla et les autres se lamentent-elles autour de la femme vomie par la mer ? On ne pleure pas une personne venue de si loin, une étrangère.

La vieille qui n'a pas quitté le chevet d'Hélène les réprimande.

— Ce n'est pas la maladie, mais vos cris qui vont la tuer. Ils vont attirer les âmes maléfiques, les envieuses qui s'accrochent aux vivants.

On asperge le front d'Hélène avec de l'eau venue du sanctuaire. On chuchote dans ses oreilles des invocations au saint fixé au bord de l'oued. On prie le Prophète, le visage tourné vers La Mecque. Le bruit du galop s'estompe progressivement. Le mort venu récupérer sa femme s'éloigne sur sa monture. Le soleil rapetisse jusqu'à devenir un point.

Allumez un feu sur chaque colline pour éclairer la nuit. Chassez à coups de fumée les morts réveillés par la cavalcade et qui ont envahi le village. Qu'ils repartent vers les champs qui les abritent d'octobre à avril, de tichrine à nissan. Qu'ils oublient la femme, malade de la tête, qui appelle son mari enfoui sous le sable. La France la réclame. Le dey est prêt à venir en personne pour la récupérer. On ne laisse pas une marquise aux mains des barbares. On la renvoie chez elle avec les honneurs dus à son rang.

Mokrane a lu, dix fois de suite, la lettre qui le somme de s'expliquer. Pourquoi ses Kabyles ont-ils massacré cent cinquante hommes et gardé les cinq femmes ? Il a beau compter. Il tombe toujours sur le chiffre quatre.

Marie, partie en haute Kabylie,
Elise, vendue à l'émir du ksar,
Yemma B'net, avec Mouloud,
et la marquise.

Quelle est cette cinquième femme que le dey réclame ? Le maître d'Alger qui ignore l'existence de Laouza doit faire allusion à la naufragée morte sur la route d'Oran. Elle n'était pas dans sa maison au moment du partage, ni sur la grève au moment du massacre. Mokrane, perdu dans ses pensées, se laisse entraîner par son cheval du côté de l'oued. Il y trouve Mouloud. Le chevrier qui cueille des herbes semble très préoccupé.

— C'est pour tes bêtes ? lui demande-t-il sans réfléchir.

— Pour moi, bougonne Mouloud.

— Tu vas manger tout ça ?

— Qu'Allah m'en préserve. Fréquenter des chèvres ne transforme pas nécessairement un homme en bouc. Ces herbes vont guérir une blessée qui nous est tombée du ciel.

— Tes plantes doivent aussi guérir de la folie. J'ai une folle chez moi. Je suis prêt à la céder à Yemma B'net. Ce n'est pas la place qui manque chez toi. Toute la montagne appartient à Mouloud. Cette femme est vraiment folle. Elle entend des galops sur la mer. Elle voit un cavalier marcher sur les vagues. Mes femmes passent la nuit penchées sur elle. Personne ne s'occupe de moi. Mes six épouses ont déserté ma couche. Maudit soit le moment où je l'ai prise sous mon toit. J'aurais dû la laisser au thaleb qui sait parler sa langue, ou la jeter à la mer, seule coupable dans cette histoire. C'est elle qui a donné le vertige au navire français, elle qui l'a poussé sur notre sable. Le massacre, le pillage ont été ordonnés par ses vagues. Mes Kabyles n'ont fait qu'obéir. D'ailleurs, ils ont tout oublié. Ils ne se souviennent de rien.

Comme le chevrier ne répond pas, Mokrane saute à terre, attache son cheval à un arbre, puis s'accroupit à côté de lui comme s'il était son égal.

— Faisons un troc, Mouloud. Je prends ta blessée et je te donne ma marquise.

— Tu l'appelais la folle, il y a un instant.

— C'était pour plaisanter. Le dey semble la connaître. « Ne touchez pas à un seul cheveu de la marquise. » Il l'a écrit dans sa lettre. Tu veux voir ?

Mouloud secoue la tête. Il ne sait pas lire.

— Cette femme doit être très riche pour porter trois jupes l'une sur l'autre. Une blanche en bas. Une bleue en haut et des kilomètres de rubans.

L'air béat du chevrier en dit long. Mokrane a réussi à l'impressionner.

— C'est quoi une marquise ?

— Une sorte de *hanum* [1]. Un doigt plus bas qu'une sultane, mais bien plus importante qu'une *lalla* [2].

— Elle n'acceptera pas de vivre avec mes chèvres.

— Elle le fera si elle a la crainte d'Allah au cœur. Qui sait si notre marquise n'était pas une chèvre dans une autre vie ?

— Je dois consulter Yemma B'net. Elle accueillera la marquise, c'est sûr, mais il n'est pas dit qu'elle te cédera notre blessée. Pourquoi tiens-tu à l'avoir chez toi ? Tu as assez de femmes à nourrir.

— Six seulement. Il m'en faut une septième. La semaine le veut.

— Je ne promets rien, marmonne Mouloud, et il s'éloigne, son sac sur le dos.

Arrivé en haut de la pente, le chevrier se retourne :

— Pourquoi ne pas le lui demander directement ? Ton cheval et tes moustaches vont l'impressionner.

Mokrane décide d'en parler à Yemma B'net et surtout de la convaincre de l'accompagner chez le dey pour plaider sa cause. Mokrane est le seul bey qui ne paie pas ses impôts, le seul absent de la cérémonie des

1. *Hanum :* femme d'un bey.
2. *Lalla :* titre de noblesse.

« subsides » qui a lieu une fois l'an. Les autres arrivent suivis de juments lourdement chargées de sequins. La foule suit les convois avec des cris de joie. Le dey évalue la somme au nombre des montures. Arrivés au palais, les beys qui ont donné satisfaction ont droit à un caftan, offert de la main du dey, les autres sont étranglés dans une salle attenante au trône. Mokrane, qui sait ce qui l'attend, n'a jamais mis les pieds à Alger depuis l'arrivée du nouveau représentant de la Sublime Porte. Sous prétexte de maladie, il envoya une fois un caïd à sa place, avec une jument si légèrement chargée qu'elle aurait pu s'envoler. Le caïd ne revint pas à Ténès, la jument non plus.

Le chef des Bani Haoua n'est pas près d'oublier la cérémonie du pesage des impositions, à laquelle il assista, sept ans plus tôt. Le khasnedji ou gardien du trésor remet les recettes à deux juifs. Ces derniers reconnaissent au toucher et à la vue les monnaies douteuses qui sont aussitôt refusées. Les autres sont pesées. Le khasnedji annonce à haute voix le poids. Un écrivain public enregistre les chiffres qu'il donne.

Si grande est la méfiance de la Régence envers les contribuables qu'elle a posté un *chaouch* [1] à la porte de chaque cimetière pour attraper ceux qui enterrent leurs morts discrètement, afin d'échapper aux impôts sur l'héritage.

Les Bani Haoua se sentent en dehors de toutes les réglementations. C'est une hérésie de partager son blé avec autrui, ses terres avec l'agha ou le bey, une hérésie aussi de céder à l'Etat une partie de son héritage. Autant partager sa femme avec son voisin. Mokrane, qui chevauche calmement le long de l'oued, ignore que le dey d'Oran a juré sa perte, que celui d'Alger demande sa tête, et que le chargé d'affaires français réclame tous les hommes tombés entre les mains de ses Kabyles. Sinon la France occupera l'Algérie. Chemin faisant, Mokrane se demande s'il doit répondre à la lettre que ses doigts n'ont pas cessé de palper dans

1. *Chaouch :* soldat qui fait régner l'ordre.

le fond de sa poche. Ses propos mielleux ne sont qu'un piège pour qu'il se livre à son bourreau.

A Mokrane le grandiose, le valeureux, seigneur parmi les seigneurs, qu'Allah lui donne longue vie et l'abrite plus tard dans son vaste paradis.

La rumeur veut qu'un navire français ait fait naufrage face à Ténès, sur un terrain qui dépend de ta wilaya. Les naufragés ont été dépouillés de leurs vêtements et traînés dans les montagnes. Cent cinquante autres ont été massacrés par tes Kabyles. Ceux qui ont échappé à tes hommes se sont présentés nus, comme Allah les a créés, au consulat d'Espagne à Oran. Parmi eux, le commandant du navire et cinq femmes. Voici les noms de ces rescapés :

Madame Noyer, épouse de lieutenant
Marie Butet et son bébé, épouse de caporal
Marie Michelet, épouse de sergent
Madeleine Galand, épouse de carabinier
Marie Faurez, épouse d'artilleur.

Cinq autres femmes manquent à la liste. J'ai promis au chargé d'affaires français de les lui rendre. Parmi elles : la marquise de Courtavray, épouse d'un commandant. Cette femme est la belle-sœur du ministre des Armées. Tu leur rendras aussi Marie Belleterre et la religieuse. Je te conseille vivement de venir défendre ta cause auprès du chargé des affaires français, accompagné d'un des rescapés qui pourra plaider en ta faveur.

Pourquoi pas *une* rescapée ? se demande Mokrane, soudain plein d'espoir. Une idée germe dans son esprit : il va rendre visite à Mouloud, séduire cette Laouza dont ni lui ni les Français ne soupçonnaient l'existence, la convaincre de l'accompagner à Alger. Il l'épousera au besoin, en fera sa première femme, et son témoignage pèsera lourd dans la balance.

Arrivé devant son écurie, Mokrane se souvient des hésitations du chevrier à livrer le nom de la fille.

— Un nom très compliqué, presque imprononçable. Moi je l'appelle Laouza.

— Pourquoi Laouza ?

— A cause de ses seins. On dirait deux amandes fraîches.

Mokrane serait moins optimiste s'il était au courant de ce qui se trame à Alger. Dubois-Thainville qui a perdu patience parle de guerre sainte contre les Kabyles. La France enverra des troupes qui envahiront le pays. Le dey essaie de le calmer. Il promet de punir sévèrement les rebelles, dès le retour du beau temps, car les pluies ont bloqué les routes. Il lui conseille la patience et surtout de rapatrier ceux qui se trouvent à Oran en attendant de récupérer les autres. Dubois-Thainville est prêt à obéir. Mais comment faire entendre raison au commandant du *Banel* ? Joseph Thérèse Callemand refuse d'embarquer son monde sur les bâtiments mis à sa disposition. Il les trouve trop exigus, en réclame d'autres, capables de contenir la totalité des survivants du naufrage, puis finit par accepter.

Citoyen Consul, écrit-il au chargé d'affaires à Alger.

J'ai reçu aujourd'hui la lettre que vous m'avez fait l'honneur de m'écrire le 29 pluviôse. Conformément à votre demande, je vous envoie l'état des effets qui ont été pillés par les barbares. Je vous envoie également le nominatif des marins et militaires qui vous permettra de connaître le nombre de ceux qui ont péri. Certains sont encore dans les montagnes, malgré les perquisitions qui ont été faites par tes janissaires du dey d'Oran. Je ne puis, commissaire citoyen, vous envoyer le compte des dépenses d'habillement et de nourriture, le vice-consul d'Espagne ne l'a pas encore terminé. Une partie de l'équipage s'est mise en route vers Arzew. Ils embarqueront malgré l'exiguïté des bâtiments mis à leur disposition, si toutefois le temps qui est pluvieux en ce moment ne s'y oppose pas. Ils partiront puisque tel est votre désir.

Agréez commissaire citoyen mes respectueuses salutations et celles de tous les officiers de terre et de mer.

Joseph Thérèse Callemand.

Dubois-Thainville n'est pas tranquille. La lettre de Joseph Thérèse Callemand ne l'a pas convaincu. Il préfère s'adresser au vice-consul d'Espagne pour hâter le départ des rescapés.

Monsieur le Consul,

Un courrier m'apprend avec beaucoup de peine les retards d'embarquement de nos rescapés. Les dépenses qu'occasionne leur séjour à Oran sont considérables. Je vous prie de hâter leur départ, par tous les moyens. Le nombre seulement de bœufs exigés pour la traversée jusqu'à Arzew est si grand que je n'ose y croire. Il n'en faudrait pas plus pour un voyage en Inde. En vous donnant toute latitude pour les secours à prodiguer, je n'ai, bien entendu, voulu faire partir que ceux indispensables à la France. Les autres suivront. Sans doute, la situation de ces derniers mérite bien des égards, mais il faut, je vous prie, éviter tout gaspillage.

Entretenez-vous avec le commandant Callemand et apportez-moi, si vous le pouvez, l'économie convenable.

Dubois-Thainville
Chargé d'affaires français à Alger.

Qui sont « ces autres » qu'on n'embarque pas pour éviter tout gaspillage ?

Le chargé d'affaires les considère-t-il aussi inutiles que les femmes restées à Ténès, réclamées parfois, mais souvent oubliées ? Dubois-Thainville ne sait plus où donner de la tête, c'est là la vérité. Il se disperse entre réclamations et menaces. Le commandant du *Banel* ne lui facilite pas la tâche. Après avoir accepté d'embarquer les rescapés sur les bâtiments prêtés par Bouznah et Bacri, deux juifs livournais, Joseph Thérèse Callemand change d'avis. Il ne quittera pas Oran tant qu'un seul marin manque à l'appel. Il veut récupérer tous les hommes otages des Kabyles. Dubois-Thainville le soupçonne d'être de mauvaise foi. Selon le chargé d'affaires, le commandant essaie de retarder son retour en France où il sera jugé pour avoir mal manœuvré, et confondu les côtes espagnole et algérienne. Sa fuite vers Oran en compagnie d'une centaine de survivants est inacceptable. Il a laissé derrière lui des agonisants et des blessés qu'il aurait pu secourir. Autre erreur, Callemand n'a jamais revendiqué les femmes restées à Ténès, ni ne s'est inquiété de leur sort. Il s'est juste contenté de noter le nom des rescapés sur la liste qu'il a adressée à Talleyrand.

9

Le printemps a remplacé l'hiver en une seule nuit. Mais rien n'a changé à Ténès la rocheuse. Il faut grimper sur les hauteurs pour voir un arbre en fleur ou une touffe d'herbe. Hier le village a eu droit à un spectacle étonnant. Les servantes de Mokrane ont profité de l'obscurité pour déménager la marquise chez Mouloud. La femme malade pesait sur la conscience du chef des Bani Haoua, et distrayait ses femmes de leur devoir conjugal. Hélène se sent mieux depuis qu'elle partage la vie de ses compatriotes. Mère Jeanne la soigne. Benjamin-Laouza lui réapprend à rire. Elle les aide à trier et à effeuiller les plantes que Mouloud cueille dans la nature et qui guériront les malheureux venus frapper à la porte de la religieuse.

Hélène s'active sans quitter la mer du regard. Le navire qui la ramènera chez elle viendra de là. Jacques de Courtavray sera à bord. Jacques a échappé au massacre, Jacques est rentré en France pour revenir avec du secours. Mère Jeanne ne sait comment lutter contre le désespoir d'Hélène. Un désespoir muet, mais visible dans son regard fixe, qui scrute le large à longueur de jour. Peu à peu la marquise s'est mise à douter. Elle n'est plus sûre d'avoir vu son mari s'enfuir en compagnie d'autres rescapés. D'ailleurs elle n'est plus sûre de rien. La nuit était si épaisse. On ne pouvait rien voir. On pouvait tout au plus entendre les hurlements de ceux qu'on assassinait, les râles des mourants et le bruit des sabots des mulets lâchés par leurs propriétaires.

Parler fatigue Hélène qui se remet lentement de sa maladie. La lassitude s'inscrit vite sur son visage émacié. Il y a un mois à peine, les apparitions de la marquise sur le pont du *Banel* figeaient les voyageurs. Militaires et marins arrêtaient de parler. Elle semblait tout droit sortie d'un tableau de la Renaissance avec sa peau diaphane, ses yeux bleu azur et sa chevelure qui ondulait jusqu'au bas des reins. Au lieu de l'alourdir, sa grossesse avancée lui donnait une certaine grâce. Hélène l'enveloppait de vastes manteaux en soie qui laissaient deviner les rondeurs tout en les masquant. De toutes ses toilettes somptueuses, Hélène a conservé deux jupons et une jupe aux ourlets déchiquetés. L'eau salée a terni les couleurs et transformé les rubans de soie en misérables ficelles.

Mère Jeanne évite de la regarder. Son cœur se serre à la vue des cernes noirâtres qui lui dévorent les yeux, et des doigts tellement amaigris qu'on les dirait coulés dans la cire.

« Morte, Hélène ne serait pas différente, pense-t-elle » en se mordant les lèvres.

— Ta robe te serre trop. Tu risques d'étouffer l'enfant. Ne veux-tu pas l'échanger contre une djellaba ?

Hélène secoue la tête. Les deux larmes qui fusent entre ses cils donnent mauvaise conscience à la religieuse.

Hélène ne serait pas dans cet état si Mère Jeanne l'avait gardée à ses côtés au lieu de la laisser à Mokrane. Elle a failli à son devoir de nonne et de mère. Les habitants de Ténès ne l'ont-ils pas surnommée Yemma B'net ? Une mère bien indigne, se répète-t-elle. Elise abandonnée sur une promesse mensongère : « Je saurai te retrouver », jamais mise à exécution. Marie partie comme une pauvresse derrière le cultivateur du Rif. Mère Jeanne aurait besoin de deux vies pour oublier le regard suppliant de la jeune fille qu'elle avait appris à connaître et à aimer. Sur le bateau, Marie la rejoignait tous les soirs à l'heure des vêpres. Mère Jeanne la revoit figée devant la monture de l'homme voilé, le visage aussi blême qu'un linge et ses cheveux, jadis touffus, collés sur son crâne, serpentant en quelques pauvres mèches sur sa robe en lambeaux. La grande fille saine, à la taille bien prise et qui éclatait de vie, avait cédé la place à une autre, fiévreuse, tassée sur elle-même. Elle fit trois tentatives pour se hisser à cheval. La peur de ce qui l'attendait, l'épuisement avaient coupé ses jambes.

Mère Jeanne-de-l'Enfant-Jésus n'a pas besoin de fouiller sa mémoire pour retrouver le visage d'Elise. Le portrait de la fillette, exécuté par un artiste italien qui repeignait le plafond de la chapelle, ne quitte pas sa poche. Elle sort le médaillon d'une main tremblante et le scrute longuement. Même peau translucide que la marquise, mêmes yeux d'un bleu intense proche du violet, même ovale du visage, une beauté aristocratique. Mère Jeanne montre le portrait de la fillette à Hélène perdue dans ses pensées.

— Aimerais-tu avoir une fille comme Elise ?

— J'aurai un fils. Il le faut. Il vengera son père.

Sa réponse n'admet pas de réplique.

Mère Jeanne se signe. Tant de rancune dépasse celle qui ne sait ni haïr ni se révolter. Son ordre lui a appris la soumission, son dieu le pardon, et son séjour à Saint-Jean-d'Acre où elle apprit l'arabe avec un cheikh musulman le reste. C'est-à-dire la tolérance et la mansuétude propres à l'islam. « Nous sommes tous les descendants d'Adam, lui répétait-il, faits de la même boue. Le plus digne aux yeux d'Allah est le plus pieux. »

Dix ans après ces enseigements étalés sur trois mois, il arrive à Mère Jeanne de douter du pouvoir de la piété. Ses prières n'ont pas ramené Elise et Marie. Deux de ses filles sont dispersées dans la nature. Est-ce pour se racheter qu'elle se veut à l'écoute de toutes les indigènes qui viennent vers elle ? Les soins terminés, il leur arrive de revenir pour demander conseil. La religieuse se réfère aux Evangiles, au bon sens pour résoudre leurs problèmes.

— Apprends-moi tes prières, lui a demandé une mère, il y a une semaine. Mon bébé est mourant. Ton Dieu m'entendra peut-être, le mien est devenu sourd.

Agenouillée à côté de celle qu'on appelle Yemma B'net, elle a répété des phrases dont elle ne connaissait ni l'origine ni le sens, mais avec une telle ferveur que la religieuse en était troublée.

Mère Jeanne l'a retrouvée le lendemain devant sa porte, pliée jusqu'à terre comme si un poignard était planté dans son cœur.

— Mon bébé est mort, lui annonça-t-elle. Tu peux encore quelque chose pour moi. Je ne veux pas qu'on l'enterre entre deux couches de sable, mais dans une boîte comme dans votre religion.

Consciente qu'il ne fallait pas la décevoir pour la deuxième fois, Mère Jeanne vida sa caisse de médicaments de toutes les fioles qu'elle contenait et la lui tendit. Hélène et Laouza la secondent de leur mieux. Il arrive à la première de s'éloigner par la pensée jusqu'à devenir une statue. Laouza la ramène à la réalité, par quelques mots qu'elle lui coule dans l'oreille : « Marquise, êtes-vous là ? »

La marquise répond par un pauvre sourire. Elle admire la jeune fille, capable de coudre plus de vingt sacs par jour tout en discutant de choses et d'autres. Ses doigts habiles piquent, faufilent, replissent, nouent puis écrivent, sur le tissu, le nom de la plante. Hélène admire surtout la manière dont Laouza tient tête à Mokrane qui a décidé de la séduire pour des raisons restées mystérieuses. La blessure qui a entaillé son aine lui sert d'alibi pour ne pas céder à ses avances. Mokrane, venu prendre des nouvelles de Yemma B'net pour s'assurer qu'elle ne manquait de rien chez Mouloud, est tombé amoureux de Laouza. Son désir de la traîner chez le dey d'Alger s'est mué en désir tout court. Il n'a plus qu'une seule idée : la mettre dans son lit, lire le plaisir dans le vert de ses yeux. Elle découvre innocemment la cuisse pour lui montrer sa blessure. Une entaille entourée de chair pulpeuse qui fait monter le sang à la tête de Mokrane.

— Viens dans ma maison, Laouza, l'implore-t-il. Viens vivre sous un vrai toit. Laisse le *jérid* [1] aux chèvres et aux chevriers.

Laouza secoue la tête.

— Il y a trop de femmes chez toi.

— Tu veux que je les renvoie ?

Il doit regretter sa proposition pour ajouter ceci :

— De pauvres orphelines qui ne sauront pas où aller. Elles n'auront plus qu'à mendier dans les rues d'Alger si jamais je les chasse.

— J'attendrai que tu deviennes veuf.

— Veuf six fois de suite ? C'est impossible.

— Tout peut arriver de nos jours. La mort de six femelles insipides n'est rien, comparée à celle de cent cinquante marins, précise-t-elle, ses yeux dans les siens. Il suffit que Mokrane en donne l'ordre. Laouza sera à lui malgré sa blessure. Elle dormira sous Mokrane, se réveillera sous Mokrane.

La volonté du chef des Bani Haoua ne pèse pas lourd face à ce dernier argument. Un sourire large étire ses lèvres. Sa moustache en arc de cercle devient rectiligne. Une félicité de courte durée qui se mue en inquiétude quand Laouza lui annonce qu'elle n'a plus rien à lui dire et qu'elle le reverra dès qu'il aura fait le nécessaire.

— Quel nécessaire ? s'égosille-t-il sur le ton d'un coq qu'on étrangle.

— Que tu t'arranges pour devenir six fois veuf.

Cette jeune fille est une chaytan, Mokrane en est convaincu.

— Prends ton temps. Je ne suis pas pressée, ajoute-t-elle en s'étirant lascivement. Entre-temps tu peux m'offrir une maison. C'est indigne du chef des Bani Haoua de loger sa fiancée dans un enclos.

— Tu l'auras, ta maison, fille sans cœur, mar-

1. *Jérid :* branchage.

monne-t-il entre ses dents. Mais je ne te garantis rien pour le reste. Impossible de se débarrasser de six épouses en même temps.

— Il suffit de procéder par étapes. Mokrane n'a-t-il jamais entendu parler de la peste, du mauvais œil, des chutes dans les puits, et surtout de la crasse, une maladie comme une autre ? Tes femmes puent. Tu devrais les obliger à se laver, ne serait-ce qu'une fois l'an. Pourquoi ne pas leur faire construire un hammam ? Faute de hammam, plonge-les dans la mer. Tu en profiteras pour leur apprendre à nager.

— Je ne sais pas nager, geint Mokrane.

— Raison de plus. Tu les noieras.

Le chef des Bani Haoua s'enfuit pour cacher sa pâleur. Cette fille fera de lui un assassin.

— N'oublie pas la maison, crie-t-elle à son adresse. Mokrane n'est pas un chien. Il a besoin d'un toit et d'un matelas pour faire l'amour. Seuls les animaux baisent en plein air.

Laouza espère une vraie maison, non un de ces gourbis qu'elle a eu l'occasion de découvrir en allant porter des remèdes aux malades grabataires. Une maison avec des meubles comme aucun Ténésois n'en possède. Inconnues les chaises, les armoires, les tables. On jette une natte de jonc à l'entrée afin que les visiteurs y laissent leurs babouches. Un tapis et quelques coussins, utiles pour s'asseoir le jour et dormir la nuit, constituent tout le mobilier des chambres à coucher. Les matelas et les couvertures sont enroulés derrière un rideau. On enferme les ustensiles de cuisine dans des niches creusées des deux côtés de la fenêtre. Les cuillères sont en bois, la vaisselle en terre cuite. On mange à ras du sol, sur une natte en grosse corde. Seuls les aghas, les beys et le dey d'Alger possèdent une table et une serviette si longue qu'elle fait le tour des dîneurs. Elle sert à tous en même temps.

Laouza a appris beaucoup de choses lors de ses visites. Les femmes kabyles qui veulent passer pour élégantes se frottent le bout des doigts avec de la guéva, une plante qui les colore en bleu, et noircissent leurs cheveux avec de l'antimoine brûlé. Au mari impuissant elles ajoutent une pincée de *surnag* dans l'eau de sa gargoulette. C'est un aphrodisiaque si puissant qu'il suffit qu'une jeune fille urine à côté de cette plante pour qu'elle perde sa virginité.

Laouza étudie les mœurs des Bani Haoua avant de passer à l'acte. Elle les battra avec leurs propres armes, ruinera leur chef, humiliera ses épouses et sèmera la destruction et le kharab chez tous ceux qui ont pris part au massacre. Elle les dénichera l'un après l'autre, quitte à grimper jusqu'aux plus hautes montagnes, et leur fera mordre la poussière sous ses pieds.

Mokrane fait construire la maison de Laouza sur un rocher qui domine la baie. Il s'est décidé si vite. Les habitants de Ténès en restent bouche bée. Armé d'un fouet, il dirige les travaux en personne, tape à gauche, tape à droite, devant lui, derrière lui, injurie tout le monde, sans raison, pour le seul plaisir de dire des gros mots. Il a hâte que tout soit terminé, Laouza a promis d'être à lui une fois scellée la dernière pierre quand la clef ouvrira la porte. Il est si épuisé le soir qu'il se jette sur sa natte sans un seul regard pour ses femmes. La vieille intendante le réveille au cours de la nuit et le prévient des dangers qui guettent son foyer.

— La révolte gronde dans le pavillon des femmes. Je les calmerais si j'étais toi.

Mokrane secoue la tête. Il est trop épuisé pour émettre un seul son.

— Nahia couche avec Mounia. Elles ont appris à s'arranger entre elles. J'ai dû les arroser avec un seau d'eau pour les séparer. Des chiennes.

— Laisse-les faire, riposte-t-il d'une voix molle. Deux femmes ensemble, c'est comme les mains d'une même personne. Ça ne peut pas aller loin. Elles peuvent tout au plus applaudir.

— Tu fais l'aveugle, Mokrane. Non seulement elles couchent ensemble, mais en plus elles médisent de toi.

Mokrane se redresse. Il est tout à fait réveillé.

— Que disent-elles ?

— Que tu fais l'amour comme le vent de l'Aurès. Il souffle, souffle puis tombe à plat sans avoir réussi à renverser la moindre clôture. Il ébouriffe les plumes des coqs, rien de plus.

Mokrane avale sa salive de travers, se contient pour ne pas exploser.

— Que disent-elles encore ?

— Que ta moustache sent le mouton grillé, tes bourses aussi.

Son doigt indique l'entrejambe de Mokrane.

— Elles l'ont répété à Rachid qui les promène sur sa mule tous les après-midi.

— Un fils de chien ! Que fait-il de plus que les promener ?

— Il les fait rire. Assia a tellement ri que son ventre a gonflé. Ses règles ont disparu depuis deux mois. Elle s'inquiète, la pauvre. Elle a creusé un trou dans le sable, prié Sitti Zeinab, accroché des bouts de laine de sa ceinture à l'arbre de la zaouia, mais son sang s'entête à se cacher.

Mokrane est hors de lui. Il menace la vieille de ses foudres si Assia n'a pas ses règles avant le lever du jour.

— Tu n'as qu'à la prendre dans ta couche si tu la veux fidèle, riposte celle-ci. Assia est jeune. Elle a de l'appétit. Il faut nourrir ses deux bouches.

La main de Mokrane se lève pour frapper, puis retombe, impuissante. Comment expliquer sa peur de Laouza ? Elle lui a dit qu'elle le saurait si jamais il approchait une de ses femmes, et lui l'a crue. Il croit tout ce qu'elle dit, même qu'elle était un garçon avant le naufrage. Le fait de piétiner le sol de Ténès l'a transformée en fille. Une diablesse. Son but est clair. Le laisser mijoter dans son désir jusqu'à ce qu'il en crève.

Le sommeil le fuit. Il étouffe. La chambre est trop étroite pour contenir sa colère. Il se lève et se dirige vers l'écurie. Son cheval hennit à sa vue.

Sa joue posée sur celle de l'animal, Mokrane pose une question après l'autre :

— Est-ce vrai que mes moustaches sentent le mouton grillé ? Est-ce vrai que mes couilles sentent la même chose ? Et qui a dit que je ne vaux pas mieux que le vent de l'Aurès ?

Le hennissement étonné de son cheval le rassure. Mokrane saute en selle et se dirige droit vers l'enclos du chevrier. Il s'arrête cent mètres avant et continue son chemin à pied. Une oreille collée contre la porte, il essaie de capter la respiration de la roublarde.

Un corps se retourne sur une natte ? C'est sûrement le sien qu'il imagine nu. Les cuisses couleur miel se rejoignent sous la toison, du même roux que la chevelure. Mokrane n'a jamais vu de pubis roux. Toutes ses femmes sont brunes. L'envie de le humer, de le mordre, de le défoncer le fait tituber. Ses jambes l'abandonnent. Il se laisse glisser par terre en gémissant de désir. Le chef des Bani Haoua, un mendiant d'amour. C'est tout juste s'il ne tend pas la main pour demander l'aumône d'une caresse.

L'aube lui fait retrouver sa fierté. Il crache par terre, crache sur la porte de l'enclos puis retourne chez lui. Il a sommeil. Il repensera à Laouza plus tard. Elle lui obéira au doigt et à l'œil quand elle habitera entre ses murs. La femme apprécie l'homme qui dépense pour elle. Plus elle lui coûte, plus elle en est amoureuse.

Laouza, en réalité, n'est pas pressée de quitter Mère Jeanne. Elle profite du calme des lieux pour préparer sa vengeance. Elle hait Mokrane. Elle hait les habitants de Ténès. Seul Mouloud échappe à son aversion. Elle lui doit la vie. Contrairement à ses deux compagnes, elle a vu d'un mauvais œil les premiers malades, venus quémander des soins à celles qu'ils appellent Yemma B'net.

« Cette femme est un toubib, une guérisseuse », avait dit le thaleb dans la maison de Mokrane dans l'heure qui a suivi le naufrage. Cette phrase a fait boule de neige. La rumeur a gonflé jusqu'à devenir une certitude. Certains viennent de loin : du Chélif, traînant une patte gangrenée, une douleur insupportable aux reins, une toux caverneuse. Un malade en a entraîné un autre. Les mères nanties de leurs nourrissons étaient les premières à consulter. Le caroubier de

Mouloud fait office de salle d'attente. Le chevrier règle les entrées. Il donne la priorité aux grands malades. Les supplications montent à l'assaut des murs vers la femme censée guérir de toutes les maladies, visibles ou invisibles.

— Guéris mon fils, Yemma B'net. Il a le mal du diable. Il n'entend plus, ne voit plus, ne parle plus. Il tremble comme une branche de palmier sous le *chergui* [1]. Une âme perdue s'est faufilée dans sa voix, qui a changé et n'a plus rien d'humain. Essaie de l'interroger et tu entendras la plainte d'une colombe.

La religieuse se penche sur le corps qui tremble, délie les doigts crispés, masse la nuque rigide, puis trace des cercles sur le front et les joues. Les muscles se dénouent progressivement. La respiration se calme. La guérisseuse profite de ce répit pour préparer une infusion de plantain et de jusquiame, si efficace contre les crises d'épilepsie.

Mokrane, lui aussi, aimerait consulter Yemma B'net, qui le guérirait peut-être de la peur qui le submerge chaque fois qu'il pense à la nouvelle lettre du dey d'Alger. Celui-ci le somme de rendre tous les survivants du massacre, sinon une troupe de janissaires armés jusqu'aux dents prendra la route pour le châtier. Il est chef des Kabyles, donc responsable de leurs crimes.

Le dey d'Oran, de son côté, mettra tout en œuvre pour saisir les rebelles, quitte à employer l'artillerie. « Rends les hommes et leurs effets. Sinon je ne réponds plus de ta vie », l'a-t-il menacé.

La peur de Mokrane est doublée d'un sentiment de soulagement. Le dey ne réclame que les hommes. Le chef des Bani Haoua peut donc garder Laouza, ainsi que Yemma B'net si précieuse au village. Les malades préfèrent s'adresser à elle qu'au saint de la zaouia. Son estime pour la religieuse grandit de jour en jour. Leurs rapports seraient si harmonieux si elle ne s'entêtait pas à réclamer le retour d'Elise et de Marie.

1. *Chergui :* vent brûlant.

10

— Je planterai un grenadier si l'enfant est un garçon, un figuier s'il est une fille.

Sidi doit être content de Marie pour lui faire part de ses projets. Il lui demande de ne plus s'aventurer dans le douar.

— Aucune main ne t'aidera à te relever si tu tombais. Ces gens ne nous aiment pas. Ils séquestrent nos brebis égarées, non pour les manger mais pour les laisser mourir de soif et de faim. Tu sortiras uniquement en compagnie de ma femme. Djélila t'accompagnera demain chez le *hadj* [1], un saint homme. Il habite le vieux *bordj* [2] en bordure de la route. Son pouvoir est grand. Il peut changer le sexe de l'enfant dans le ventre de sa mère. Sa voix traverse la chair et parle au sang. Djélila saura le remercier. Elle se montrera généreuse. Peut-être lui laisserait-elle un de ses bracelets. Ils deviennent trop lourds pour ses bras qui vieillissent de jour en jour.

La visite au hadj terrorise Marie. Fatima lui a appris que le bordj est infesté de serpents.

— C'était leur maison avant de devenir celle du hadj. Ils sont les vrais propriétaires des lieux. Ils y sont depuis que le monde est monde, avant les murs, l'escalier et le toit. Le hadj est venu après. Les serpents se sont entassés l'un sur l'autre pour lui faire de la place. Ils font bon ménage. Ils lui donnent leur venin. Le hadj, lui, les éclaire avec sa lampe. Le venin devient médicament. Parfois il guérit, d'autres fois il tue. J'y ai emmené mon frère, il y a un an. La vue du breuvage vert m'a fait fuir. Je le préfère boiteux que mort.

Marie supplie la femme de Sidi de se rendre seule chez le hadj. Mais celle-ci ne se laisse pas fléchir. Elle la met en garde contre le vieillard rancunier.

1. *Hadj :* homme qui a fait le pèlerinage à La Mecque.
2. *Bordj :* tour.

— Il se vengera de mille façons, interrompra ta grossesse ou tuera l'enfant à la naissance.

Marie la suit de mauvais gré sur le chemin caillouteux qui mène à la tour. Arrivée devant la porte, elle s'accroche à Djélila. Elle a si peur de marcher sur un reptile.

Marie gravit les marches sans quitter des yeux les murs et le plafond, car les serpents peuvent surgir de toutes parts, même des lucarnes tissées de toiles d'araignées.

L'homme assis sur le palier de l'escalier la fixe sous ses épais sourcils. La lucarne à sa droite s'ouvre sur la montagne, celle à sa gauche donne sur la vallée. Il ne répond pas au salut de Djélila, son attention va à Marie et à la panique qu'il lit dans ses yeux.

— Tu ne dois pas avoir peur de ce qui rampe et marche, lui lance-t-il en lui désignant une place à côté de lui. Tes ennemis sont d'un autre ordre. Fais attention aux éléments. L'eau a dévié le chemin de ta vie. Le feu dévorera les murs qui t'abritent. Le vent emportera toutes traces de ton passé. L'homme qui a enfoui sa graine dans ton terreau sera récompensé. Il aura le temps de voir son enfant à travers la peau de ton ventre. Tu imiteras si bien ses terres qu'elles finiront par t'appartenir. Tu deviendras la plus riche propriétaire terrienne du Rif.

Marie suffoque de colère :

— Vous me voyez passer le reste de mes jours ici ? Croyez-vous que les miens m'ont oubliée ? Ils sont certainement au courant du naufrage, du massacre des marins. Ils doivent se demander ce que sont devenus les rescapés.

— Quels rescapés ? s'énerve le vieillard. Seuls nos ancêtres ont fait naufrage dans la baie de Ténès. C'est expliqué noir sur blanc dans les Ecritures. Ils sont arrivés sur cette côte, il y a trois mille ans, à bord d'un radeau fait de roseaux et de peaux de chèvres. Ils étaient sept selon les Anciens : trois hommes et quatre femmes. Il y avait aussi un mulet rouge et un bournous de la même couleur. L'embarcation s'était brisée face à la Kabylie. Les deux rochers de la baie ne sont que la coque pétrifiée. Arrivés à terre, les sept naufragés ont vu le bournous se dresser sur le dos du mulet et crier : « Vous m'enterrerez là où s'arrêtera cette bête. » Ils ont franchi sept étapes et grimpé sept collines. C'est dans ce douar, le plus haut de la Kabylie, que la bête tomba raide morte. La montagne que tu vois d'ici porte le nom de Djebel Sidi-Bournous.

Le hadj tient à sa version. Inutile de lui demander si Marie retournera dans son pays. Il la voit enracinée ici, propriétaire de toutes les terres qui dégringolent jusqu'à la vallée.

— Ces terres nous appartiennent, riposte Djélila furieuse. Pourquoi les donnes-tu à l'étrangère ? Et que vais-je devenir selon tes prédictions ?

— Comment parler du néant ? réplique-t-il. Tu n'existeras plus. L'eau qui a conduit cette femme dans ta maison t'en chassera. Elle te conduira là où il n'y a ni pays, ni terres, ni maisons. Ton âme avide aura du mal à s'éloigner de la propriété. Ton regard jaloux lancera des étincelles. Un incendie détruira le tendre et le sec, l'herbe et la paille. Cette femme reconstruira. Elle luttera contre la morte que tu seras. Tu feras partie des forces invisibles, et côtoieras jour et nuit les vivants. Ton œil vertical les suivra partout. Tu fuiras les instruments de fer et surtout le sel capable de te dissoudre. Dis *Inch'Allah* [1] !

Djélila refuse de dire *Inch'Allah*. Elle en veut au vieillard et quitte le bordj sans le remercier, sans lui laisser de bracelets. Marie a du mal à la suivre. Elle marche à grandes enjambées, l'injure à la bouche. Elle dit le hadj fou, ses breuvages venimeux, ses prédictions mensongères. Elle annonce à Marie qu'elle vivra aussi longtemps que son mari. Elle élèvera ses fils et les fils de ses fils, quand Sidi chassera la jeune femme, parce qu'elle s'en ira après la naissance du bébé.

Le soir même, elle fait la tournée des lumières pour s'assurer que l'enfant sera un garçon. Marie la voit

1. *Inch'Allah :* « A la grâce de Dieu. »

courir d'un arbre à l'autre et déposer une bougie au pied des troncs. Elle donne un nom à chaque bougie : Ali, Hassan, Hossin, M'Hammed... Accroupie dans l'obscurité, elle surveille les points lumineux : le premier à s'éteindre donnera son nom au fils de Sidi. Les flammes éclairent le feuillage, jamais les branches. Elles sont longues à se consumer. Djélila titube de sommeil. Marie la prie de rentrer, mais elle ne l'écoute pas. Elle est prête à tous les sacrifices pour que son mari ait un héritier. L'idée que leurs terres puissent tomber entre les mains des habitants du douar la terrorise.

Depuis que Marie est enceinte, Sidi partage de nouveau la couche de sa femme. Il dort de l'autre côté du rideau. Le couple s'est reformé. Marie les entend discuter jusqu'à une heure tardive de la nuit. Ils connaissent par cœur le nombre de leurs veaux, de leurs vaches et de leurs plants de maïs. Ils projettent toujours de creuser un nouveau puits, l'ancien est en train de se tarir. Parfois il la prend, hâtivement, sans préambules. Son sexe crache son désir dans sa fente. Leurs gestes s'impriment sur le rideau tel un théâtre d'ombres. L'homme vertical, la femme horizontale. Le râle annonce sa chute sur elle. On dirait un arbre foudroyé. Le sommeil les fait fondre en une seule ligne.

Le hadj a vu juste en annonçant à Marie qu'elle passera le reste de sa vie au douar. Deux bâtiments ancrés à Arzew ont ramené en France tous les rescapés qui se trouvaient à Oran. De son côté le dey, après une première perquisition infructueuse, est revenu à la charge, et a arraché aux Kabyles tous les hommes qu'ils avaient entraînés dans la montagne. Seuls les morts et les femmes demeurent en Algérie. Le chargé d'affaires, fier du résultat, écrit à son ministre. Dubois-Thainville évite d'évoquer le sort des malheureuses. Inutile de se compliquer la vie pour des femmes qui ont trouvé preneurs.

L'avenir des relations entre les deux gouvernements demeure sa seule préoccupation :

Tous les consuls vinrent me féliciter de l'heureuse issue, écrit-il à Talleyrand. Je leur ai témoigné ma surprise en les assurant qu'aucun nuage n'a jamais existé entre le gouvernement français et celui d'Alger et que les deux pays sont étroitement liés par un traité solennel.

Dans cet état de choses, citoyen Ministre, vous jugerez sans doute qu'il est indispensable de prendre une décision pour les deux cent milles piastres que réclame le dey ainsi que les présents d'usage. Si le Premier Consul juge qu'aucun engagement ne le lie avec la Régence, et se détermine à refuser la demande, j'exécuterai sans doute ses ordres avec la fermeté convenable. Mais je ne puis dissimuler qu'un refus m'occasionnerait beaucoup d'embarras. Je souhaiterais, dans ce cas, qu'une division de quelques vaisseaux se montrât dans ces parages au moment où je serais obligé de traiter irrévocablement cette affaire. J'estime indispensables les présents d'usage. Il s'agit de satisfaire les grands de la Régence. Le khasnedji l'affirme.

11

A force de fréquenter les sœurs de Mansour, Elise a fini par parler l'arabe. Elle ne voit son époux qu'à la tombée de la nuit, pendant quelques minutes, le temps de rassurer l'émir. Il la quitte dès que s'éteignent les lumières du palais et de la palmeraie pour aller rejoindre son berger. Un air de flûte remplace les cailloux du premier soir, une seule note longue et triste s'infiltre par la fenêtre pour raconter le désespoir des amants séparés. Les mains de Mansour s'agrippent à la même branche de palmier, ses jambes étreignent le même tronc. Il se laisse glisser jusqu'au sol où l'attend son ami. Elise suit du regard les deux garçons jusqu'à leur disparition par l'ouverture de la muraille.

— Ne livre pas mon petit-fils à la médisance de ses sœurs. Elles le haïssent et souhaitent sa mort. Il est l'unique héritier de l'émir.

La grand-mère de Mansour veut embrasser les mains d'Elise, mais celle-ci les retire. La vieille femme se jette à ses pieds et la supplie de garder son secret pour elle, de faire croire à l'émir que le mariage a été consommé.

— Il y va de la vie de Mansour et de la mienne. Son père le tuera s'il apprend qu'il continue à fréquenter ce garçon.

Ses doigts crochus ramassent sa djellaba dans un geste frileux.

— Il aurait pu me renvoyer sous ma tente après la mort de ma fille. Je n'avais plus aucune raison de vivre sous son toit. Mais il s'est montré généreux. Allah lui rendra ses bienfaits.

Ses poings frappent sa poitrine avec ferveur, sa langue claque comme un fouet sur son palais. Elle s'étonne qu'un homme aussi bon ait pu donner la vie à des filles aussi cupides et jalouses.

— Elles sont médisantes et sales. Elles saignent une semaine sur quatre. L'odeur de leur sang empeste l'air. Il y a trop de filles sous ce toit. L'émir veut des petits-fils. Il faut marier toutes ces femelles en chaleur pour les empêcher de devenir des *gahbas* [1].

— C'est quoi les gahbas ? demande Elise.

— Des prostituées. Les hommes crachent dans leur ventre. Personne n'en veut comme mères ou épouses. Le lait tourne à leur vue. Le cuivre ternit au contact de leurs doigts. Le jus de l'homme sort de tous leurs pores. Elles sentent mauvais. Il y a des années, des caravaniers en avaient ramené trois dans la palmeraie. Nos femmes les avaient chassées à coups de pierres. Elles avaient erré dans le désert. Elles sont certainement mortes de faim, de soif et de chaleur. La fornication fait perdre le sens des directions.Elles ont

1. *Gahba :* pute.

dû s'égarer. A Alger, on enterre les *soueifats* [1] avec des bas qui montent jusqu'aux aisselles pour les empêcher de forniquer avec des autres morts. Elles perdent leur peau plus vite que les femmes honnêtes. La raison est simple. Une peau caressée s'use rapidement.

Le regard stupéfait d'Elise ramène la vieille au sujet qui la tourmente. Elle la supplie de ne pas trahir Mansour. De sauver les apparences. Et celle-ci hoche la tête dans un geste d'assentiment.

— Il faut te débarrasser de ta virginité. Fais-moi confiance. Je ne te ferai pas mal. Ce sera vite fait.

Le doigt qu'elle exhibe évoque un bec de rapace. Elise réprime un frisson d'horreur.

— Il faut t'ouvrir, insiste la vieille. Un sexe fermé, c'est comme une tombe. Il sent la mort. Le drap taché de sang te garantit la paix dans cette maison et fera taire les harpies. L'émir sera satisfait. Nous laisserons passer un mois avant de nous rendre à la zaouia. Nous le ferons en plein jour, quand tout le monde sera dehors. Tous les habitants de la palmeraie te verront casser ta jarre contre le mur pour te guérir de ta stérilité. Elise proteste :

— Je ne suis pas stérile. Je n'ai même pas mes règles.

— Tu les auras avec mon aide, la rassure Oum Chahid.

La vieille la dégoûte. Les filles qui viennent flairer tous les matins ses draps la dégoûtent aussi. Elle se demande pourquoi Mère Jeanne n'a rien tenté pour la retrouver. Est-elle complice de l'émir ? Elle décide d'en parler à Mansour. Il l'aidera à s'enfuir. Ne couvre-t-elle pas ses escapades nocturnes avec Omrane ?

Nuit après nuit, elle fait le même rêve. Elle est de retour à Ténès. Elle se dirige droit vers la maison du chef de la tribu, en fouille les chambres à la recherche de la religieuse. Mokrane la suit à la trace. Il la somme de rendre ses trois livres-or à l'émir, si elle ne veut pas

1. *Soueifat* : prostituée.

retourner dans la palmeraie. Elise se réveille en sursaut. Ses mains dans ses poches cherchent les livres-or.

12

Mokrane fait un très bref passage dans la maison de Laouza, le temps d'ouvrir la porte, d'aérer les pièces et d'apprendre à la jeune fille à fermer les volets de l'intérieur. Elle le suit avec soumission, marche dans ses pas comme s'il était le véritable maître des lieux, appuyant une main sur le matelas pour s'assurer qu'il est en laine, foulant le tapis pour en évaluer l'épaisseur, soupesant du regard les jarres pour en mesurer le contenu. Mokrane, qui mijote dans son désir, est prié de patienter jusqu'à la nuit. Laouza exige qu'il se comporte en vrai marié, lui fasse traverser le seuil dans ses bras. Mokrane peste contre le soleil, si lent à disparaître. Moins haut, il l'aurait décroché et jeté aux chiens. Il accueille le crépuscule avec un soupir de soulagement. Il s'apprête à se jeter sur l'objet de ses désirs lorsqu'il reçoit l'ordre d'attendre dehors.

« Ouvre tes bras, ferme tes yeux. » Mokrane fait ce qu'on lui demande et attend. Un claquement sec le fait sursauter. La rouée lui a fermé la porte au nez. Il est fou de rage. Sa fureur ne fait que monter. Il en est à sa troisième nuit de vociférations. Ses poings en sang n'ont cessé de marteler les battants de la maudite porte. Il parle à Laouza d'une manière tantôt suppliante, tantôt furieuse.

— Ouvre, fille de chiens, âme de mon âme, ouvre, putain, ma colombe. Que le chaytan t'emporte, qu'Allah te protège. Ouvre Laouza à Mokrane.

Il fait une pause avant de reprendre son monologue délirant :

— Laouza, ma gazelle, mon renard du désert.

Mokrane a un cadeau pour toi, une gifle qui te fracassera le crâne et t'apprendra à te moquer du chef de la tribu Bani Haoua. Ouvre avant que je ne détruise cette maison sur ta tête. Ouvre, sale étrangère crachée par la mer, car même les vagues n'ont pas voulu de ta peau fripée, ta peau si douce, ta peau de soie et de ronces, ta peau de neige et de braises. Sache que je vais mettre le feu à ce sale bâtiment. Tu cuiras comme une chèvre, même le diable ne pourra pas te sauver des flammes, les flammes de ma passion.

Une frimousse auréolée de cheveux roux fait des apparitions fugaces aux fenêtres avant d'être happée par les murs.

— Que veux-tu de plus qu'une maison ? hurle l'homme chassé du paradis. Quand seras-tu à moi ?

— Quand tu retrouveras le corps du mousse Benjamin. Son âme me tourmente. Il veut une vraie tombe. La baie est trop humide pour son cadavre. Ses os sont rongés par les rhumatismes.

— Je ne vais quand même pas déterrer cent cinquante hommes pour retrouver ton Benjamin.

— Pourquoi pas ? C'est plus facile de déterrer que d'enterrer.

Tout le village écoute l'étrange dialogue. Les hommes partagent le désir et l'excitation de leur chef mais pas sa fureur. L'étrangère a introduit le venin de l'amour dans leur cœur et leur bas-ventre. Cette fille a un enfer entre les cuisses, du feu dans sa toison rouge. Ils pensent à elle de la même manière, parlent d'elle dans les mêmes termes. Leurs yeux guettent ses apparitions. Leurs mains touchent leur sexe durci à travers la laine des burnous. Les seins de Laouza s'entrechoquent dans leur tête. Ils n'ont que mépris pour leurs femmes égarées entre les casseroles, les balais et les louches. Mieux vaut éjaculer dans un trou du mur que dans ces femelles corpulentes et flasques. L'épuisement finit par terrasser Mokrane. Il s'affale de tout son long devant la porte de la cruelle. Celle-ci éclate d'un grand rire que tout le monde entend, même les oiseaux dans leurs nids.

Mokrane se retrouve chez lui sans savoir qui l'y a ramené. Il souffre d'une migraine atroce. C'est certainement Laouza qui tape sur son crâne, Laouza qui brouille sa vue, Laouza qui se balance sur le tronc du palmier visible de sa fenêtre. Son ombre traverse les barreaux, se faufile dans la chambre, glisse sur les dalles, puis s'étale lascivement au pied du lit. Mokrane croit rêver. Le voilà qui rampe à quatre pattes vers la tache, respirant à peine pour ne pas l'effaroucher. Il est sûr de ne pas se tromper de personne. Les hanches étroites, la chevelure opulente, les jambes fuselées n'appartiennent qu'à elle. La moitié du sang de Mokrane a migré dans sa tête, l'autre s'est ramassée dans sa verge qui doit peser une tonne. L'homme affronte l'ombre de face, l'immobilise sous son poids, la cloue sur les dalles froides, puis la laboure de son sexe, de bas en haut, de haut en bas. Ses ahanements réveillent ses femmes qui accourent pieds nus vers la chambre du maître, fermée à clef. A tour de rôle, elles se relaient devant le trou de la serrure. Mokrane doit être très malade pour leur préférer un vulgaire dallage. Elles se rendront dès demain au sanctuaire de Sidi Abbès, car seul un saint de son calibre lui rendra la raison.

13

Le froid s'est abattu sur la palmeraie d'une manière si soudaine. Le vent qui se faufile sous les tentes fait onduler leurs toits comme les vagues d'une mer déchaînée. Elise passe ses journées à côté du *kanoun* [1], face aux braises renouvelées soir et matin. En France à l'orphelinat, des braises semblables réchauffaient le réfectoire. Les fillettes tendaient leurs

1. *Kanoun :* l'âtre.

mains au-dessus des flammes, sous le regard désapprobateur de sœur « Charbon », la préposée aux cheminées. Sœur Charbon laissait ses empreintes partout où elle passait : sur les murs, sur les rampes de l'escalier, et surtout sur les joues des impertinentes qui avaient oublié son vrai nom : sœur Marie-de-l'Immaculée-Conception.

Le loquet de la porte soulevé de l'extérieur met fin à ses réminiscences. Mansour, titubant, se tient dans l'embrasure de la porte. Il sait qu'il est malade mais refuse de se l'avouer. Il guette l'appel de son ami en tremblant de fièvre. Elise lui conseille de ne pas sortir.

— Il gèle dehors.

Mais il secoue la tête.

— Omrane va s'inquiéter.

— Je lui expliquerai.

— Il ne t'écoutera pas. Il te hait. Il n'aime pas partager.

— Partager quoi ? s'énerve-t-elle. Nous ne sommes pas mariés. Tu ne m'appartiens pas. Je ne t'appartiens pas non plus. On ne se marie pas à douze ans, dans mon pays.

La curiosité arrondit les yeux de Mansour.

— Que fait-on alors ?

— On étudie, on brode, on prie.

— Personne ne t'empêche de prier.

— Je veux prier dans une église.

Puis d'une voix suppliante :

— Aide-moi à fuir, Mansour.

— Mon père me tuera.

— Omrane le fera pour toi. Vous serez débarrassés de moi.

Le nom de son ami dit à haute voix glace le sang dans ses veines. Il devient agressif.

— Je t'interdis de prononcer son nom, et t'interdis de penser à lui.

Sa main se lève, prête à frapper, mais reste suspendue en l'air. Un son de flûte arrête son geste. Il marche en titubant vers la fenêtre qu'il essaie sans succès d'enjamber. Ses jambes le lâchent à chaque fois. Elise, qui a pitié de lui, l'aide à se hisser jusqu'au palmier. Elle le voit glisser le long du tronc, puis sauter à terre dans un grand vacarme. Il se relève difficilement, puis s'éloigne en compagnie de Onrane en sautillant sur un seul pied. L'ouverture d'une tente les avale. La lune à son premier quartier dessine une dague au-dessus de la palmeraie ; sa lame incurvée est pointée sur le palais de l'émir. Elise referme les volets et se réfugie sous sa couverture. Elle n'est plus qu'une boule de peur. Une voix enfantine la tire, peu après, de son sommeil. Le nom d'Elise, que personne ne connaît ici, traverse les murs et fait cogner violemment son cœur.

Mère Jeanne a retrouvé ses traces. Elle vient la délivrer. Celle qui appelle se tient au pied du palmier. Sa lanterne éclaire un visage d'enfant, une fillette de son âge.

— Mon frère Omrane m'envoie. Mansour est très malade. Il s'est cassé un pied. Le mal bleu va gagner toute sa jambe. Il faut le ramener au palais.

Elise se précipite vers le pavillon des femmes. La grand-mère de Mansour dort assise, la tête contre le mur. Elle la secoue et lui répète les paroles de la fillette. Mais la vieille ne semble pas prête à agir. Elle tourne en rond autour de sa natte sans savoir où aller.

— Il est chez Omrane, lui précise Elise.

Le nom du pâtre la réveille brutalement. L'agitation se meut en prostration. Elle se rassoit sur sa couche et se met à se balancer d'avant en arrière. Sa tête entre les genoux, elle se dit incapable de porter son petit-fils.

— Le mal bleu qui le frappe n'est qu'une manifestation de sa mère, venue reprendre la vie qu'elle a donnée il y a quatorze ans.

— Il s'est cassé un pied. Il suffit de plâtrer, proteste Elise qui ne comprend pas la cause de son pessimisme.

— Pauvre fille ! Tu parles d'un membre cassé alors que c'est l'âme qui l'est. Mansour est pourri jusqu'aux os, sinon il aurait fait la différence entre le fourreau et l'épée, il aurait su choisir le fourreau puisqu'il est l'épée.

La vieille soliloque au lieu de courir au chevet de son petit-fils.

— J'ai supplié Omrane de s'éloigner de Mansour, mais il s'est moqué de moi. Aucun respect pour les gens âgés. Il ne s'est pas levé en me voyant arriver. Il demeurait par terre, les jambes écartées, la main sur sa verge comme si j'allais la lui arracher. J'ai vu son membre se dresser sous le tissu du bournous comme pour me narguer. Son odeur était celle d'un bouc. Elle s'échappait du sol, des murs de sa tente, de l'air qu'il respirait.

Rien ne peut arrêter la grand-mère. Elle fouille dans ses souvenirs comme dans une poubelle. Elise doit demander du secours ailleurs. Elle pense au bossu qui l'a portée sur son dos le soir de ses noces.

Elle connaît sa mansarde. On y accède par une échelle posée contre un mur des cuisines. L'homme ne dort pas. Lui aussi a vu Mansour sauter à cloche-pied vers la tente d'Omrane et conclu qu'un malheur était arrivé à son jeune maître.

— Compte sur moi pour te le ramener. Ma bosse est aussi confortable qu'un chameau de prince.

Mansour ne reconnaît personne. La douleur et la fièvre l'ont plongé dans une sorte de coma. Il dort depuis trois jours. Personne dans la palmeraie ne sait plâtrer. Personne non plus ne sait soigner une gangrène. Le rebouteux que l'émir a envoyé chercher est à trois jours de marche. Dans les cauchemars qui l'agitent, le malade supplie qu'on lui coupe la jambe, et qu'on le laisse seul avec Omrane. Le nom maudit est chassé à coups de fumée d'encens et de prières. Seule Elise compatit, d'ailleurs elle est la seule à entendre le son de flûte qui frappe les volets.

Depuis trois jours, Omrane se tient immobile au pied du même palmier. Seule son ombre se déplace. Elle suit le soleil qui tourne autour de la palmeraie. Il s'est ébroué à la manière d'un grand oiseau, à l'aube du troisième jour, puis a lancé un long cri. Son corps leste a escaladé l'arbre, ses mains ont écarté les volets. Debout dans l'embrasure, il a bondi dans la chambre du malade, prêt à broyer celui qui s'opposerait à son avancée. Ses bras puissants ont arraché Mansour à sa couche, puis l'ont jeté sur son épaule avant de se diriger calmement vers la sortie. Les hurlements des sœurs, les lamentations de la grand-mère l'ont poursuivi jusqu'à la grande porte. Rien ne semblait arrêter sa course. Arrivé sur le perron, il a lancé un ultimatum :

— Je préfère le tuer plutôt que de vous le laisser.

Il s'est éloigné à grands pas. Le vent qui soulevait des pelletées de sable rendait impossibles les recherches. Sa tente est vide. Il l'a déchirée en mille morceaux avant de fuir. La politique de la terre brûlée. Sa fureur n'a pas ménagé son troupeau, qu'il a chassé à coups de pierres et qui erre en bêlant d'un point à l'autre de la palmeraie. Interrogée, sa sœur dit l'avoir vu traverser le mur et s'enfoncer dans les dunes. Elle met en garde quiconque le poursuivrait :

— Il peut devenir méchant si on le provoque. A mon avis, il ramènera Mansour dans une semaine, le temps de faire le tour du désert.

14

Mouloud conseille à Laouza de ne pas trop abuser de la patience de Mokrane.

— Il va te casser comme une amande si tu ne lui cèdes pas, t'arracher ta peau après ta maison. L'homme est malin. Il a un œil pour le jour et un œil pour la nuit. Personne ne peut le flouer.

— Il ne touchera pas à mon petit doigt, réplique l'insolente, et paiera pour tous ceux qui ont assassiné mes camarades.

Mère Jeanne pâlit à ce souvenir. Le spectacle des

cadavres nus, livrés aux chiens, n'a pas cessé de la tourmenter. La vente d'Elise continue de l'humilier. Pas un jour ne s'écoule sans qu'elle pense à elle. La religieuse est obsédée par des images de viol et de sévices qu'elle rejette pour pouvoir s'occuper des miséreux qui frappent à sa porte. Elle se donne bonne conscience en se répétant son ultime promesse à la fillette : « Je te retrouverai », lui avait-elle crié par-dessus la foule massée devant la maison de Mokrane.

Où la retrouver ? se demande-t-elle, lucide. Le désert est si vaste, si nombreux sont les ksars. Ce n'est certainement pas Hélène perdue dans ses rêves qui répondra à ses interrogations. Hélène ne s'intéresse qu'à l'enfant qui croît entre ses hanches. Ses mains le palpent jour et nuit à travers le tissu de sa robe pendant que son regard fixe le large. Le navire qui la délivrera viendra de là. Elise est le dernier souci de la marquise. Elle ne lui avait prêté aucune attention au cours de la traversée, ni plus tard sur le radeau, alors que la fillette s'accrochait à elle pour ne pas sombrer dans les flots, ni même dans la maison de Mokrane lorsqu'elle fut vendue trois livres-or à un émir de passage. Hélène sur *Le Banel* n'avait d'yeux que pour Jacques de Courtavray. Toutes ses pensées allaient à l'enfant qu'il avait planté dans son ventre. Il naîtrait à Saint-Domingue puisque Bonaparte y envoyait son mari. Peu lui importait la coutume qui veut que tous les Courtavray naissent au château, dans la salle d'armes, transformée pour l'occasion : le lit au centre, entouré des chaises destinées aux membres de la famille.

Est-ce son jupon transformé en drapeau qui flotte au bout d'une gaule qui fait croire à Hélène son retour en France imminent ? où sont-ce les rumeurs qui filtrent des écuries de Mokrane ? Il paraît que le dey en personne a écrit à ce dernier pour lui intimer l'ordre de rendre les femmes. Un navire de guerre a quitté Brest pour les ramener chez elle. Vraies ou fausses, ces rumeurs lui rendent son assurance. Elle sera la première à embarquer. Son rang le veut. Les autres suivront.

Mère Jeanne l'interrompt, hors d'elle.

— Quelles autres ? Tu oublies Marie et Elise ? Cinq femmes ont échoué à Ténès, cinq rentreront en France.

— Personne ne demande mon avis ?

Au grand étonnement de ses camarades, Laouza déclare qu'elle n'a nullement l'intention de revenir à Toulon. Elle compte voyager, découvrir d'autres pays, connaître du monde. Elle n'a encore rien vu. Elle n'a pas envie de pourrir dans ce trou. Elle partira dès qu'elle aura essoré Mokrane.

— Comment essore-t-on un homme ? demande le naïf Mouloud.

— Exactement comme un linge, sans laisser la moindre goutte d'eau, la moindre goutte d'or.

Elle crache, méprisante, par terre. Son crachat arrose le chevrier au passage. Il s'essuie avec un pan de son burnous.

— Il va pleuvoir, annonce-t-il en scrutant les nuages d'un air méfiant.

Mère Jeanne et Hélène sont prises de fou rire. Leur premier rire depuis le naufrage. La première se lève, ses malades l'attendent. Certaines viennent de loin. Les nanties la paient en œufs, en dattes, parfois en poulets. Les pauvres, en prières et en souhaits. Elles guettent son arrivée, assises à l'ombre du caroubier. L'enfant allongé sur les genoux de cette jeune femme n'a plus que la peau sur les os. Son cou est aussi maigre que celui d'un moineau. Sa mère tient à son diagnostic.

— Le petit paie pour son père, parti vivre à Constantine avec une créature. Les femmes des villes détournent les hommes du droit chemin. Leur sexe les engloutit. Ils disparaissent sans laisser de traces. Leur famille les croit morts alors qu'ils sont prisonniers d'une fente. Le barbier a examiné les urines de mon pauvre hammoudi, trois jours de suite, et vu l'image de son père à chaque fois. Le mal ne touche jamais le fautif mais sa descendance.

Une vieille, accroupie au pied d'un muret, la contredit ouvertement. La faute, d'après elle, revient à la mère qui a laissé ses terres en friche depuis le départ de son mari. Résultat : plus de blé, donc plus de pain. L'enfant meurt de faim. Mère Jeanne palpe le ventre creux. Le pouls est presque inaudible. Le verre de lait qu'elle lui fait ingurgiter lui redonne des forces. Sa bouche s'étire en un sourire reconnaissant. La religieuse en est bouleversée. Elle ramasse un pot de miel, une outre de lait caillé, un pain de maïs et les donne à la mère.

— Promets-moi de le nourrir convenablement. Reviens tous les mois, je te donnerai le même colis.

La malade suivante, une jeune femme maigre et sèche, est atteinte de la syphilis. Les plaques rouges qui ceignent son cou ne permettent aucun doute. Mère Jeanne lui demande si elle a déjà consulté un toubib. Elle secoue la tête dans les deux sens, un oui agrémenté d'un non. Son ami a consulté pour eux deux, il souffre du même mal : le mal français. Une maladie qui se cache dans le bâton des voyageurs, précise-t-elle. Ils la refilent aux Berbères pour que la Kabylie revienne un jour à la France.

Mère Jeanne appelle Mouloud comme on crie au feu. Lui saura s'occuper de l'ignorante. Elle l'a déjà vu soigner un cas similaire.

Une troisième femme veut l'entraîner chez elle. Son mari est intransportable. Il est à l'article de la mort. Il a mal au front, mal à la nuque, mal à l'âme. Sa fièvre peut réchauffer les neiges de l'Aurès. Il s'est cru plus fort que le soleil et lui a tenu tête une journée entière. Elle est prête à donner son dernier sou pour sauver son homme. Son cas doit être désespéré, même le forgeron n'a rien pu pour lui. La tourterelle plumée qu'il a posée sur son crâne n'a pas remis son cerveau en place. Mère Jeanne se retient de rire. Elle ne savait pas que les forgerons soignaient la méningite. Elle donne l'ordre à Mouloud de préparer des compresses de camomille et de valériane et de suivre la femme chez elle.

Les patientes parlent toutes en même temps. On dirait un poulailler. Les mains se tendent vers celle censée détenir tous les remèdes. Les voix se font suppliantes. Mère Jeanne aperçoit une jeune fille en retrait. Elle ne demande rien, et se contente de scruter la foule de ses yeux dorés. Elle recule lorsque la religieuse l'interpelle. Elle essaie de répondre, mais aucun son ne sort de sa gorge. Elle est incapable d'expliquer sa présence parmi les malades.

— Tu as faim ? lui demande Mère Jeanne.

Elle dit non de la tête.

— Peut-être cherches-tu du travail ?

Pas davantage. Son regard balaie le sol autour de ses pieds. Elle se décide enfin à parler, vite, comme si la source de la parole pouvait tarir, d'une voix basse de crainte d'effaroucher les mots.

Je me marie cette nuit avec un homme que j'aime et qui m'aime. La maïda de la noce est dressée dans la maison de mon fiancé. Tous les notables de la région y sont invités. Cinq moutons sont en train de rôtir sur les broches. Le lit de la dakhla est parsemé de fleurs. Il est riche, je suis pauvre. Après la mort de mon père, ma mère s'est remariée avec un homme plus jeune qu'elle. Très vite, il a pris l'habitude d'aller passer une semaine en ville dans une maison de plaisir avec l'argent de la récolte. Ses absences rendent ma mère si triste. Il revient épuisé de ses escapades et s'endort pour plusieurs jours. Dans son sommeil, il parle sans cesse d'une Zunaiba, de ses seins fermes, de son ventre lisse. J'ai attrapé ma mère nue devant le miroir. Le couteau de cuisine qu'elle tenait à la main était prêt à s'enfoncer dans son ventre ramolli par l'âge, dans ses seins flétris. Je n'aurais pas dû arrêter son geste. Ses yeux étaient ceux d'une folle, d'une possédée.

— Partage sa couche si tu ne veux pas que je meure, m'a-t-elle crié. Il est jeune. C'est donc justice de lui donner une femme jeune.

Elle était prête à tout pour le garder.

— Je me suis donnée à lui sans plaisir, avec dégoût et haine. Je devais apporter la sérénité dans le cœur de ma mère. Il est revenu nuit après nuit. Je lui ai fermé ma porte après mes fiançailles. Il est parti l'injure à la bouche. Il a promis de se venger. Le scandale éclatera lorsque mon fiancé s'apercevra que je suis ouverte. Il me chassera au vu de tous ses invités et personne n'interviendra. La coutume veut que mon beau-père me tue pour laver dans mon sang l'honneur de la famille.

Perplexe, Mère Jeanne lui demande comment lui être utile.

— Veux-tu que j'en parle à ton fiancé...

— Il ne pardonnera pas, répond la jeune fille.

Un moment d'hésitation, puis elle poursuit d'une voix fiévreuse :

— Cousez-moi. Rendez-moi mon hymen. Je ne crierai pas. Je saurai résister à la douleur. Epargnez-moi la honte.

La religieuse a la nausée. Elle fuit pour cacher la rougeur qui a envahi son visage. La jeune fille n'est plus là lorsqu'elle revient. Elle s'est volatilisée, mais après avoir gravé son nom sur le bout de sol qu'elle occupait : Chahida, d'un doigt tremblant. Mère Jeanne mettra du temps à l'oublier. Pour la première fois elle a affaire à une Kabyle qui sait écrire. La seule probablement.

15

De mémoire d'homme, jamais mois de mars ne fut aussi glacial, aussi pluvieux. Marie a l'impression qu'une main cachée derrière la montagne verse des seaux d'eau sur la maison de Sidi. Les chèvres privées de sortie bêlent, nuit et jour, et ruent dans l'étable. Celles qui sont à leur première année de vie ne comprennent pas la cause de leur enfermement. Les charbons renouvelés par Fatima n'arrivent pas à chasser l'humidité qui colle au sol, aux murs, à la peau, même aux braises qu'il faut sans cesse rallumer. Sidi qui passe ses journées à la maison pose toujours à Marie les mêmes questions : « As-tu bien mangé ? As-tu chaud ? Tu ne manques de rien ? » Il lui conseille de manger des dattes, leur douceur chassera l'amertume de son âme. Les dattes donnent des garçons, les figues, des filles. Il lui montre une figue de près :

— On dirait un sexe fermé. Rouge dedans, sombre dehors.

Ses propos enflamment le visage de Marie. Son rire gras attire sa femme qui fait semblant d'activer le feu pour mieux les surveiller. Elle souffle sur les braises, ses doigts crochus les déplacent avec des gestes rapides. On dirait des tenailles. Une corne épaisse les protège des brûlures.

— L'été sera dur, annonce-t-elle derrière son voile. La vie sera dure, entend Marie qui se sent doublement prisonnière. Aux murs s'ajoutent les barreaux de pluie qui empêchent de voir le moindre sentier ou chemin pouvant mener ailleurs. Seul le bordj du hadj est visible dans cette grisaille. Marie a essayé d'y retourner malgré la répulsion que lui inspirent le vieillard et sa tour, mais elle s'est égarée dans le cimetière voisin.

Elle voulait l'entendre lui dire le contraire de ce qu'il a prédit en présence de Djélila, lui annoncer qu'elle retournerait dans son pays.

Marie a erré d'une tombe à l'autre sans trouver l'issue qui mène à la tour du hadj. Les tumulus de pierres succédaient aux tumulus de pierres, et le mur ne présentait aucune ouverture. Elle a pleuré de désespoir en rentrant chez Sidi et raconté son errance à Fatima. Celle-ci a hoché la tête d'un air pensif et déclaré que Marie doit avoir deux corps : un premier au douar, un deuxième inhabité qui l'attend de l'autre côté de la terre et qui torture son rouh égaré.

— Veux-tu partir d'ici ? lui demanda-t-elle, ses yeux dans les siens. Ecris une lettre. Je la donnerai au rémouleur. Il vient deux fois l'an au douar. J'espère qu'il a oublié le mauvais accueil du village lors de son dernier passage. Il a eu la méchante idée d'apporter des friandises pour les vendre aux enfants. Les mères l'ont chassé à coups de pierres. Il n'a pas à proposer ce qu'elles ne peuvent pas payer. Curieusement, les petits les ont aidées. Ils auraient pu le tuer. Ecris ta lettre. Elle a une chance sur deux de partir. C'est la bonne saison. Le vent de *Nissan* [1] transporte les messages, contrairement à celui de *Kanoun* [2] qui les enfonce dans le sol. Il les envoie chez les morts.

Fatima marque une pause puis, hésitante, demande à Marie :

— Ton fiancé est-il mort ?

Marie n'a jamais envisagé cette possibilité.

— Il est vivant, crie-t-elle au bord des larmes.

— Ecris-lui sans tarder. Ce sera trop tard dans une semaine quand le vent changera.

Marie décide d'écrire à sa grand-mère, plus connue dans leur village que ne l'est Jean Soubiran à Port-au-Prince. Fatima ne quitte pas sa main des yeux.

Grand-mère chérie,

Je ne puis te raconter la cérémonie de mon mariage avec Jean. Le navire qui m'emportait à Saint-Domingue a fait naufrage face à la Kabylie, et ta petite-fille a échoué chez un couple de cultivateurs. L'homme m'a prise avec le consentement de sa femme, devenue stérile après la mort de ses sept enfants.

Je te supplie d'alerter les autorités. Rappelle-leur que je suis la fiancée avec Jean Soubiran, un valeureux officier qui s'est battu courageusement à Port-au-Prince. Sauve-moi avant que je ne devienne folle. La maison où j'ai échoué est si triste, et misérable le village écrasé par une haute montagne. Un marabout m'a prédit que je terminerais mes jours ici. Je ne peux croire que vous m'avez oubliée et que vous ne tenterez rien pour me

1. *Nissan :* avril.
2. *Kanoun :* décembre.

sauver. Je ne vis plus. Je n'ai plus le sens du temps. Depuis combien de jours et de mois suis-je dans cette maison ? Je suis incapable de dater ma lettre. Je sais seulement qu'il pleut depuis mon arrivée et que l'hiver semble éternel.

Ta petite-fille qui t'aime.

Djélila entre sans frapper. Elle hume l'air comme pour détecter les pensées de Marie. Elle est méfiante.

— Que caches-tu derrière ton dos ? A qui écris-tu ? Tu ne connais personne dans le pays.

Les questions pleuvent. Marie refuse de répondre. Djélila a recours à la ruse. Elle explique à Marie que les lettres ne peuvent pas franchir la mer. Les vagues les effacent. L'eau dilue les mots qui redeviennent de l'encre.

Voyant qu'elle ne réagit pas, elle essaie de prendre la lettre par la force. Les deux femmes luttent. Le bruit attire Sidi qui tente de les séparer. Djélila lui résiste. La haine la rend injuste. Elle ment.

— Cette fille cache des écritures maléfiques. Elle veut notre mort. Le hadj lui a prédit qu'elle héritera de tous nos biens.

Marie est paralysée par la stupeur. Elle ne sait comment se justifier. Sidi lui arrache la lettre. Il essaie vainement de la lire. Son ignorance et les vociférations de Djélila le rendent méchant. Il aurait battu Marie si elle n'était pas enceinte.

— Parle ! A qui écris-tu ?

— A ma grand-mère. Je veux rentrer chez moi. Je suis malheureuse ici. Ramenez-moi à Ténès. Je saurai retourner en France par mes propres moyens.

— Tu veux que mon fils naisse chez les hérétiques ? Cette fille est ingrate. Nous lui donnons trois repas par jour, un matelas et une couverture de laine et des braises à volonté. Et voilà comment elle nous remercie. Elle veut nous enlever notre enfant, l'emmener dans un pays qui ne reconnaît pas le Prophète.

Sidi est plus que déçu. Marie l'a blessé dans son

orgueil. Elle ressent comme une gifle la porte qu'il claque derrière son dos.

Fatima croit atténuer la peine de Marie en lui expliquant qu'elle a de la chance d'être tombée sur Sidi et sa femme, dans une vraie maison, pas dans un gourbi à la merci du vent.

— Le vent de la Kabylie est aussi puissant que le sultan. Il fait ce qu'il veut des hommes. On a vu des *zéribas* [1] s'envoler avec leurs habitants et atterrir de l'autre côté de la montagne. On les retrouvait des années plus tard, leurs os emmêlés, la chair avait fondu. C'est le vent qui a poussé ma mère derrière le chamelier, le vent qui a amassé les cailloux qui vont la lapider. Ma mère nous a quittés un jour de grand vent. Comment veux-tu qu'une femme puisse résister aux rafales ? Tout le douar attend son retour. L'imam dit qu'elle ne pourra pas échapper à son sort.

Tant d'ignorance et de soumission révolte Marie.

— Mais qui te dit qu'elle va revenir ?

— Les routes du monde tournent sur elles-mêmes. On revient fatalement sur le lieu de départ. Ma mère croyait être plus forte que son destin. Elle a volé des joies qui n'étaient pas pour elle, et vu du pays, alors que le Prophète l'avait fixée là et nulle part ailleurs. Quelqu'un du douar l'a croisée au marché des chameaux à Constantine. Elle avait des bracelets autour des poignets. « Protégez mon beurre des pauvres qui portent des bracelets, elles vieillissent en sorcières », dit le proverbe. Ma mère fera bien de ne pas vieillir.

Fatima est pétrie de superstitions. L'idée qu'on puisse ne pas y croire ne l'effleure pas. Hier, elle a entraîné Marie sur une colline, car c'est là qu'on peut deviner le sexe de l'enfant à naître. Les yeux fermés, elle a marmonné une prière, puis soulevé une pierre. La vue des fourmis qui grouillaient dans tous les sens l'a rassurée.

— Tu accoucheras d'un garçon. L'enfant aurait été une fille si nous avions vu un lézard. Sidi t'épousera.

1. *Zériba :* enclos.

Tu seras sa deuxième femme, et plus tard la première quand il sera veuf. La jalousie tuera ma maîtresse.

Marie fut saisie de frayeur. Fatima, Djélila, Sidi sont si différents des gens qu'elle côtoyait au couvent. Elle finira par leur ressembler, et Jean Soubiran aura du mal à la reconnaître. Elle n'aura plus qu'à mourir.

16

Les hommes lancés aux trousses de Mansour et d'Omrane sont revenus les mains vides. Le vent a effacé les traces de leurs pas. Les pluies ont brouillé les pistes. Certains allèrent jusqu'à fouiller le cimetière, à la recherche des corps des deux amants traqués. En vain. Les tombes ouvertes ne recelaient que des squelettes. Le froid, la peur paralysent la palmeraie. Les rares silhouettes qui s'aventurent hors des tentes marchent tassées sur elles-mêmes comme si elles voulaient adhérer au sol. Tous les regards fixent la grande porte, censée s'ouvrir devant les deux fugitifs. Ceux qui les croient morts brûlent du djaoui pour apaiser leur âme tourmentée, les autres interrogent les mounajjems.

— Le désert n'ayant pas de murs pour les abriter, cherchez-les dans les lieux habités, dit l'un d'entre eux. Ils cachent leur passion honteuse dans une vraie maison, derrière une porte. Je vois la façade avec précision. Les écritures coraniques gravées sur le fronton parlent de résurrection et des feux de la géhenne. Un néflier ombrage son toit. Un puits tari, recouvert de mousse, se trouve à trois mètres du seuil.

Les recherches ont repris, avec des repères précis : le premier lieu habité est à trois jours de marche. Les hommes de l'émir cherchent une maison ombragée par un néflier, et une sourate gravée sur une porte. Ils réveillent les dormeurs et les interrogent dans leur sommeil, sans leur donner le temps d'ouvrir les yeux ou d'allumer une lampe.

On a lancé une horde de chiens à l'affût du gibier, la garde de l'émir. Pendant ce temps, le palais gronde de mille rumeurs contradictoires. Vingt fois par jour on annonce le retour des fugueurs, vingt fois l'échec des recherches. Elise prie pour qu'on ne les retrouve pas. Elle préfère Mansour heureux loin d'elle que malheureux au palais. Dunia, la demi-sœur de Mansour, l'a terrifiée hier, en lui déclarant qu'elle serait obligée d'épouser l'émir si Mansour reste introuvable.

— Il veut un fils. Tu lui donneras ce que quatre épouses n'ont pu lui offrir. Nous autres, filles, ne comptons pas pour lui. « N'épousez pas les femmes de vos pères, dit le Coran », mais il permet aux pères d'épouser celles de leurs fils.

Elise n'a pas fermé l'œil de la nuit. Elle se serait enfuie si la porte de la palmeraie n'était gardée. Elle s'est assoupie à l'aube, la voix du muezzin récitant la prière des morts l'a réveillée en sursaut. « Lorsque surviendra l'heure de la mort pour l'un d'entre vous, nos envoyés le rappelleront aussitôt car ils ne sont pas négligents. Ils le ramèneront à Allah, leur maître, leur vérité. »

Elise n'a pas besoin de comprendre pour savoir que la mort a frappé. Le pavillon des femmes vers lequel elle se précipite est sens dessus dessous. Les lits défaits, les babouches qui traînent confirment sa crainte. Ses compagnes se sont levées en catastrophe.

Pour qui récite-t-on cette prière ? Elise suit les bruits jusqu'à l'entrée du palais. Ses pieds mordent le sol à la vue de la foule immobile sur les marches. Les yeux scrutent un habit ensanglanté déployé au bas de l'escalier, un burnous noir brodé d'or, celui de Mansour. Le sang qui a séché forme de larges croûtes qui attirent les mouches. Aucune main ne se tend pour le ramasser. Personne ne se frappe la poitrine ou ne se lacère la face. Pas de lamentations, ni de larmes, mais un silence qui cache un grand vacarme intérieur. Les femmes se sont recroquevillées sur elles-mêmes pour échapper à la vue du vêtement souillé. Les hommes ont croisé leurs bras avec fatalité. Leurs lèvres fendillées murmurent le mot « Mektoub ».

Soudain, ces silhouettes qui arrivent du fond de la palmeraie. Le brouillard matinal brouille leurs gestes. Traînent-ils un homme ou un animal ? Les gazelles abattues à l'extérieur des murs donnent souvent lieu à ce genre de spectacle. Une tête tressaute sur les cailloux. Ses cheveux bouclés sont maculés de boue et de sang. Deux bras le soulèvent par les aisselles et le dressent face à l'émir. Le paquet de chair qui titube d'épuisement n'a aucune ressemblance avec le pâtre qu'Elise a aperçu le soir de ses noces. Sa sœur n'a pas osé se joindre à la foule. Elle regarde de loin et pleure en silence. Ses bras étreignent le tronc d'un palmier.

Des voix s'élèvent, hostiles, criardes. Elles demandent à Omrane pourquoi il a tué le fils de l'émir. Omrane tente un geste de dénégation de la tête que personne ne perçoit.

— Parle ! s'énerve l'émir. Pourquoi as-tu tué mon fils ?

La bouche du pâtre s'ouvre pour répondre, mais ne laisse passer aucun son. Seul s'échappe ce filet de sang qui s'étire jusqu'au cou et à la poitrine. Omrane qui sent ses forces s'épuiser a besoin d'une nouvelle vie, et d'une nouvelle langue pour raconter les coups qui ont plu sur son corps et celui de Mansour, emmêlés par le sommeil. Les meurtriers armés de bâtons se cachent certainement dans cette foule, mais il est incapable de se retourner pour les désigner. Sa tête est si lourde et si désordonnés les battements de son cœur. Il ne souhaite qu'une chose : mourir vite pour cesser de souffrir. La vérité se saura un jour. Quelqu'un la fera connaître à qui de droit.

Personne ne demande où est le corps. Mansour s'est-il volatilisé ? S'est-il effrité comme un mauvais plâtre ? Pourquoi a-t-on ramené le vêtement et non celui qui le portait ?

Elise a du mal à croire à la rumeur qui circule.

Ceux qui meurent de mort violente sont enterrés sur

place, pour éviter que leur âme ne répande sa rancune partout où passe leur cadavre. On a vu des fossoyeurs rentrer chez eux par un chemin détourné pour brouiller la piste du mort.

Les sœurs de Mansour encerclent Elise et lui rappellent la bizarrerie de sa situation.

— Te voilà veuve d'un garçon qui ne t'a jamais approchée.

— Tu ne t'es jamais étalée sous son ventre, ajoute une autre.

— Tu n'as plus rien à faire ici, lui précise une troisième.

— Quitte cette maison, conclut une quatrième.

Elise sait son départ inéluctable. Elle se précipite vers sa chambre. Le sort d'Omrane lui importe peu. Ils vont le tuer, le museler avant qu'il ne prononce le nom des assassins de Mansour. Elle se bouche les oreilles pour ne pas entendre son râle, et les cris de haine qui fusent de tous les coins de la palmeraie. Près du puits, on égorge une chèvre. Ses bêlements étranglés se mélangent à tout ce vacarme. Omrane n'aura pas eu le temps d'expliquer qu'il s'était enfui avec Mansour pour l'avoir à lui seul, non pour le tuer.

Les deux garçons dorment désormais à des kilomètres de distance. Un désert les sépare. La terre qui les recouvre les empêche de se rencontrer. Le deuil, telle une chape, écrase la maison de l'émir qui a interdit à sa famille de prononcer dorénavant le nom de son fils. Une main pieuse a déposé sur le seuil de la jeune veuve une galette d'orge, une cruche d'eau et une figue sèche, symboles de la fécondité du mort. Il renaîtra et procréera ailleurs. Mansour donnera vie à des êtres invisibles qui demanderont leur tribut aux vivants. Elise est tenue à l'écart. Les sœurs de Mansour l'évitent. Seule la grand-mère continue à la fréquenter. La vieille femme tient d'étranges propos sur son petit-fils. Elle affirme avoir vu son âme voler sous forme d'abeille, la preuve qu'il fait son miel ailleurs dans un monde meilleur.

— Heureux qu'il ne se soit pas réincarné en

papillon. Un insecte qui tournoie quelque temps autour de notre monde avant de disparaître pour toujours.

La grand-mère de Mansour est prisonnière de ses croyances et sourde aux supplications d'Elise qui lui demande de l'aider à quitter la palmeraie.

— Pour aller où ?

— A Ténès, mais je ne sais pas comment y arriver.

La vieille n'a jamais entendu parler de Ténès.

— Va plutôt dans la baraka d'Allah ! Tu finiras bien par arriver.

Elle se lève pesamment. Sa baraka ne peut être d'aucune utilité à Elise.

17

Dans le même temps, à Alger, une âpre discussion oppose le dey et Dubois-Thainville. Le chargé d'affaires veut récupérer tous les morts de Ténès. Bonaparte l'exige. Il ne les laissera pas pourrir sous une terre ennemie. Le Dey qui estime avoir trop payé de sa personne dans cette affaire ne dissimule pas son agacement. Or, ce dernier estime qu'il a trop payé de sa personne pour récupérer la plupart des otages tombés entre les mains des Kabyles. A Bonaparte qui le somme de rendre tous les Français, morts soient-ils ou vivants, il répond :

— Je t'ai rendu les vivants et ne puis rien pour les autres, intransportables pour des raisons que tu ne dois pas ignorer. Tes menaces à mon égard perturbent leur repos. Laisse-les jouir de leur séjour dans le paradis des musulmans. Chacun d'eux a droit à quarante houris que ni toi ni ta religion ne peuvent leur assurer.

Simples gesticulations orales, que Dubois-Thainville garde pour lui. Elles ne sortiront pas du diwan.

Le chargé d'affaires essaie d'apaiser les relations entre les deux hommes, de contenir la fureur du Premier Consul. Talleyrand, en vieux renard, l'aide de son mieux. Le ministre des Relations extérieures n'a aucune envie de récupérer les cent cinquante cadavres. Même les cinq femmes restées aux mains des Kabyles ne font plus partie de ses préoccupations. Il a fait son devoir en les réclamant. Loin de lui l'idée d'en faire une obsession. Seules lui importent les 200 000 piastres que Bonaparte refuse de verser au dey. Il le lui écrit en toutes lettres.

Vos ministres osent me réclamer 200 000 piastres. Je n'ai jamais payé à personne. Et grâce à Dieu, j'ai imposé ma loi à tous mes ennemis. Si vous refusez de me donner satisfaction, je débarquerai 8 000 hommes sur vos côtes et détruirai votre règne.

Réponse du dey :

Tu n'aurais pas dû embarquer tes troupes sur Le Banel *connu pour avoir eu de graves problèmes quelques mois auparavant alors qu'il transportait des prisonniers vers Malte si tu tenais tant à leur vie.*

Fureur de Bonaparte. Il n'a pas de leçon à recevoir de la part du larbin du sultan. Il menace une fois de plus d'occuper l'Algérie. « Cette terre si mal habitée. »

Les relations entre les deux pays s'enveniment de nouveau. Dubois-Thainville essaie d'amadouer le dey. Ce dernier n'est pas dupe des menaces du Corse. Bonaparte profite de l'affaire du *Banel* pour restaurer le vieux système colonial et s'imposer face à l'Angleterre, riche de plusieurs colonies.

Le dey est seul à supporter les colères du Français. Mokrane reste intouchable malgré les charges qui pèsent sur lui.

Chaque journée apporte son lot de témoignages. Le dernier en date est celui du capitaine Harcourt qui faisait partie de ceux qui avaient fui vers Oran. L'homme n'a porté plainte qu'après son retour en France. Il dit avoir été arraché aux Kabyles par un janissaire du beylik qui lui procura une monture et l'emmena chez le dey d'Oran. Chemin faisant, ils rencontrèrent d'autres rescapés du naufrage, et firent route ensemble jusqu'à Oran. De retour dans leur pays, ils ne pensent qu'à se venger. Ils témoigneront au procès qui aura lieu au ministère de la Marine. Les preuves accablent les Bani Haoua. Nier la culpabilité de leur chef devient impossible. La seule solution pour le dey consiste à livrer Mokrane aux Français qui décideront de son sort. Sa lettre à ce dernier est un piège. Il l'invite à venir plaider sa cause mais accompagné des captives, qui témoigneront certainement en sa faveur.

Tu seras lavé des accusations mensongères qui ternissent ta réputation et seras mon invité. Mon palais est le tien. Nous profiterons de ton séjour à Alger pour faire plus ample connaissance.

La réponse de Mokrane est un mélange habile de bonhomie et de rouerie :

Mon dey, mon frère m'invite chez lui avec les femmes que j'ai sauvées de la mort. Malheureusement ces hourmas *ne sont pas en état de voyager. La première est impotente. La deuxième enceinte, tout déplacement met sa vie et celle de l'enfant en danger. La troisième, une fille diabolique, à coûté une fortune à ton frère Mokrane. Je lui ai offert une maison avec un vrai toit, et une porte si solide que même l'armée du sultan ne pourrait pas la défoncer. L'inviter à Alger serait une grave erreur, cette fille a certainement des accointances avec* Ibliss [1].

Quant aux deux dernières. Je ne peux indiquer l'endroit exact où elles ont échoué. Mais je suis certain qu'elles mangent à leur faim et qu'elles disposent de deux djellabas au moins. La plus jeune doit avoir épousé le fils d'un émir. La deuxième est devenue la femme d'un riche cultivateur du Rif. L'homme est très apprécié par ses voisins. Elle saura lui donner des héritiers aussi clairs que les premiers rayons du soleil.

Toutefois, si mon dey désire s'emparer de celle qui a

1. *Ibliss :* le diable.

humilié son serviteur, il devra envoyer deux janissaires sur place, un seul ne suffirait pas, la diablesse est capable de le détourner de son devoir.

Dis-leur de se présenter chez moi en premier. Je mettrai tout en œuvre pour faciliter leur tâche.

Mokrane confie la lettre à son *sais* [1]. L'homme n'a pas encore disparu qu'il bondit sur son cheval et se dirige vers la maison de Laouza. Chemin faisant, il remarque que les peupliers ont toutes leurs feuilles, que les amandiers sont en fleur et que les genêts cachent leur or dans les creux des rochers. Laouza l'a distrait de la nature, de ses devoirs envers sa tribu. Elle l'a aveuglé. Il respire à pleins poumons, sûr d'être très près de son but. La menace d'être envoyée à Alger, menottes aux poignets, va la précipiter dans ses bras.

La maison apparaît, dressée sur la falaise, face à la mer. C'est lui, Mokrane, qui en a choisi l'emplacement, lui qui a dessiné le toit en pente et les fenêtres en ogive. Il décidait de tout avant le jour maudit où elle s'est barricadée derrière cette porte. Laouza l'a traité en valet, en chien galeux. Il la traitera de la même façon.

La bouche sur le trou de la serrure, il lui annonce qu'une troupe de janissaires armés jusqu'aux dents est en route vers Ténès pour l'emmener pieds et poings liés à Alger, où elle sera jugée, condamnée à mort et exécutée dans les plus brefs délais. Motif d'accusation : elle a humilié un valeureux serviteur du dey, Mokrane, chef de la tribu Bani Haoua.

— Tu peux toutefois te racheter, ajoute-t-il d'une voix mielleuse. Tu te donnes à moi et je te protège du dey, de ses janissaires, même d'Allah et de son prophète.

L'éclat de rire qui fuse derrière le battant se fracasse dans sa tête. Mokrane a le vertige. Il croit avoir mal entendu.

— Tu dis ? s'informe-t-il, doucereux.

1. *Saïs :* palefrenier.

— Que je me donnerai à Mokrane à une seule condition : qu'il me prenne devant tout Ténès, à cheval, de préférence un vendredi, à l'heure où les croyants sortent de la mosquée.

Cette fille veut le déshonorer, Mokrane en est conscient. La honte qu'il ressent ne l'empêche pas de continuer à la désirer. Il veut la posséder, ne serait-ce qu'une seule fois, quitte à mourir après.

— Je suis d'accord, balbutie-t-il d'une voix à peine audible.

— Tu le jures ?

— Je le jure sur ce que j'ai de plus cher au monde : mon fils unique, Mehdi.

— Parce que tu as un fils ? s'étonne-t-elle, sincère. Pourquoi me l'avoir caché ?

— J'attendais le moment propice pour te le présenter. Mehdi renierait son père si jamais il se donnait en public devant tout Ténès. C'est un garçon pudique, le meilleur élève de l'école coranique.

— Tu me l'envoies. Je sais comment le convaincre.

Mokrane acquiesce de la tête. Que ne ferait-il pas pour toucher les seins de Laouza, malaxer son ventre, pénétrer entre ses cuisses.

Le fou rire derrière la porte l'intrigue. Pourquoi rit-elle alors qu'il accepte toutes ses conditions ?

Laouza a omis de lui avouer qu'elle connaît déjà Mehdi. Le garçon est venu rôder autour de sa maison comme tous les autres mâles de Ténès. Lui aussi est un obsédé de la toison rousse devenue le centre des conversations. Il vient la nuit, quand son père, épuisé, rentre chez lui et s'écroule sur sa natte. Le manège de Mehdi n'échappe à personne. Mokrane lui a refilé sa passion de l'étrangère.

— Soulage ce pauvre garçon, balbutient les gens entre leurs lèvres. Apprends-lui à baiser. Des poils vont lui pousser sur la main à force de se masturber devant ta porte. Il va finir poitrinaire, cracher ses poumons et son sang.

Laouza a-t-elle entendu la prière muette ? Elle a ouvert à Mehdi. Elle l'a invité à entrer, lui a montré sa maison et la blancheur de ses bras, son alcôve et son ventre. Elle lui a surtout appris à s'élever sur un nuage sans quitter le matelas d'un pouce.

Il la rejoint nuit après nuit dans le nid aménagé avec amour par son père. Les deux amants dînent de fruits et de fromages sur le tapis de haute laine, la position assise succédant à la position allongée. Une datte suivie d'une caresse, une figue sèche précédant un baiser, mets et plaisirs se relayant dans un ordre parfait.

— Je tuerai mon père si jamais il t'approche, clame Mehdi profondément enraciné dans Laouza.

— J'ai une dette envers lui. Il m'a donné cette maison, réplique-t-elle en haletant sous son poids.

— Tu la lui rendras.

— Pour me retrouver dans la rue ?

— Je t'épouserai. J'ai quatorze ans. Je suis en âge de me marier.

— Ton père n'acceptera pas. Tu me vois habitant chez lui ? Il ne fera qu'une bouchée de moi. Dieu seul sait combien il me harcèle.

— Nous partirons ailleurs, j'ai un ami à Alger. Il garde le palais du dey. Il surveille nuit et jour les entrées et les sorties. Il n'a donc pas besoin de sa chambre. Nous pourrons l'occuper.

De ce discours, Laouza retient l'essentiel : la possibilité de rencontrer le dey, donc de le séduire, de devenir sa concubine ou sa favorite, en attendant qu'elle puisse rencontrer le sultan qu'elle séduira à son tour et qui fera d'elle sa kadine lorsqu'elle lui donnera un fils. La nouvelle de son ascension parviendra aux oreilles de sa blanchisseuse de mère, qui viendra s'excuser, à genoux, de toutes les humiliations qu'elle lui a fait subir. Laouza, magnanime, pardonnera. Laouza, seigneuriale, fera bâtir un palais pour sa mère. A côté du sien.

Ces images de grandeur passent sur les paupières fermées de Laouza, alanguie par l'amour. Elle doit précipiter les événements maintenant qu'elle a toutes les cartes en main : se donner à Mokrane au vu de tout Ténès, afin que le village soit spectateur de la déchéance de son chef. Connaissant la jalousie de Mehdi, celui-ci tuera son père et elle, Laouza, en sera débarrassée. Les deux tourtereaux iront cacher leur amour à Alger, dans les dépendances du palais du dey...

18

Un bruit sous le lit alerte Elise. Elle pense à un chat, le palais en abrite des dizaines. Chassés des cuisines, ils se réfugient dans les chambres. Mais la jeune veuve s'est trompée. En fait d'animal, elle découvre une fillette. Recroquevillée sur elle-même, elle retient son souffle. Son regard implore Elise. C'est Ouarda, la sœur de Omrane. Pourquoi se cache-t-elle chez celui qui a tué son frère ?

Elle dit qu'elle ne sait pas où aller. Les habitants de la palmeraie la poursuivent de leur haine.

— Tu es ma seule amie. Les mêmes morts nous unissent.

Elise est perplexe.

— Tu dois avoir des parents ?

— Chacun est remarié de son côté. Ils ont donné naissance à un autre Omrane et une autre Ouarda. Ma mère regarde ailleurs quand il lui arrive de me croiser. Elle craint son nouveau mari. Omrane était ma seule famille.

— Tu es donc là depuis trois jours ? Tu dois avoir faim ?

Elle secoue la tête et déclare qu'elle a décidé de ne plus jamais manger.

— Tu ne vas pas passer ta vie sous ce lit ?

— Non ! Puisque nous partons. La rumeur te marie à l'émir. C'est la coutume. Il t'épousera par défi, pour rompre le cercle de la fatalité et brouiller la piste du mal qui cherche à s'installer sous son toit. Ses filles lui ont appris que tu es une femme. Tout se sait ici, même que tu as pleuré à la vue de ton sang. Tu lui donneras un fils. Il remplacera Mansour.

Elise a pleuré à la vue du sang à l'intérieur de ses cuisses, la nuit qui a suivi la mort des deux garçons. Ce sang ne venait pas de son ventre mais du burnous de Mansour, de la gorge béante de Omrane, de la chèvre égorgée près du puits. Trop de haines pour un seul jour. L'émir a jugé un mort. Ses gens ont jeté son cadavre aux chiens puis lancé ses ossements derrière la muraille. Que le sable les ensevelisse. Que le désert se referme sur eux !

Trop de malheurs pour un seul lieu. Ouarda a raison de pousser Elise à fuir. Elles attendront la nuit, quand les habitants du palais auront fermé leurs yeux et leurs volets. Le premier village en bordure du désert est à trois jours de marche. C'est là que furent abattus Mansour et Omrane, dans la maison près du puits. Le premier a expiré sans avoir repris connaissance. Le second, plus coriace, s'est laissé traîner jusqu'à à la palmeraie.

— Sais-tu où aller ? Quelqu'un t'attend ailleurs ? demande Ouarda.

— J'irai à Ténès.

— C'est où Ténès ?

— Près de la mer.

Un frisson de terreur parcourt son corps.

La fille née dans le désert se méfie de l'eau.

— Je te quitterai avant. La mer tue.

La masse liquide la terrorise. Elle l'imagine immobile et peuplée d'animaux monstrueux.

Ouarda et Elise quittent la palmeraie par l'ouverture de la muraille comme l'ont fait, avant elles, Mansour et Omrane. Elles mettent leurs pieds dans les pas des deux morts, certaines de trouver une vie meilleure ailleurs. Leurs djellabas, couleur sable, se fondent dans le paysage. Le ciel au-dessus de leur tête est d'une grande transparence. Il est impossible d'imaginer le moindre changement de temps. Elles marchent sans perdre de vue l'étoile du Berger, leur seul repère. Cette même traversée du désert a paru si simple à Elise, il y a six mois. L'émir la précédait. Un sais veillait à son confort. Elle devait épouser le fils du chef du ksar. Le désert est un tapis de soie pour celui porté par une monture, et une succession de pièges pour qui le parcourt à pied. Les pas s'enfoncent au lieu d'effleurer. Elles avancent péniblement. La fatigue les terrasse au même moment. Ouarda s'accroupit sur son ombre et se balance d'arrière en avant comme on berce un enfant. Elise s'affale sur le sol.

— Sois plus forte que ta fatigue. Ne cède pas devant elle, lui conseille Ouarda.

La fin de sa phrase est couverte par un bruit assourdissant qui s'approche d'elles à une grande vitesse. Il est accompagné d'une colonne de sable qui relie le ciel à la terre. L'air est brûlant. Ouarda se couvre le visage de ses mains.

— Le chergui, le chergui, crie-t-elle d'un ton affolé.

Elise se protège des flammes invisibles en se jetant la face contre terre. Mais Ouarda l'oblige à se relever.

— Tu veux laisser ton visage sur le sable ? Debout ! et tourne ton dos au chergui. Ignore-le, il finira par s'en aller.

Ouarda force Elise à marcher malgré les rafales qui soufflent avec une rare violence. Elle fait trois pas quand Elise en fait un. L'écart entre elles grandit à mesure que le jour baisse. La sœur de Omrane n'est plus qu'un point au loin lorsque Elise l'entend lui crier ceci :

— Fais croire au chergui que tu marches avec lui. Trompe-le pour qu'il ne te tue pas.

Elise est étonnée de voir ses jambes fonctionner encore. Elles sont mues par un automatisme qui ne dépend pas d'elle. Elle avance très lentement en essayant de se remémorer les repères donnés par son guide. Ouarda lui a parlé d'un village en bordure du désert. Sa mosquée est devenue le point de ralliement de toutes les caravanes. A son ombre se reposent chameaux et chameliers. Elle lui a même précisé qu'il est possible de les croiser dans le désert. Ils quittent le Sud à cette époque et font une grande boucle à la recherche d'un nouveau lieu de vie. Ils dressent leurs tentes auprès de n'importe quel puits, dès qu'ils voient un semblant de prairie. Nourrir leur troupeau est leur premier souci. Parfois, ils s'arrêtent dans une oasis, demandent l'hospitalité de quelques jours. En échange d'un pâturage, ils offrent leur fumier.

Elise a brusquement sommeil. Sa tête a du mal à rester droite. Le vent ne souffle pas dans le désert mais à l'intérieur de son crâne. Elle s'écroule avec une sensation de bien-être. Au fond de sa confusion remontent, telle une eau limpide, les visages de Mansour et de son pâtre.

Qui a dit qu'ils étaient morts ? On les a enterrés pour les soustraire à la haine de la foule et protéger leur amour des regards indiscrets. Ils passeront quelques jours sous terre, le temps nécessaire pour faire oublier leur fugue. Personne n'a tué Mansour dans la maison ombragée par le néflier. Personne n'a achevé Omrane sur les marches du palais de l'émir. Les râles d'agonie étaient ceux de la chèvre égorgée près du puits. Le sommeil fait délirer Elise. Elle s'endort d'une seule masse. Ses paupières fermées ne l'empêchent pas de voir le ciel parsemé d'étoiles.

Son cœur bat à peine. Ses membres pèsent lourd. Elle a l'impression d'être transformée en pierre. Elle est loin de la vie, du temps. Le monde glisse sans bruit autour d'elle. C'est peut-être ça, la mort, se dit-elle sans tristesse : regarder le monde comme un spectacle. Une ombre sur son visage la réveille en sursaut. Un homme la fixe du haut de son cheval. Il est vêtu de bleu. Son voile, bleu aussi, cache la moitié inférieure de son visage. Ses yeux sourient à Elise. Il lui tend une main puis la hisse sur sa monture. Il fait étonnamment doux. Le chergui s'est étranglé en avalant son feu de travers. La tête calée sous le menton de son sauveur, Elise se sent en sécurité.

19

Ténès a fait d'elle une putain, elle fera de Ténès un bordel. Laouza sait avec précision quelle forme prendra sa vengeance. Mokrane la prendra au vu de tout le village, sur la place, à une heure de grande affluence. Rien ne la fera reculer, même pas l'amour de Mehdi.

Elle n'a pas un seul regard pour la foule venue assister à la déchéance de son chef. Mehdi fait partie de ces hommes et de ces femmes qui ricanent pour cacher leur trouble. Mokrane passera-t-il à l'acte ? On fait des paris. On jure la main sur le front. Mehdi est sourd à tout ce vacarme. Il n'entend que les battements de son cœur. Il blêmit en les voyant arriver, halète douloureusement quand son père prend Laouza, titube quand celui-ci s'agrippe à la toison rousse pour ne pas être chassé du ventre. Chacun des présents réagit à sa manière. L'imam appelle les foudres du prophète sur la tête de celui qui ose le narguer à deux pas de sa mosquée. Les vieux qui ne savent plus ce qu'est une érection crachent avec mépris. Les femmes se frappent la poitrine jusqu'au sang. Les enfants posent des questions auxquelles personne ne sait répondre. Le cheval, lui, s'est dressé sur ses pattes arrière et a henni sauvagement quand Mokrane a joui. Le même cri rauque a fusé de la gorge de l'animal et de celle de l'homme.

Mehdi a disparu d'un coup. On l'a retrouvé pendu au néflier, derrière les écuries de son père. Ceux qui l'ont dépendu ont vu le couple Laouza-Mokrane sur ses rétines arrêtées. Ils ont massé le cœur et récité des prières, soufflé dans la bouche et invoqué le prophète qui protège les enfants victimes des vices de leurs parents. Le sang a de nouveau circulé dans ses veines. Mehdi a ressuscité à force d'entendre son nom répété par cent bouches en même temps. Une *Ou'jouba*, un miracle.

Mehdi est revenu à la vie, malgré lui. Si grande était son envie de mourir.

La consternation passée, les gens de Ténès se sont rués sur la maison de Laouza, prêts à saccager, à tuer, puis à brûler la sorcière, une invention du diable, qui l'a fabriquée avec un mélange de soufre et de feu. D'où sa chevelure flamboyante, sa toison écarlate et ses yeux qui lancent des étincelles.

La horde des justiciers fouille vainement les lieux. L'oiseau s'est envolé. Dans un angle de la grande pièce, roulée dans ses atours, la marquise tricote calmement en chantant une berceuse. Depuis quand habite-t-elle la maison de Laouza ? Qui lui en a donné la permission ? Assise sur une chaise à bascule, venue d'on ne sait où, Hélène de Courtavray n'a pas un seul regard pour ceux qu'elle prend pour de la racaille. Le chausson jaune qu'elle tricote s'allonge à mesure qu'elle chante. Qui lui a fourni la laine, les aiguilles et cette chaise qui ne fait pas partie du mobilier acheté par Mokrane ? Un point à l'endroit, un point à l'envers, Hélène ignore qu'il est interdit de tricoter à cette époque. Les invisibles qui errent dans les champs, fraîchement labourés, vont se prendre les pieds dans les fils, trébucher et tomber dans la géhenne.

Personne n'ose approcher la marquise. Une femme enceinte est une tombe entre novembre et avril quand la terre se referme autour de ses sillons. La toucher, c'est provoquer le sort. Les habitants de Ténès se précipitent chez Yemma B'net. Elle seule pourra arracher ses aiguilles à la marquise.

— Mais pour les remplacer par quoi ? Il faut bien qu'elle occupe ses mains, proteste la religieuse.

— Qu'elle balaie, propose une femme.

— Qu'elle lave, propose une autre. Ce n'est pas la crasse qui manque dans cette maison. Laouza ne faisait jamais le ménage. Elle était plus adroite à manier le *zob* que le balai.

Mère Jeanne foudroie la médisante du regard.

— Avez-vous jamais vu une marquise balayer ?

Bien sûr que non. Les marquises ne courent pas les rues de Ténès.

— Que sait-elle faire à part tricoter et chanter ? demande une curieuse.

— Ecrire, répond Yemma B'net d'un ton ferme. Donnez-lui du papier et un crayon et elle cessera de tricoter.

Tous sont ahuris. Que deviendrait le monde si les femmes se mettaient à écrire ? Transmettre les messages et les salutations est de tout temps une occupation d'homme, réservée au thaleb qui écrit des lettres, qui seront lues par un autre thaleb, qui répondra au premier.

— Elle ne connaît personne à qui écrire. Elle n'a ni famille, ni amis dans ce pays.

— Mais un mari, le rivage de Ténès a des oreilles. Le sable n'empêche pas le couple de dialoguer.

Personne n'ose déloger la femme qui parle avec un mort. Hélène est désormais chez elle dans la maison de Laouza. L'enfant qui doit naître incessamment aura un toit bien à lui.

Les gens de Ténès sont retournés bredouilles chez Mokrane. Laouza s'est volatilisée et la marquise occupe les lieux. Comble de malheur ! cette dernière tricote. Les invisibles qui se prendront les pieds dans ses fils se vengeront sur lui, puisqu'il est le véritable maître des lieux.

— Donne-lui du papier et un crayon en échange des aiguilles, lui conseillent les sages. Il paraît qu'elle sait écrire.

Hélène noircit des pages à longueur de jour. Seule la nuit peut arrêter sa main. Elle écrit à son mari, non pour lui raconter sa détresse et ses difficultés, mais leur enfant.

J'ai vu son petit pied à travers ma peau.

J'ai essayé de le saisir, mais il a filé comme un poisson dans un bocal. Il se méfie, se terre au fond de moi. Hier, il a profité de ma sieste pour sortir de sa cachette et exécuter des pirouettes qui ont fait ballotter mon ventre.

Je l'ai appelé, d'une voix douce, et lui ai expliqué que je n'étais pas dupe de ses agissements. Je saurais y mettre fin bientôt. Chose curieuse il s'est calmé d'un coup. Je suis sûre qu'il m'a entendue. Mère Jeanne dit qu'il naîtra dans une semaine. Mouloud, qui compte sur le mois lunaire, ne lui donne pas plus de trois jours. Je te le décrirai dans ma prochaine lettre.

Ta femme qui se languit de toi
Hélène.

Il arrive à Hélène de dessiner. Le crayon esquisse la même maison, qui devient château, dès qu'elle y ajoute les deux donjons. Six lucarnes rondes donnent au toit un air exorbité. Le perron ombragé par un cèdre centenaire a une allure majestueuse. Hélène, fatiguée, s'endort, la joue sur la maison de papier.

Les rêves d'Hélène la ramènent invariablement devant le portail du château familial. Elle appelle mais personne ne lui ouvre. Le gardien a égaré les clefs, et sa belle-mère en deuil de son fils ne reçoit personne. Le visage serré entre deux barreaux, Hélène regarde la vieille dame à travers les vitres de sa chambre. On dirait un portrait encadré. Aucun sourire n'adoucit ses traits. Aucune fumée ne sort des sept cheminées. Aucune brise ne fait bouger le feuillage du cyprès. Une propriété morte. Même l'eau du bassin est stagnante. Le seul élément vivant est ce coq que la cuisinière essaie d'attraper. Il court dans tous les sens en caquetant. Elle le saisit au pied d'un mur, lui tranche le cou d'un coup de couteau rapide puis se met à le plumer. Les plumes arrachées remplissent l'air, cachent le soleil. Tout est gris, le sang de la volaille décapitée constitue la seule couleur. Son odeur s'infiltre progressivement dans les narines d'Hélène et lui donne la nausée. Elle continue à la sentir, même une fois réveillée. Douceâtre, fade, écœurante, elle se dégage des draps, de sa peau, du matelas. Elle n'a pas besoin d'allumer pour savoir qu'elle saigne. La robe relevée pour ne pas trébucher dans l'obscurité, elle se précipite vers la cabane du chevrier. Elle court, les yeux rivés sur le ciel, scintillant d'étoiles. La lune est à son premier quartier. Mouloud ne s'était pas trompé en affirmant qu'elle accoucherait le premier de la lune. Elle est à bout de forces lorsque apparaît l'enclos. Une main de fer tord sa colonne vertébrale dans un sens puis dans un autre. Elle sent les os de son bassin s'écarter, s'écarter pour laisser la voie libre à l'enfant. La douleur la fait hurler. Son cri est celui d'une bête blessée. Une lumière s'allume à travers le caroubier. Une lanterne fouille le paysage puis s'arrête sur elle. Mère Jeanne lui demande de ne pas bouger. Elle accourt. Sa voix crie au chévrier de chauffer de l'eau dans la grande bassine et de préparer du linge propre.

— Agrippe-toi à mon cou, dit-elle à la forme recroquevillée en bordure du sentier.

Et Hélène reconnaissante se tasse dans les bras qui l'emportent telle une plume vers la maisonnette éclairée.

20

Des pluies torrentielles se sont abattues sur le Rif, transformant les petites rivières en fleuves houleux qui ont tout balayé sur leur passage : les gourbis et leur misérable mobilier. Des murs écroulés s'échappent des nattes déchiquetées, des marmites cassées et des bêtes mortes qui dérivent lentement vers la vallée. Seule la maison de Sidi a résisté aux intempéries. Elle nargue le ciel, nargue les sans-abri venus frapper à la porte de l'homme riche. Les sinistrés qui ont demandé asile au couple ont été accueillis par une baïonnette. Ils ont reculé, l'insulte à la bouche, leurs bras esquissant le geste de la vengeance.

Au plus noir de la nuit, des cavaliers viennent rôder autour de la grande propriété. Leurs lance-pierres prennent pour cible les volets. Djélila se bouche les oreilles avec ses doigts pour ne pas entendre le crépitement sinistre. Une main haineuse a cloué un aigle mort sur la porte de Sidi qui a juré de châtier le coupable. Il guette des nuits entières, l'arme à la main, par n'importe quel temps, indifférent à la pluie qui trempe ses vêtements, à la toux caverneuse qui le plie jusqu'à terre. Il mourra, mais après avoir tué la horde de chiens qui aboient autour de sa maison.

Fatima ne vient plus travailler. Marie se demande si elle est encore en vie. L'eau qui a dégringolé de la montagne a pu entraîner le gourbi avec ses habitants. Elle serait partie à leur recherche si la route n'était pas coupée et si Sidi ne la surveillait nuit et jour. Il la couve tel un objet fragile depuis qu'elle a commencé son neuvième mois de grossesse. Sa femme en est jalouse. Elle maigrit à mesure que la taille de Marie s'épaissit. Elle a visité le sanctuaire de Sidi Ahmed, un saint qui guérit de la stérilité, il y a trois jours. Pourquoi ce pèlerinage alors que les routes sont dangereuses ? Espère-t-elle avoir un enfant à son âge ? Son ventre est une outre sèche, et deux sacs vides, ses seins. Elle est rentrée tard dans la nuit. Sidi l'a vue arriver de loin, peinant contre le vent qui retardait sa marche. Il l'a appelée. Un long bêlement lui a répondu. De sa visite au saint, Djélila a ramené une chevrette qu'elle porte dans ses bras comme si c'était un nouveau-né. Elle dégrafe son corsage trois fois par jour et lui donne à boire. L'animal tête goulument la chair aigre et ratatinée. Djélila lui chante une berceuse pour l'endormir.

> « *La bonne viande aux invités*
> *les tripes aux colporteurs*
> *la peau aux corroyeurs*
> *la tête, les pieds pour la famille*
> *dors, dors*
> *tu es riche de lait et de beurre.* »

Marie se retient de rire. Sidi est convaincu que sa femme est folle. Elle ne communique plus qu'avec la chevrette. Son époux compense son silence en parlant à Marie qu'il appelle Maryam. Marie n'a jamais pu s'habituer à ce nom, qu'elle assimile à un habit trop large qui tombera de lui-même dès que le couple n'aura plus besoin d'elle. Elle redeviendra Marie et ira à la recherche de ses camarades. Sidi est aux petits soins. Sa toux l'inquiète. Il soupçonne sa femme d'avoir demandé au saint de la *zaouia* de tuer la jeune femme. Les cris ont fusé de l'autre côté du rideau. Les complices d'hier sont devenus deux ennemis. Leur dispute n'a pas calmé la toux de Marie, ni fait baisser sa fièvre. Sidi n'attend pas le jour pour aller chercher la sage-femme. Farhana, d'après Fatima, était sorcière avant de devenir accoucheuse. Elle était même morte et enterrée. Des passants l'ont entendue crier et l'ont délivrée. Elle est revenue au monde avec de nouvelles intentions. Elle consacrera sa vie à faire le bien.

L'idée d'être soignée par une morte-vivante terrorise Marie. Le pas qui s'approche de sa chambre cogne dans sa tête. La porte s'entrouvre dans un long grincement. La femme debout dans l'embrasure de la porte n'a rien d'une déterrée. Son visage jovial creusé de deux fossettes respire la joie de vivre. Ses mains potelées sont celles d'une femme aisée, non d'une paysanne habituée aux travaux des champs. Elle s'accroupit près de la couche, prend le visage de Marie entre ses doigts, le parcourt du regard comme si elle lisait dans un livre. La fièvre, dit-elle, ne vient pas de la maladie, mais du mauvais œil. Elle demande trois braises, les pose sur un plomb qu'elle sort de son mouchoir noué, puis invite Marie à les enjamber sept fois de suite. Marie obéit. Marie l'écoute marmonner sa ta'wizat, puis la regarde scruter la forme qui s'est gravée dans le métal ramolli par le feu.

— Deux yeux clairs te pleurent comme si tu étais morte, déclare la femme d'une voix rauque. Deux lèvres crient ton nom. Elles parlent de trahison, de pacte violé et de vie à jamais rompue. Une voix d'homme t'appelle de l'autre côté de la mer. Ecris son nom sur ce papier si tu veux être libérée de sa pensée. Le feu le réduira en cendre, le vent lui expliquera que tu n'es pas responsable de ce qui vous est arrivé. Le destin a décidé pour vous deux.

Marie hésite à écrire le nom de Jean Soubiran. Le regard impératif de Sidi ne lui laisse pas le choix. Elle le trace d'une main tremblante en souhaitant la mort de celui qui la contraint à ce geste. Farhana approche le papier des flammes, le porte jusqu'à la fenêtre, le suspend dans le vide puis souffle sept fois de suite sur la spirale carbonisée.

— Nous te rendons ton nom, crie-t-elle dans la nuit. Ne tourmente plus cette femme. Elle a besoin de toutes ses forces pour donner la vie à son enfant. Eloigne-toi de sa mémoire. Oublie-la.

Marie qui ne doute pas de l'efficacité de ces paroles pleure en silence, des larmes acides qui lui brûlent les joues, et qu'elle n'essuie pas. Elle perd son fiancé pour la deuxième fois. Définitivement, cette fois.

Elle cessera d'exister pour lui dès que les cendres l'atteindront. Elle est déjà considérée comme morte par sa grand-mère, sinon elle l'aurait retrouvée. Elle finira sa vie au douar, dans cette maison inhospitalière, parmi ces gens qui ne lui inspirent que la peur.

Sidi accompagne la sage-femme jusqu'à la grande route. La lanterne accrochée au-dessus de la porte éclaire deux silhouettes, celle haute de l'homme et celle ronde de la femme. Un bruit de cavalcade les cloue au milieu de l'allée. Sidi fouille la nuit de son regard. Un épervier qui essaie de situer les chasseurs. Les sabots raclent le sol, mais les cavaliers restent invisibles. Une détonation perfore l'air. Sidi s'écroule par terre. La sage-femme appelle au secours. Djélila arrive pieds nus et se penche sur son mari. Son regard exorbité dit qu'il n'y a plus rien à faire. Debout au milieu de l'allée de cyprès, elle lance un long hurlement qui n'a rien d'humain. Marie dans son lit pense à un chacal. La lumière attire les bêtes. Il leur arrive si souvent de venir rôder autour de la grande propriété.

21

Rien ne se passe à Ténès depuis le départ de Laouza. Mokrane et son fils évitent de parler d'elle. Cent fois par jour, le chef des Bani Haoua la voit adossée au mur de l'école coranique, cent fois par jour, il l'imagine accroupie sous un palmier. Le temps de s'en approcher, elle disparaît comme par enchantement. Tout Ténès le plaint. Sa maison prend de l'eau de tous les côtés ; on dirait un bateau qui dérive.

Ses réserves sont vides, ses commis refusent de partager la récolte avec un homme qui a bafoué la morale. Ses femmes complotent derrière son dos et sa plus jeune épouse, la douce Assia, est enceinte d'un autre. Assia sait ce qui l'attend si ses règles continuent à se cacher. Elle sera attachée à un arbre au bord de l'oued, et mourra de soif, de faim et de peur. Ce n'est certainement pas son muletier qui viendra la délivrer. L'idée de promener ses épouses à dos de mulet était de Laouza. Elle reprochait à Sidi de ne pas les aérer.

— Tes femmes sentent le moisi. On dirait de vieux tapis. Sors-les. Elles n'ont rien à craindre du soleil qui va certainement se cacher pour ne pas voir leurs lèvres moustachues.

La garce n'a pas cessé de le flouer. Il n'aurait pas dû l'écouter. Dire qu'il l'a crue quand elle lui a raconté qu'elle était mousse avant le naufrage et que l'eau salée l'avait transformée en fille. Crue de nouveau quand elle a promis de se donner à lui.

Mokrane est devenu la risée de Ténès. Ses femmes mangent chez les uns, chez les autres, qu'elles paient en médisant de lui. Même le *muezzin* le vise à travers ses prières.

— Les prédestinés savent l'heure où ils doivent se livrer à la volonté d'Allah, malheur aux autres qui ne font pas partie des élus, psalmodie-t-il du haut de son minaret.

— Tu as fini de braire, espèce d'âne, riposte

Mokrane. Je n'ai pas besoin de toi pour savoir que je ne fais pas partie des prédestinés.

Ces paroles glacent le sang dans les veines des croyants. Nombre d'entre eux lui ont tourné le dos. Il n'a plus d'amis, plus de maîtresse, plus d'épouses. Même son fils n'est plus son fils depuis que Laouza a semé la discorde entre eux deux. Les dernières nouvelles de la rouée lui ont scié le cœur. Il paraît qu'elle s'est mariée avec un cheikh, l'homme le plus riche du Chélif. Il a donné à Laouza deux paires de pigeons, une esclave et sept bracelets en or. Elle danse toutes les nuits, au son du tambourin qu'il frappe de ses mains rongées par l'âge. Tout le village assiste au spectacle qui a lieu sur la terrasse du couple. Tout le village écoute le cliquetis des bracelets de la danseuse. Laouza, épuisée, s'écroule sur les tapis, entre les coupes de fruits et de friandises, croque une datte, boit une coupe de lait, grignote une corne de gazelle, en écoutant d'une oreille distraite les questions de son époux.

— Y a-t-il une mer à Paris ? Y a-t-il des montagnes à Paris ? Paris est-il plus grand que Constantine, plus petit qu'Alger ? Y a-t-il une mosquée à Paris ? Et est-elle assez grande pour contenir tous les habitants du Chélif ?

Laouza répond par des rires qui fusent dans la nuit et donnent le vertige aux étoiles. Le cheikh rit avec elle sans savoir pourquoi. Le village ne comprend pas la cause de leur hilarité et se pose des questions. On la dit mielleuse la nuit, autoritaire et sans cœur le jour. Elle a ordonné à son esclave d'aller chercher du bois en pleine nuit, il y a une semaine.

— Il fait si sombre, ma maîtresse.

— Je ne suis pas aveugle, va quand même chercher du bois.

— Il pleut, ma maîtresse.

— Je ne suis pas sourde. Va quand même chercher du bois.

La pauvre fille revint titubante de la forêt. Elle tremblait de fièvre et de fatigue.

— Cette fille boit, décréta Laouza.

Elle demanda au cheikh de la fouetter, ce qu'il fit, à contrecœur, pour ne pas la mécontenter.

Nombreux sont ceux qui se demandent où Laouza a pu rencontrer le cheikh. Le vieillard, connu pour son austérité, l'a ramenée chez lui, il y a deux mois, sous l'aile de la nuit. Une nuit si épaisse que personne n'a su dire si elle venait du nord ou du sud. Il l'épousait le lendemain et en faisait son unique héritière. Laouza a su s'adapter au pays. Elle n'a aucune difficulté à marcher sur ses chemins caillouteux, aucune difficulté à regarder son soleil dans le blanc des yeux, aucune difficulté à dialoguer avec ses habitants. Elle a parlé l'arabe dans une autre vie, et mangé du loukoum et des cornes de gazelles jusqu'à en crever. Laouza rêve en arabe, mange en arabe, éructe en arabe, mais blasphème en français, langue qu'elle a prise en haine. Ses rêves la ramènent invariablement à la blanchisserie maternelle, face au quai. Il lui faudrait une vie entière pour venir à bout de tout ce linge qu'il faut laver puis repasser. Dehors, il tombe une pluie fine qui colle à la peau. Le hurlement d'une sirène de bateau la réveille en sursaut. « Dieu merci, ce n'est qu'un rêve. » Elle se rendort en changeant de côté mais non de rêve.

« Qu'ai-je fait au bon Dieu pour qu'il me donne cette fille ! Une vraie pute », se lamente sa mère derrière le même monceau de linge sale.

« *Allah ! al bet Kahba* », traduit Laouza dans son sommeil.

Laouza qui se réveille se demande si elle n'est pas devenue une telle séductrice pour ne pas faire mentir sa mère. Elle remercie *Le Banel* d'avoir fait naufrage si loin de Toulon. Son cœur éclate d'amour quand elle pense à la baie de Ténès, à Mouloud, à Mère Jeanne, à sa maison sur la falaise, à Mehdi, même à Mokrane qui ne lui inspire aucune rancune, aucun ressentiment. Ténès lui manque. Elle y serait retournée, juste pour embrasser ses amis, si elle était sûre d'y être bien accueillie. Mehdi a tout gâché en se pendant au néflier. Il l'a contrainte à limiter ses ambitions, à se contenter d'un cheikh alors qu'elle briguait un dey, voire un sultan.

Mokrane passe son temps à se demander dans quel village du Chélif a échoué Laouza.

Les gens qu'il interroge retournent leurs lèvres. Certains se rappellent la première lettre de son nom. La lettre M. « Maghni, Mécharia, Mascara, Mohammadia, Moghrar, Méhidi. » Méhidi, Mehdi. Son sang bout dans ses veines. Il saura la retrouver pour la punir, la châtier. Elle l'a détruit, et détruit sa famille.

Mouloud, interrogé à son tour, répond d'une manière évasive. Laouza, selon lui, n'est plus à Ténès, sinon il l'aurait vue. Par contre, il connaît le nom de celui qui l'a épousée.

— Le nom du cheikh ?

Mokrane est de nouveau plein d'espoir.

— Un cheikh est un cheikh, réplique le chevrier. Il n'a pas besoin d'avoir un nom pour qu'on puisse l'appeler.

Le chevrier se moque-t-il de lui ? La main de Mokrane se lève pour frapper, puis retombe impuissante. Battre Mouloud ne lui rendra pas Laouza.

Mokrane se sent abandonné des dieux. Ses malheurs, pense l'imam, il les doit à son inconscience. Il n'aurait pas dû orienter la porte de sa maison vers le nord, face à celle du sanctuaire. Le fait d'ouvrir une porte arrière vers le sud ne l'a pas protégé. On ne peut pas tromper les saints, ils sont plus malins que nous. Mère Jeanne est trop occupée pour écouter ses questions et ses plaintes. En plus de ses malades, elle doit conseiller les femmes battues, et celles répudiées sans raison.

— On a retourné mon mari comme une poche. Il ne m'approche plus, se plaint l'une.

— Il m'a répudiée mais il a gardé mon âme. Je suis incapable de me donner à un autre homme, incapable de le haïr, se plaint une autre.

— Mon voisin traie ma vache. J'ai senti son odeur sur ses mains. Coupez-les avant qu'il ne recommence.

Pour montrer leur bonne foi, les mécontentes se

lacèrent la poitrine et baisent le sol. Mère Jeanne calme avec un mot et la promesse de prier pour elles. Elle ne sait pas où donner de la tête. On la réclame dehors. On l'appelle à l'intérieur auprès du bébé d'Hélène qui pleure. La marquise est convaincue que son mari veut lui arracher son enfant. Jacques de Courtavray veut entraîner son fils dans l'autre monde. Mouloud la rassure. Une bonne décoction de pavot endormirait l'enfant.

— Tu veux le tuer, malheureux ? proteste la religieuse. Cette herbe est dangereuse. C'est une drogue. On la donne aux fous.

— Les Bani Haoua ne sont pas des fous, bougonne le chevrier. Dans chaque jardin digne de ce nom, il y un plant de pavot. Tous les nourrissons en prennent. Un vrai Kabyle ne dort pas sans avoir fumé sa pipe de kif.

Mère Jeanne comprend brusquement les causes du massacre perpétré il y a six mois. Les assassins avaient agi sous l'effet de la drogue. D'ailleurs tout était oublié le lendemain. D'où l'étonnement des sages venus présenter leurs félicitations à Hélène après sa délivrance. Pourquoi la marquise refusait-elle de les recevoir ?

— Vous avez tué mon mari.

Le plus vieux se crut obligé de lui expliquer que le Commandant était vengé depuis des lunes, par tous les passants qui ont jeté une pierre sur l'endroit de sa mort, en marmonnant *Allah irhamak* [1]. Les pierres ont couvert la voix du sang. Le mort n'appelle plus. Sa veuve doit donc pardonner.

Non ! Ils ne s'attendaient pas à cet accueil.

« Seuls les loups sont rancuniers, dit le proverbe. Car ils étaient des chiens avant d'être chassés par leur maître et éparpillés dans les forêts. »

Les sages de Ténès écourtèrent leur visite, mais après avoir demandé à Mère Jeanne de faire désormais partie de leur communauté. Son savoir et sa générosité leur seront fort utiles.

1. *Allah irhamak :* que Dieu te prenne en pitié.

La religieuse passa en revue les visages des sept vieillards, innocents malgré les soupçons qui pesaient sur eux. Peut-être ont-ils pris part au massacre. Mais comment les en accuser ? Leur mémoire a oublié ce que leurs mains, mues par la drogue, ont commis.

— Accepte, Yemma B'net.

— J'accepte à une seule condition. Que vous retrouviez Marie, partie avec le cultivateur du Rif, et...

Sa voix se cassa. Elle eut du mal à prononcer le nom d'Elise.

— Je veux la fillette vendue à l'émir du ksar, fit-elle d'une voix à peine audible.

Mère Jeanne n'osa pas réclamer Laouza. Son nom soulève son poids de haine chez les Bani Haoua.

Les sept vieillards étaient à mille lieues de soupçonner les répercussions du massacre commis par leur tribu. La presse française lui consacre ses grands titres. Un journal catholique brandit la menace de la guerre sainte. Un autre réclame une expédition en Barbarie. Les extrémistes veulent crucifier les Kabyles le long de la côte imbibée du sang des Français. Bonaparte qui a conquis les trois quarts de l'Europe se sent atteint dans son honneur. Il ne peut rester les bras croisés face à une poignée de sauvages. Les efforts d'apaisement déployés par Dubois-Thainville n'ont mené à rien. Bonaparte arpente son bureau d'un pas furieux sous le regard placide de Talleyrand. Il marche et gesticule en même temps. Son discours s'adresse aux lustres de cristal suspendus au plafond, aux rideaux épais qui empêchent la lumière du jour de pénétrer dans son bureau, aux meubles tendus de soieries précieuses, ainsi qu'à l'homme affalé dans un siège et qui écoute. Il prendra la parole quand tarira la salive de Bonaparte. Il a essayé, une fois, de placer un mot, mais celui-ci l'a arrêté d'un geste méprisant de la main.

— Je veux mes marins, hurle-t-il, sûr d'être entendu par tout le palais. Je veux interroger leurs cadavres. Leur demander quels sévices ils ont subis, pour les rendre au centuple à leurs assassins. Je leur ferai cracher les noms des sauvages que j'irai chercher dans leur trou, jusqu'au dernier, pour leur infliger la même fin atroce.

Il s'arrête, scrute le visage du vieillard cloué sur son fauteuil.

— Vous ne dites rien, Talleyrand ? Peut-être n'avez-vous rien à dire. Que représentent cent cinquante hommes du peuple pour un prince ? Réveillez-vous. Faites quelque chose. La fonction de ministre des Relations extérieures ne se limite pas aux bals et aux soupers. Il doit retrousser ses manches quand c'est nécessaire. L'Europe se gausse de nous. Le Tsar de Russie, le Kaiser et les petits roitelets attendaient cette occasion pour nous railler. Les langues vont bon train dans les cours, les basses-cours. Ils sont contents de la gifle que le petit dey d'Alger a assénée à Bonaparte. Qu'attendez-vous pour les museler ? Avez-vous une idée ?

— Je ne vois qu'un seul moyen : leur couper la langue, majesté.

Se moque-t-il de lui ? Napoléon voit rouge.

— Pourquoi ne pas les castrer par la même occasion ? ironise-t-il. Vous me voyez coupant la langue des Russes, des Autrichiens, des Anglais, des Prussiens, du pape et des Italiens ?

— Je ne vois pas d'autre solution, Majesté, ose le perfide Talleyrand.

— Cessez de m'appeler Majesté, explose Bonaparte. Pensez plutôt au dey.

— C'est déjà fait, Majesté. J'ai déjà mis mes réseaux en place. Une fille le séduira. Une ancienne blanchisseuse de Toulon. Elle fera sa connaissance dans peu de temps, avec l'aide de notre attaché d'affaires à Alger, le si dévoué Dubois-Thainville qui la présentera au dey et à tous les notables de la capitale. Elle a un passé de grande séductrice. Le chef des Bani Haoua s'est ruiné pour elle. Son fils a voulu mourir pour ses beaux yeux. Elle a quitté Ténès pour le Chélif où elle a épousé un vieux cheikh qui en a fait son héritière. Son veuvage est une question de semaines. Elle s'installera à Alger, dès que nous le lui demanderons, face au palais du dey. C'est une bonne patriote. Elle aime la France et ne déteste pas les hommes.

— Le nom de cette fille ? s'impatiente Napoléon.

— Blanche-Benjamin-Laouza.

— Trois noms pour une seule femme ?

— Plutôt trois femmes en une seule.

22

Accrochée au dos du Touareg qui l'a arrachée au désert, Elise parle, se confie, délire. Elle lui raconte son mariage forcé avec le fils de l'émir, sa chaste nuit de noces, et la désapprobation de sa belle-famille devant le drap immaculé.

— Quelques gouttes auraient suffi pour sauver la réputation de Mansour, puis sa vie. Mais Mansour aimait Omrane. Ils se voyaient la nuit. Les pierres tombales étaient leur lit, le silence du cimetière leur maison. Mansour, qui revenait à l'aube, me racontait tout ce que mes yeux ne pouvaient voir. Les deux garçons avaient découvert une nouvelle étoile. Elle se déplaçait au gré du vent tel un papillon ou une feuille morte. Ils la suivaient du doigt jusqu'à sa disparition derrière les dunes. Un soir, ils l'ont vue trembler puis vaciller comme une flamme près de s'éteindre. Elle s'était détachée du ciel alors qu'ils continuaient à la regarder, pour filer droit vers le désert.

— Faisons un vœu, avait crié Omrane.

— Mourir ensemble.

Trop tard pour effacer le vœu de Mansour. L'étoile l'avait déjà inscrit dans sa mémoire. Ils sont morts ensemble, à peu d'heures d'intervalle. Mansour a succombé sous les matraques des hommes de son père qui ne savaient pas sur qui ils tapaient, Omrane sous les coups de tous les habitants de la palmeraie. Le ksar m'est devenu insupportable après leur mort. J'ai fui avec la sœur de Omrane. Le chergui nous a séparées.

Le cavalier vêtu de bleu a écouté Elise sans l'interrompre. Il a juste tiré sur la bride de son cheval, l'a cloué au sol, lorsqu'elle lui a décrit le martyr de Omrane. La bête a-t-elle trouvé insoutenable la description pour s'être redressée sur ses pattes arrière, celles de devant giflant le vide, le fracassant ? Son hennissement convulsif ressemblait étrangement à un sanglot.

Brusquement un village se dessine à l'horizon. Il flotte, irréel, derrière le rideau de sable que le chergui n'a pas fini de soulever. Un minaret couleur ocre domine des toits de la même hauteur. Le cavalier immobilise sa monture et saute à terre. Il prie, le dos courbé en arc, sa tête touche le sol cinq fois de suite. Cent mètres plus loin, une ceinture de cactus annonce les premières maisons, basses, en boue séchée. Les portes sont étroites, et les fenêtres réduites à des meurtrières. La peur des tempêtes de sable a dicté cette architecture à ras de terre, avec le minimum d'ouvertures. On dirait des cubes renversés ou des tombes. Le cavalier conduit sa monture vers l'oued, lieu de ralliement des femmes. C'est à elles qu'il confie la fille crachée par le désert. Jeunes et vieilles lavent le linge avec leurs pieds. Des gerbes d'eau éclaboussent les jupes retroussées. L'homme, sur sa monture, n'appelle pas. Il attend qu'on remarque sa présence. Un enfant le désigne du doigt à sa mère, qui se retourne et lance d'une voix tonitruante :

— Par Allah ! voyez-moi ce faucon sur un cheval.

Ses compagnes rient comme s'il s'agissait d'une plaisanterie. Depuis quand les faucons enfourchent-ils les chevaux ? Le cavalier, lui, ne rit pas.

Il a un devoir à accomplir : confier à des femmes la fille qu'il vient d'arracher au désert. Sans descendre de sa selle, il prend Elise par la taille, la pose sur le sol puis disparaît dans une grande poussière. Elise ne le reverra probablement jamais. Leurs chemins se sont croisés parce qu'il était écrit qu'ils devaient se rencontrer.

Il est le sauveur envoyé par les vents bénéfiques pour contrer l'action des vents mauvais.

Femmes et enfants encerclent Elise et la détaillent de la tête aux pieds. Ils savent d'instinct qu'elle vient du désert. Son visage en garde les morsures, ses vêtements sentent le sable chaud et le soleil. Les jeunes, les vieilles ne lui posent aucune question, ni ne lui demandent son nom. Elle est certainement née dans une contrée pluvieuse, sous un ciel gris pour avoir des yeux aussi tristes. Elles se consultent à voix basse. Laquelle d'entre elles hébergera l'étrangère ? Le choix tombe sur Chérifa, la laveuse des morts. Elle habite seule, une maison en bordure du cimetière. Les caravanes qui s'arrêtent devant sa porte lui achètent les tapis qu'elle tisse quand les morts deviennent rares. Chérifa a la réputation de fabriquer les plus somptueux tapis de la région, avec un *mihrab* [1] aussi beau que celui de la mosquée d'Alger. Elle donnera à la jeune fille le gîte et la nourriture en échange de son travail. Ses yeux non abîmés par l'âge sauront compter les points et marier les couleurs.

Le gourbi de Chérifa paraît si sombre à Elise après le grand soleil de l'extérieur. Un trou au milieu du toit distille la lumière avec parcimonie. Un métier à tisser, une bassine, et une jarre constituent tout le mobilier. Elise ne ressent ni faim, ni soif mais une immense fatigue qui la précipite sur une natte sans avoir ôté ses vêtements. Habituée à laver des morts, Chérifa la déshabille sans la réveiller.

Elise rêve du métier à tisser, entraperçu la veille. Chérifa lui apprend à disposer les fils par ordre de couleurs. Le rouge et le noir dominent.

— Tisse ton nom, puis celui du village, lui ordonne-t-elle. Elise se tord les mains. Elle a oublié son nom, n'a pas retenu celui du village.

1. *Mihrab :* dôme sur le tapis de prière.

— Cherche sous ta natte, s'impatiente la vieille femme.

La natte soulevée cache une épingle à cheveux.

— Comment veux-tu qu'on te retrouve si tu ne sais plus ton nom, la rabroue celle-ci.

Elise se réveille en sueur. Chérifa, adossée à un fagot de bois, dort assise. Une mèche de cheveux s'échappe de son foulard. Une grande sérénité empreint ses traits. Elise rassurée se rendort, mais pour continuer le même rêve. Elle s'entête à chercher son nom et celui du village. Elle a passé au crible toute la pièce, sans rien trouver. Elle est désespérée, et geint dans son sommeil. Chérifa met fin à son cauchemar en la réveillant doucement. Elle lui tend un bol de lait.

— Bois. Tu te rendormiras après. Seul le sommeil pourra effacer ce que tes yeux ont vu. Bois pour laver ta gorge des flammes du chergui et des cris que tu as poussés tout au long de la nuit.

« Je t'apprendrai à tisser dès que tu auras repris des forces. Tu inscriras ton nom sur la bordure du tapis puisque tu es muette. Libre à toi d'y ajouter celui du village. Il s'appelle Kahr. La coutume veut qu'on tisse le nom du village ou de la tribu. Chaque tribu a sa manière de tisser. Les Bani Oualbane font les points les plus serrés, les Bani Ghoumarian, des paresseux, font les points les plus lâches. Nous sommes réputés pour la finesse de nos tapis. Toutes nos filles savent tisser. Toutes savent laver les morts.

« La mort et le tissage demandent les mêmes gestes, la même patience. Ils rapprochent les femmes qui passent onze mois sur douze loin de l'homme.

« Kahr est pauvre, il ne produit que de la caillasse, les pères gagnent la vie de leur famille dans les villes. Tu ne verras pas un seul homme avant Ramadan. Les femmes, ce jour-là, quitteront leurs houppelandes noires pour des djellabas de couleur.

23

Djélila a enfermé Marie dans sa chambre pour s'occuper du corps de son mari. Elle l'a partagé de son vivant. Mort, il lui appartient de nouveau. Elle l'a lavé, oint ses articulations avec de l'huile parfumée, puis l'a revêtu de la gandoura verte, seule couleur admise au paradis. Djélila a chassé à coups de pierres les habitants du douar venus lui présenter leurs condoléances. Seul l'imam fut admis au chevet du mort, le temps de lui dicter les réponses qu'il fera aux anges du premier interrogatoire pour avoir accès au jannat [1].

Djélila a creusé une fosse là où Sidi est tombé. Son âme se fortifiera du sang bu par la terre. Marie l'a entendue ahaner, pester contre le sol durci par le gel, puis sangloter bruyamment. La dernière pelletée tassée, elle est revenue auprès de Marie et lui a remis la totalité de ses bijoux.

— L'or tourne comme un mauvais lait sur la peau des veuves. Ils sont désormais à toi.

Marie réprima un mouvement de répulsion devant les bracelets faits pour des chevilles d'esclave, mais promit de les porter plus tard, après la naissance de l'enfant. Elle passe ses journées allongée face à la fenêtre, surveillée par Djélila qui craint une fausse couche. Une neige tardive a enseveli le douar. Chaque matin apporte son lot de victimes du froid. Fatima égrène des noms qui ne disent rien à Marie. Son frère au pied de bouc est gravement malade. Il va probablement mourir. Personne ne comprend pourquoi il réclame sa mère qu'il n'a presque pas connue. Son père interdit qu'on le soigne.

— Il n'a qu'à aller la retrouver, bougonne-t-il furieux. Qu'il parte si mon gourbi lui déplaît.

Marie supplie Djélila de prendre l'enfant sous son toit.

1. *Jannat* : paradis.

— Pour qu'il meure chez nous ? riposte la veuve.

— Pour l'empêcher de mourir chez lui, précise Marie.

Fatima prend le silence de sa maîtresse pour un assentiment. Elle court chez elle et ramène son frère, enroulé dans un tas de chiffons déchirés. La veuve de Sidi le regarde sans proférer la moindre parole. Sur ses joues grises, deux larmes qu'elle chasse d'une main rageuse.

— Les vêtements de mes enfants ont peu servi. Ils sont dans une caisse du grenier. Prends ce qui convient à ton frère, marmonne-t-elle d'une voix lasse.

Marie s'empare des mains de Djélila et les presse sur ses lèvres. Elle sent qu'elle pourra l'aimer un jour. Mais celle-ci les retire d'un mouvement preste et s'éloigne, sa chevrette sous le bras.

24

Bonaparte continue à menacer Alger de ses foudres. Le rapatriement des trois cents rescapés n'a pas calmé sa colère. Il dénonce haut la faiblesse de l'Empire ottoman, la lâcheté du dey et la bassesse du régime en place qui « ose » lui réclamer les 200 000 piastres de dettes. L'écho de ses lettres parvient aux oreilles de Mokrane qui fait le mort pour ne pas se présenter devant ses juges. Ténès vit dans la terreur. Qui pourra calmer la fureur de Bonaparte et faire entendre raison à la Sublime Porte qui menace de couper les têtes de tous les Bani Haoua sans exception ? Mokrane a son excuse. Il s'abrite derrière les malheurs qui l'ont frappé : le suicide manqué de son fils, son appauvrissement soudain et la trahison de Laouza. Il a délégué tous ses pouvoirs aux sages de Ténès, en particulier à Yemma B'net, devenue le porte-parole de la tribu. La femme qui sait parler aux plantes saura convaincre le

Corse de la bonne foi des Kabyles. Elle lui écrira une lettre et mettra fin à son obsession d'occuper le pays.

— Nous lui rendrons la marquise, une femme riche en vaut cinq, suggère un vieillard.

Mère Jeanne le foudroie du regard. Elle entend récupérer toutes les filles pas une de moins, sinon elle n'écrira pas.

— Yemma B'net demande l'impossible, riposte un autre. La petite a été vendue à l'émir. La lui reprendre revient à le voler. Autant arracher sa selle à un cheval, et sa charrue à un bœuf. Je vous conseille également d'oublier celle partie dans le Rif. Les neiges ont coupé les routes, les pluies les ont effacées. Sidi ne la lâchera pas avant d'avoir assuré sa descendance. Il a besoin d'un héritier auquel léguer ses biens. Peut-être se plaît-elle chez lui. L'homme est réputé pour prendre soin de ses terres. Il en fera autant pour celle qui partage sa couche.

Mère Jeanne menace de se retirer du comité si on ne lui donne pas satisfaction. Partout des voix s'élèvent pour qu'on suive ses ordres. Des hommes iront dès demain à la recherche de la « petite ». Mais il faudra attendre la fonte des neiges pour s'aventurer en haute Kabylie.

Yemma B'net accepte d'écrire à Bonaparte. Elle est la seule à pouvoir lui faire entendre raison. On l'installe à une table. On glisse une plume d'oie entre ses doigts. Le thaleb a prêté son encrier en cristal. Les sages guettent, anxieux. La plume tremble dans la main de la religieuse qui a du mal à s'adresser au Premier Consul. Réflexion faite, elle préfère écrire à Talleyrand, un homme d'Eglise, comme elle.

Monseigneur,

Je vous écris au nom de mes camarades, les rescapées du naufrage du Banel *pour vous exprimer notre reconnaissance envers une patrie qui ne nous oublie pas. La comtesse de Courtavray, qui a mis au monde, il y a trois mois, un bel enfant, serait si heureuse de retrouver sa famille. Il faudra attendre plusieurs mois pour récupérer Marie Belleterre, fiancée de Jean Soubiran, et Elise, partie dans un ksar du désert. Les Bani Haoua m'ont donné des assurances que je ne puis que croire. Marie rentrera en France. Elise restera avec moi, jusqu'au jour où nous pourrons poursuivre notre voyage interrompu vers Saint-Domingue, où je créerai une maison annexe de notre couvent sis à Toulouse. A la haine des rebelles, nous opposerons l'amour.*

Dans l'attente de vos nouvelles, je continuerai à soulager les âmes et les corps souffrants qui viennent vers moi.

La servante du Seigneur et la vôtre
Mère Jeanne-de-l'Enfant-Jésus

Mère Jeanne signe sa lettre sans faire la moindre allusion au massacre, ni à la réunion humiliante qui eut lieu dans la maison de Mokrane, et surtout à la manière brutale dont on avait séparé les femmes.

Au tout dernier moment, alors que le *saïs* [1] attend à la porte, la religieuse demande à Hélène de joindre sa signature à la sienne. Mais celle-ci refuse. Elle hait le Consulat, hait ses hommes qui ne lui inspirent qu'un profond mépris. Son mari serait encore en vie si Bonaparte ne s'était pas acharné à reconquérir Saint-Domingue.

Trois semaines plus tard, alors que le village somnole sous le soleil de midi, Hélène est la première à voir le navire qui fend la mer en direction de Ténès. La lettre de Mère Jeanne a porté ses fruits. Son bébé serré dans ses bras, elle court vers le rivage en hurlant de joie. Elle fait de grands gestes de la main malgré sa certitude que l'équipage ne peut la distinguer à cette distance. Accroupie sur le sable, elle fixe le bâtiment des yeux en rongeant son frein. Pour quelle raison approche-t-il si lentement ? ? Sans son enfant, elle se serait jetée à l'eau pour aller à sa rencontre. Soudain,

1. *Saïs :* palefrenier.

il s'immobilise à cinq cents mètres de la grève alors qu'aucune ancre n'a été jetée. Hélène en est certaine. Elle n'a vu personne se pencher au-dessus du bastingage, personne accroché au mât, personne derrière le gouvernail. On dirait un bateau fantôme, conduit par des esprits invisibles. La main en porte-voix devant la bouche, Hélène lance un appel. Ses cris déchirants effraient les mouettes et attirent l'attention d'un pêcheur. Lui aussi a vu le navire et s'est étonné de sa lenteur. Hélène le supplie d'aller voir ce qui se passe à bord. Mais il secoue la tête. Il a un mauvais pressentiment. Un navire aussi silencieux doit porter la mort.

— Mieux vaut fuir, répète-t-il trois fois de suite.

— Prêtez-moi votre barque, le supplie-t-elle. Sinon il va repartir. La France l'envoie pour moi et pour mon fils.

Ce dernier argument n'a pas l'air de le convaincre, il continue d'hésiter.

La maigreur d'Hélène, sa manière de serrer son enfant contre sa poitrine suscitent sa pitié. Il traîne sa barque vers l'eau, puis rame en silence vers le mastodonte immobile. Un pied sur l'échelle, il s'époumone et s'agite. Seules réponses : l'écho et le grincement d'un gouvernail manipulé par le vent. L'homme escalade d'autres marches, atteint le pont. Un mât le cache à Hélène qui prie à genoux sur le sable. Une masse de cordage l'efface totalement de sa vue. Son absence dure peu de temps. Il réapparaît et lance un long cri de terreur. L'échelle dégringolée à grande vitesse, il se jette dans sa barque et rame fébrilement en clamant des phrases inintelligibles. Arrivé près d'Hélène, il ne répond pas à ses questions et court en haletant vers la place du village.

— Allah nous punit. Il nous envoie une cargaison de morts, clame-t-il à tous vents.

— De vrais morts ?

La question est posée par cent bouches à la fois.

— Une moitié l'est, l'autre ne tardera pas à l'être. Ils sont atteints du grand mal.

Seule Mère Jeanne ose nommer la peste. Elle sait ce

qui lui reste à faire. Elle va essayer de sauver ceux qui sont venus la délivrer avec ses camarades.

Elle ne peut compter sur aucune aide. Les habitants de Ténès se sont barricadés derrière les portes de leurs maisons. L'unique rue du village est désertée, et vide la place. On dirait un village inhabité.

Seul Mouloud accepte d'accompagner Mère Jeanne sur le bateau infesté. Le pêcheur, lui, se contente de prêter sa barque. Il n'est pas prêt à revoir l'horrible spectacle. Il a eu du mal à distinguer les morts des vivants, qui dégageaient la même puanteur et affichaient le même regard vide.

La religieuse et le chevrier emportent tout ce qui peut soulager, calmer les douleurs, anesthésier, retarder une fin, mais non ce qui guérit. On ne connaît aucun remède à la peste. Dans un sac, elle entasse des cataplasmes de feuilles de sureau pour désinfecter les plaies, de la poudre de vipérine pour faire tomber la fièvre, et tous les draps à portée de ses mains pour bander les bubons, et servir le cas échéant de linceuls. Mère Jeanne pleure pour la première fois depuis qu'elle est à Ténès, des larmes de désespoir qui brûlent ses joues flétries. Le bateau dont elle escalade l'échelle représentait la dernière chance d'Hélène, de Marie et d'Elise. La France ne renouvellera pas son geste. Elle s'est déjà trop dépensée pour récupérer les hommes entraînés dans les montagnes. Bonaparte n'enverra pas d'autre navire. Il est trop préoccupé sur le front de l'Est : le Tsar de Russie a refusé de signer le traité d'Ombril, d'où son alliance avec l'ennemi de ce dernier : l'Empire ottoman, qu'il essaie d'entraîner dans une guerre contre Saint-Pétersbourg. Des officiers dalmates parcourent en tous sens la Turquie et annoncent l'arrivée de vingt-cinq mille Français sur le Danube. Les généraux de Bonaparte ont donc autre chose à faire que de venir délivrer des femmes tombées entre les mains des Kabyles.

Une tâche écrasante attend Mère Jeanne. Elle doit sauver ne serait-ce que dix marins. Nombre nécessaire pour ramener le navire en France. Son cœur se serre à la vue d'Hélène assise sur la grève face au navire qu'elle fixe d'un regard douloureux. Inutile de la raisonner, elle secoue la tête d'un air farouche. La religieuse la quitte à regret. Le devoir l'appelle à un lancer de pierres de là. Arrivée sur le pont, elle se demande ce qui l'attend dans le ventre du monstre silencieux. Une silhouette s'approche d'elle en titubant. Ses bras s'accrochent aux murs, à la rampe. Elle vacille, tombe, s'affale sur le sol. Les épaulettes, le képi, les galons sont ceux du commandant. Le corps sur lequel elle se penche dégage une forte odeur de sueur et d'alcool.

Mouloud dit qu'il a bu. Seule la boisson enlève sa dignité à l'homme. Mère Jeanne ne le contredit pas. Le chevrier soignera plus facilement un ivrogne qu'un pestiféré.

Le doigt de l'ivrogne indique la soute du navire.

— Il faut faire le tri, balbutie-t-il avec difficulté avant de perdre connaissance.

Mère Jeanne lui fait inhaler un mélange de menthe et d'eucalyptus puis lui lave le visage à grande eau. Il revient à lui lentement et reprend la même litanie :

— Il faut faire le tri en bas.

Mère Jeanne laisse Mouloud à ses côtés et entreprend seule la descente. Arrivée à la dernière marche, elle suffoque. L'air est aussi épais que les ténèbres. Des relents de vomi et d'urine suitent des murs, du plancher et de tous ces corps affalés dans un grand désordre. Ils sont tous nus. Leurs vêtements souillés sont entassés dans un angle. Elle ne sait par lequel commencer, et comprend brusquement le souhait du commandant de faire un tri.

— Mouloud, hurle-t-elle à tue-tête.

Le chevrier sait-il différencier un mort d'un vivant ?

Il hoche une tête blême, de laquelle le sang s'est retiré.

— Alors vas-y. Chaque mort a droit à un drap. Je les charge sur ton dos. Toi tu les jettes à la mer.

Mouloud n'est pas d'accord. Les morts jetés à la mer

n'ont pas droit au jugement dernier. Le sel dessèche les paroles qu'ils doivent proférer devant les anges.

— C'est donc moi qui m'en occuperai, fulmine-t-elle.

Et elle passe à l'acte.

Le jeune blondinet aurait échoué au fond de la mer si Mère Jeanne n'avait buté sur son corps. Son cri de douleur l'a sauvé d'une fin atroce.

— Soif ! tellement soif, l'implore-t-il.

Elle court à l'officine, revient avec un broc à eau, soulève sa tête, lui donne à boire plusieurs fois de suite. Mais rien ne semble étancher sa soif. Sa langue, couverte d'une couche blanchâtre, est si épaisse qu'elle remplit sa bouche. L'eau a-t-elle éteint l'incendie qui le brûle de l'intérieur pour qu'il lui adresse un sourire ? Il l'appelle « maman » puis s'endort comme une masse. Il a eu le temps de lui montrer l'endroit précis de son mal : un bubon de la grosseur d'une pomme. Mère Jeanne demande à Mouloud d'immobiliser le malade, et surtout de le museler avec un linge pour épargner à ses camarades les hurlements qu'il ne manquera pas de pousser. Les ciseaux de la religieuse incisent la chair enflée, ses doigts pressent. Un sang noirâtre, suivi d'un pus épais, gicle de la plaie. Elle continue de presser ; son but : évacuer toute la matière purulente, tout le sang infesté.

Couper un bubon peut conduire à la folie, Mère Jeanne le sait depuis Saint-Jean-d'Acre. Les pestiférés de Jaffa pouvaient tuer au cours de cette opération. Le blondinet a ouvert des yeux injectés de sang, des yeux de fou. Les lèvres de la religieuse balbutient des prières pendant que ses mains appliquent des cataplasmes de miel et de vinaigre sur la plaie ouverte. Elle passe aux autres malades à tour de rôle, tâte des fronts, vérifie l'état des bubons, donne à boire, applique des onguents, administre des décoctions calmantes puis nettoie vigoureusement autour d'elle. Les seaux d'eau déferlent sur le sol crasseux et emportent les déjections dans les caniveaux. Les malades qui en ont la force se lèvent puis se ramassent dans un angle.

Mère Jeanne prépare à leur intention un breuvage fait de vin chaud, de jaune d'œuf et de cannelle. Les couleurs remontent aux joues. Les hommes ont de nouveau confiance. La femme qui soigne, lave, éponge la sueur et le sang est certainement un ange envoyé du ciel. Elle les distrait du bruit des chutes répétées provenant de l'extérieur en leur faisant réciter le chapelet. Ils n'ont pas à savoir que Mouloud a déjà jeté trente cadavres à la mer.

— Qu'Allah vous reçoive dans son vaste paradis et vous donne quatre houris au moins, répète-t-il avant de faire basculer le corps par-dessus la rambarde.

Le dernier cadavre évacué, Mère Jeanne retourne chez le commandant pour lui annoncer son départ.

— Je reviendrai demain.

L'homme est terrassé par la fièvre. Il fait un effort surhumain pour lui demander des nouvelles des femmes qu'il doit rapatrier. L'embarras de la religieuse l'inquiète.

— Les Kabyles les ont tuées ? demande-t-il en se redressant sur sa couche.

Mère Jeanne secoue la tête.

— Deux d'entre elles ont été données à des hommes que nous pourrons retrouver.

— Et les autres ?

— Hélène de Courtavray attend un signe de vous pour embarquer avec son enfant. Mais je ne suis pas sûre que la quatrième fille, une blanchisseuse de Toulon, souhaite rentrer en France. Elle aime le pays. Elle se trouve actuellement à Alger.

— Et vous ma mère ?

— Je reste tant qu'il y a de la misère à soulager. Je partirai à Saint-Domingue quand je le pourrai, si ma congrégation m'en redonne l'ordre. Je vais là où le devoir m'appelle.

— Vous tenez les mêmes propos que deux de mes passagers. Vous avez dû les croiser dans la soute. Il est facile de les reconnaître, leurs chasubles n'ont rien à voir avec les costumes de mes marins. L'ordre des

Trinitaires a fait pression sur moi pour que je les prenne à bord.

— Je n'ai vu que des hommes nus, mon commandant. Qui sont ces trinitaires ?

— Des moines qui ont voué leur vie à retrouver les Français tombés aux mains des escadres turques. Celles-ci les vendent comme esclaves dans les pays ottomanisés. Ils vont de ville en ville, de village en village, à dos d'âne, pour racheter le plus d'hommes possible. Ils ont une liste des captifs. Leur choix va aux plus anciens, aux plus méritants et à ceux nécessaires à leur famille. Leur conscience souffre quand ils doivent faire le tri. On les entoure, on les supplie, on les rudoie. Certains sont lapidés. Personne ne les enterre. Les bêtes sauvages, les chiens, le soleil finissent par séparer leur chair de leur squelette. Un tas d'os, c'est tout ce qu'on retrouve d'eux en bordure des routes qu'ils ont suivies.

Le commandant a trop parlé. La fatigue lui donne un teint terreux. Sa tête retombe sur l'oreiller. Sa main fait signe à Mère Jeanne de s'en aller. Il a besoin de se reposer. De retour sur le rivage, elle trouve Hélène à la place où elle l'a laissée ce matin. Elle a la gorge trop nouée pour répondre à ses questions, à ses supplications.

— Rentre chez toi. Ne remets plus les pieds ici. Il y va de la vie de ton fils.

C'est tout ce qu'elle arrive à dire.

L'obscurité naissante ne l'empêche pas de voir les bras ballants d'Hélène et ce mouvement de la tête qui exprime un immense désespoir.

Arrivée sur la place du village, elle est abordée par l'imam. Le vieil homme lui parle à distance.

— Dis à tes amis français de filer avant l'aube. Les habitants de Ténès ne veulent pas d'eux dans leurs eaux. Ils ont préparé leurs torches. Ils passeront à l'acte aux premières lueurs du soleil. Le navire infesté sera incendié.

— Donnez-leur quelques jours, le supplie-t-elle. Aucun des marins n'est en état de prendre le gouvernail. Votre Coran n'a-t-il pas dit : « Quand le malheur vous touche en mer, invoquez le Créateur qui vous sauvera et vous ramènera sur la terre ferme » ?

Mère Jeanne rend grâce au Seigneur d'avoir retenu cette phrase, la seule qu'elle connaisse.

— Je vous donne trois jours, pas un de plus, bougonne l'imam, pris au piège de son propre enseignement.

La religieuse grimpe le raidillon en haletant de fatigue. Elle s'écroule sur sa natte mais le sommeil la fuit. Le visage douloureux d'Hélène la tient éveillée. Elle s'en veut de l'avoir déçue. Moins épuisée, elle aurait couru chez elle pour lui redonner de l'espoir, lui affirmer qu'elle embarquera bientôt, que son retour en France est imminent.

Elle pense aussi à l'imam et à sa promesse de renvoyer le bateau dans trois jours. Elle sait qu'il est impossible de guérir de la peste en trois jours, alors qu'on peut en mourir.

Mouloud qui trait ses chèvres la voit se diriger vers l'oued avec sa lanterne. Elle va chercher des herbes dont elle fera des cataplasmes et des onguents. La nuit continue à peser sur Ténès lorsqu'elle revient de son périple. Elle demande à Mouloud de l'accompagner sur le navire avec deux seaux de lait. Chemin faisant, ils remarquent que la porte de la mosquée est grande ouverte. La foule qui prie à la lueur des lanternes est prosternée jusqu'à terre. « *Allahou akbar, Allahou Akbar* ». Rien ne semble arrêter cette litanie récitée par des bouches ramollies par le sommeil. Les Bani Haoua élèvent une barricade de prières contre la peste. Leur *Allahou Akbar* suinte des pierres, gifle les arbres, avant de s'élever vers le ciel, censé les écouter. La mosquée dominant la baie, Mère Jeanne se demande si les pestiférés entendaient ce grondement dicté par la terreur qu'ils inspirent. Personne ne se retourne sur son passage. Les croyants tournent le dos à la rue. Ils regardent la Qibla, La Mecque. Elle presse le pas, imitée par Mouloud. Quelqu'un les suit. Une silhouette se détache de l'obscurité dès qu'ils atteignent la grève. Mère Jeanne reconnaît la jeune fille venue la voir la veille de son mariage. Chahida était son nom. Elle n'explique pas sa présence en ce lieu, alors qu'elle devrait être auprès de son mari.

— Ne cherchez pas à comprendre, lui lance-t-elle. Vous avez fait mon malheur en refusant de me recoudre mais je ne vous en veux pas. Mon mari m'a chassée comme une chienne. Ma nuit de noces n'a duré que quelques heures, le temps qu'il se rende compte que je ne suis pas vierge. Le responsable du scandale, mon beau-père, a voulu me tuer et laver l'honneur de la famille dans mon sang. Ma mère ne s'est pas opposée à lui, ni ne l'a dénoncé. Elle a préféré me cacher chez des amis. Je sors pour la première fois de ma cachette. Je veux vous aider alors que vous m'avez refusé votre aide. Le désir de mourir non la pitié dicte ma conduite. Je me serais tuée de mes propres mains, sans avoir recours à la peste, si le thaleb ne m'avait pas affirmé que les suicidés se réincarnent en bêtes nuisibles, en scorpions ou en serpents.

Chahida se tait. Son regard fixe le navire qui oscille lourdement sur les vagues. Elle n'ignore pas que sa mort viendra de là. Un long frisson parcourt son corps longiligne. Elle le réprime puis marche à grands pas vers la mer.

25

Laouza apprend sans grande émotion l'arrivée du navire français. Elle ne se sent pas concernée. Elle est trop occupée par la succession de son défunt cheikh pour aller voir ce qui se passe à Ténès. Sa décision de rester en Algérie est irrévocable. C'est Benjamin et non Laouza qui a été retrouvé à moitié mort sur la grève, Benjamin qui a été soigné d'une méchante blessure à l'aine, Benjamin qui triait les plantes dans la masure de Mouloud. Le mousse n'a aucun lien de parenté avec celle qui a fait saliver de désir la totalité des mâles de Ténès et la moitié de ceux du Chélif. Laouza est née de la passion de Mokrane, de la jalousie de Mehdi, de la jubilation du cheikh à faire danser sa femme au son de son tambour. Insensé à son âge de passer ses nuits sur une terrasse ouverte à tous les courants d'air et les vents. Le cheikh est-il mort d'épuisement ou d'un refroidissement ?

On en discute, on se dispute, on fait des paris, dans les maisons, sur la voie publique, jusque sur le parvis de la mosquée. Les bagarres éclatent, aussi violentes que l'orage. Laouza a profité d'un de ces conflits qui a dressé le village en deux clans ennemis pour filer vers Alger. Elle a pris soin de n'emporter que ce qui est léger, précieux, vendable. De l'or, de l'argent, de la soie.

Laouza est assez riche pour descendre dans le plus beau caravansérail d'Alger, assez déterminée pour s'adresser au marchand de biens le plus important de la place : le fournisseur des beys, des kadis et des hakems. En deux mots, elle lui explique ce qu'elle attend de lui :

— Une maison assez grande pour être remarquée, assez haute pour arrêter les regards des passants, nantie d'une façade ouvragée pour ne pas passer inaperçue, et surtout face au palais du dey, avec une terrasse donnant sur ses appartements, un jardin avec des paons, des perroquets et quatre espèces de singes. Ne pas oublier le pigeonnier. C'est primordial un pigeonnier pour celui qui désire correspondre avec ses voisins.

La bourse qu'elle entrouvre fait loucher les yeux du marchand. Il promet les paons, les étages, le pigeonnier, les terrasses, mais dans un mois.

— Une semaine, lance-t-elle d'un ton qui n'admet pas de réplique. Je suis pressée. Je paie double si la maison est occupée. Ses habitants n'auront qu'à s'installer ailleurs. Je rachète du même coup leurs esclaves, leurs paons, leurs pigeons et leurs oiseaux de paradis.

— Des oiseaux de paradis ? dites-vous. Il n'y en a qu'en Amazonie, gémit l'homme.

— Personne ne vous empêche d'y aller, précise-t-elle, et elle s'engouffre dans son carrosse.

Le cocher est prié d'aller vite, un grand érudit, un puits de connaissances et de sciences attend Laouza à l'autre bout de la ville. Il lui apprend l'arabe dans le texte, en particulier ses poètes. Laouza a retenu les noms d'Abou Firas Al Hamadani, d'Abi Rabi'a, d'Abou Nawas, d'Abou al Ala', et conclu que tous les poètes arabes portent le même prénom : Abou.

Apprendre la poésie fait partie de son plan d'attaque. Elle séduira le dey en coulant dans son oreille, peu importe laquelle, des poèmes d'amour qui feront frémir son corps et son cœur. La lecture aura lieu chez elle, entre des draps de soie brodés. Elle en a vu lorsqu'elle livrait aux Toulonnais le linge repassé par sa mère. Laouza avait huit ans lorsqu'on lui mit le premier fer à repasser à la main. Elle s'était brûlée à l'avant-bras. La cicatrice en forme de V s'est élargie avec l'âge. Le V de la victoire. Il est dit qu'elle réussira tout ce qu'elle entreprendra. Dans ses moments de découragement, Laouza pose ses lèvres sur les deux traits qui se rejoignent à la base, et les embrasse avec ferveur. Cette cicatrice est sa marque de chance, le sceau des grands conquérants, imprimé sur sa peau.

Le carrosse de Laouza, acheté la veille à un riche colon espagnol, attire les badauds. Les doigts caressent les dorures des poignées et le palissandre des portières. Ils ouvrent de grands yeux lorsque apparaît la jeune femme. La robe de taffetas rouge dénude des épaules d'un blanc neigeux. Les yeux sont du même velours que le tissu de la ceinture. La même dentelle a servi à confectionner la mantille et l'éventail. Pourquoi diable la fille de la blanchisseuse de Toulon s'est-elle convertie en noble espagnole ?

Le cocher a du mal à se frayer un chemin dans la foule compacte qui parle un sabir curieux : un mélange d'arabe, d'espagnol, de français et de maltais. Beaucoup se débrouillent avec les deux mots : Bono et non bono. Grâce à un livre trouvé dans la boutique d'un Italien, Laouza comprend pourquoi tant de personnes de nationalités différentes ont choisi de vivre dans ce pays. Les uns ont fui un régime tyrannique, d'autres le bagne et d'autres la misère. L'auteur du livre, William Shaler, consul d'Amérique en Algérie, y donne une description fidèle des mœurs et des coutumes des habitants de ce qu'il appelle les Etats barbaresques. Laouza a appris par cœur le chapitre consacré à la femme indigène et fait siennes les règles de séduction telles qu'elles se pratiquent sur place.

1. Parler avec le regard, le planter de préférence au milieu du front de l'objet à séduire, entre les deux sourcils. Mouiller régulièrement ses lèvres avec le bout de sa langue.

2. Feindre la timidité, et si nécessaire la perte de connaissance. Tomber à la renverse pour mettre en valeur les seins.

3. Ecrire une lettre (au cas où la femme ne serait pas analphabète, ce qui est fort rare, précise l'écrivain-diplomate). Commencer par les préambules d'usage.

Forte de ces conseils, Laouza s'installe à une table, et trempe sa plume dans l'encrier.

A son altesse, le grandiose, le glorifié, écrit-elle sur un papier parfumé au musc.

Au plus clément des deys, le plus invincible des chefs, le plus fier des conquérants, celui qui rayonne au firmament tel soleil de juillet, et brille à la lumière comme l'épée du Prophète, que Dieu, dans son infinie bonté, le préserve, prolonge sa vie et multiplie sa descendance au nombre des grains de sable de la mer d'Alger.

Laouza éponge la sueur qui ruisselle de son front avant d'attaquer l'essentiel.

Votre esclave soumise qui baise la poussière de vos pas. Votre voisine de rue et de cœur, Laouza qui ne demande qu'à venir se jeter à vos pieds et chasser l'ennui de vos journées en vous récitant les plus beaux poèmes d'amour de la langue arabe.

Laouza se voit en favorite du dey. Elle sera jalousée, crainte, admirée. On parlera d'elle dans les maisons des riches et dans celles des pauvres. On s'inclinera sur son passage. On lui demandera d'intervenir en faveur des victimes. Elle sera couverte d'éloges et de bijoux. Son amant lui offrira un palais contigu au sien. Elle aura sa propre cour, ses esclaves, ses fournisseurs. Ses robes seront taillées dans des soieries précieuses importées à son intention de Chine. Elle remuera ciel et terre pour retrouver Elise et Marie. Elle mettra un pavillon à leur disposition, les mariera avec de riches notables. Son carrosse ira chercher Mère Jeanne et la marquise à Ténès. Mouloud sera le bienvenu, mais sans ses chèvres. Mehdi aussi, mais sans son père. Elle n'a jamais pu surmonter son aversion inexplicable pour Mokrane.

Laouza est arrivée à Alger, la veille. Sa première visite fut pour le dey, tel le veut la coutume. Tous les étrangers sont conduits devant Sa Majesté par le capitaine du port. Le dey donne sa main à baiser puis leur demande en langue franque d'où ils viennent, ce qu'ils comptent faire à Alger, et la route qu'ils doivent suivre. Beaucoup ce jour-là baisèrent la main baguée et répondirent aux mêmes questions. Le défilé était composé de marchands espagnols, de commerçants portugais et maltais. Rien que des hommes. Laouza était la seule femme. Des hommes désarmés. Le port de l'épée est interdit aux étrangers. Même les consuls et les ambassadeurs obéissent à cette règle. Les rues sont si étroites, dit-on, qu'une épée embarrasse les passants et peut donner lieu à des querelles avec les janissaires qui peuvent se montrer agressifs. L'homme sage fait la sourde oreille. L'homme paisible ne riposte pas lorsqu'un fouet lui cingle la face. Malheureusement, ce qui était la lie du peuple se comporte aujourd'hui comme le ferait un seigneur.

Escortée par Dubois-Thainville en personne, Laouza baisa la main du dey et répondit à toutes ses questions. Beaucoup ce jour-là se demandèrent pourquoi le chargé d'affaires français l'avait accompagnée au palais et pourquoi il facilitait son installation dans la capitale.

26

Le jour qui s'infiltre par l'orifice du toit dessine un cercle de lumière sur le sol en terre battue. Un miracle est en train de s'accomplir, Elise en est convaincue. Elle a déjà vu ce cercle dans les missels, posé sur la tête des saints. La Vierge a fini par entendre ses prières. Les rayons ne sont que ses mains qu'elle lui tend pour la hisser vers elle. Chérifa qui entre à ce moment précis la surprend dans cette attitude : le regard fixe, les bras levés au ciel et le visage nimbé de lumière. Elle la secoue pour la sortir de son immobilité, mais Elise est transformée en statue. La vieille femme ameute ses voisines. Des femmes de tout âge déferlent dans sa masure. On bouscule Elise, on crie des ordres dans ses oreilles sans susciter la moindre réaction.

Elle est protégée par la lumière, qu'elle élève telle une barricade autour de sa personne. L'agitation qui règne ne la concerne pas. Elle est isolée dans sa vision. Leur répondre rompra la magie, brisera le miracle. Nombreuses sont celles qui croient à un événement surnaturel. On parle de la femme de Loth transformée en statue de sel, de celle d'Abraham devenue une colonne de cendre.

— Appelez-la par son nom, suggère l'une.

— Fouettez-la avec une branche d'ortie. Elle finira par vous répondre, dit l'autre.

Or personne dans le village ne connaît le nom d'Elise. Le Touareg leur a confié une fille muette. Le chergui avait avalé sa voix. Elle passe ses journées face au métier à tisser. Elle a fini d'y inscrire son nom. Les regards qui fixent la bordure du tapis cherchent des lettres, mais ne voient que des signes. Des écritures cabalistiques, conclut-on hâtivement. L'idée qu'il existe un autre alphabet que le leur ne les effleure pas. L'étrangère n'est pas venue du désert mais de la géhenne. Son guide n'était pas un Touareg, mais le diable. Elise inspire la terreur. Elle doit quitter le village dans les plus brefs délais, sans toucher les murs, sans s'appuyer sur le four à pain, sans jeter un seul regard sur le pétrin. Ne rien laisser derrière elle, surtout pas son ombre. L'ombre étant le consommé du corps, le réceptacle de tous les maléfices, elle serait capable de leur nuire.

Elise se réjouit au lieu de s'attrister. Elle est libre d'aller à la recherche de Mère Jeanne. Elle est sûre qu'une route parmi les routes mène à elle.

— Va à la face d'Allah, marmonne-t-on dans son dos.

Sa logeuse l'accompagne jusqu'à la grand-route. Avant de la quitter, elle lui tend une corde. Au bout de la corde, il y a une chèvre.

— Tu boiras son lait en attendant de trouver un bienfaiteur.

Elise évite de regarder derrière elle. Elle n'a pas laissé un seul ami dans le village. Le lendemain de son arrivée, elle s'est aventurée jusqu'à la fontaine, à l'heure où les filles de son âge remplissent leurs jarres. Elles se sont tues à son approche. Leurs regards la déshabillaient. Son corps menu, sa poitrine plate juraient avec leurs seins lourds et leurs hanches épaisses. L'une d'elles s'avança vers elle en souriant. Elle plaqua une main sur sa poitrine, une autre entre ses cuisses, question de vérifier si Elise était vraiment une fille.

— Par Allah ! C'est un *oueled,* un garçon, ricanait-elle.

Elise s'était enfuie. Leurs rires l'ont poursuivie jusqu'à l'antre de Chérifa. Quelqu'un mit cette dernière au courant de l'incident. Curieusement, elle prit la défense de l'insolente. Ses explications bouleversèrent Elise.

— Il faut la comprendre. Elle a assisté à une scène terrifiante. Il y a deux semaines, un jeune couple s'était établi dans l'ancienne *madrassa*[1]. Le garçon était fort et vigoureux, la fille fluette et délicate. Ils sortaient peu, ne fréquentaient personne. Des amants qui cachaient leur passion. Des cavaliers venus d'un ksar voisin leur sont tombés dessus pendant qu'ils dormaient et les ont roués de coups. La fille est morte dans son sommeil. Ils l'ont enterrée derrière la maison. Le garçon fut attaché à la queue d'un cheval puis traîné jusqu'au ksar. Un spectacle d'horreur nous attendait le lendemain. Les assassins, dans leur hâte, n'avaient pas assez creusé la tombe. Des chacals avaient déterré le cadavre et dévoré ce qui pouvait l'être, sauf le sexe, devenu hideux. Un sexe de garçon.

Elise s'était bouché les oreilles pour ne pas entendre la suite. La nuit venue, elle s'était faufilée jusqu'à l'ancienne madrassa en rasant les murs. Personne n'avait refermé la porte. Personne n'avait lavé le sang sur le sol en terre battue. La babouche qu'elle retrouva au bord du puits était gonflée par les pluies. Elle la reconnut. Mansour la portait le soir de ses noces. Elle fouilla vainement le jardin à la recherche de l'autre chaussure. Soudain, elle eut l'impression qu'on marchait à côté d'elle. Le feuillage du néflier frissonna longuement. La porte émit un long grincement. Elise ne ressentit aucune peur. Elle restait adossée à l'arbre dans l'attente de la suite. Un souffle balaya son visage. Deux mains se posèrent sur ses épaules. Le fantôme de Mansour pesait de tout son poids sur elle. Elle se sentait submergée par une douceur infinie. Les yeux fermés, elle ouvrit les bras pour le serrer contre elle. Ses bras se refermèrent sur le vide. Elle rentra chez sa logeuse à pas lents, la babouche de Mansour contre ses lèvres, pour étouffer le bruit de ses sanglots.

Elise se sait doublement protégée. La Vierge l'a

1. *Madrassa :* école coranique.

aidée à sortir de sa prison. La babouche lui indiquera le chemin à suivre. Elle marche comme on flâne. L'air est d'une grande transparence. Les oiseaux glissent au-dessus des collines avant de venir se poser sur les branches. La plaine est inondée de soleil, et la chèvre, derrière elle, marche à côté de son ombre. Une force divine dirige ses pas, elle en est convaincue. Mère Jeanne l'attend quelque part dans ce vaste pays. Elle n'a qu'à se laisser guider par son instinct pour la retrouver.

27

Marie s'est juré de guérir de son infirmité l'enfant au pied de bouc. Le frère de Fatima apprend à poser son pied malade à côté du pied valide et à avancer sans tenir compte de la douleur. Marie l'accueille dans ses bras quand il lui arrive de trébucher et le fait redémarrer. Il prend des forces et des couleurs depuis qu'il est convenablement nourri. Il lui arrive même de sourire. La jeune femme déverse sur lui toute sa tendresse. Elle veut le transformer en enfant sain et heureux.

— Impossible, riposte sa sœur. Il est né dans le malheur. Il mourra dans le malheur. C'est le destin de tous les habitants du douar. Notre sort aurait été différent si nous étions nés ailleurs, sur les terres d'un autre Sidi. Il engageait des étrangers, venus d'en bas, de la vallée, pendant que nos hommes ne savaient quoi faire de leurs mains. Des tas d'arrogants, qui ne s'étaient jamais aventurés en haute Kabylie. Ils croyaient qu'il suffisait de lever la main pour toucher le ciel du doigt, se comportaient comme s'ils étaient chez eux, marchaient au milieu de la route, s'interpellaient à haute voix, faisaient irruption dans nos gourbis sans frapper, cherchant une brebis égarée ou une peau de bête séchée. La moisson rentrée, ils retournaient chez eux. Sidi se retrouvait seul, sans personne à qui parler. Il est mort de notre silence, avant d'être tué par nos coups de feu. Ah ! tous ces hommes qu'il croisait et qui ne lui adressaient pas la parole. Pourtant, ils avaient cru leur misère terminée quand il s'était implanté dans la région. L'homme était riche, ses terres dépassaient le regard. Il allait employer leurs bras et faire suer leurs fronts. Sitti Djélila les a écartés, ils étaient responsables de la mort de ses enfants. Elle a oublié que la descendance se porte mieux quand les parents ne sont pas de la même souche. C'est comme les doigts de la main. Ils ne peuvent pas grand-chose sans l'aide de l'autre main.

— Dis aux hommes du douar de venir me voir, l'interrompt Marie. Il y aura du travail pour tout le monde.

Fatima est perplexe.

— Sitti Djélila n'acceptera jamais.

— C'est moi qui les engagerai.

Les yeux de la fille expriment la terreur. Est-ce l'enfant qui bouge entre ses hanches qui donne à Marie toute cette assurance ?

Ils sont arrivés l'un après l'autre, dans l'aube glaciale et se sont ramassés autour du poirier. Si grande était leur peur de la veuve, ils se parlaient à voix basse, prêts à déguerpir si jamais on les chassait. Que leur a dit Marie pour qu'ils repartent confiants ?

La jeune femme leur a simplement indiqué le jour où ils reprendront le travail, la réserve où ils trouveront les outils, et les terres qu'ils attaqueront en premier.

— Plus la moisson sera bonne, plus votre part sera bonne. Nous partagerons tout dorénavant. C'est normal. Nous bénéficions du même soleil et souffrons des mêmes intempéries.

Djélila a failli intervenir, mais Marie l'a arrêtée d'un geste de la main.

Marie accouchait peu d'heures après. Elle ne poussa pas une seule plainte. Les yeux fermés, pour éviter le spectacle de son corps écartelé, elle aida de son mieux la sage-femme que Fatima alla chercher au village. Un soir glacial, malgré le printemps finissant. Le bruit des clochettes des troupeaux qui rentraient, celui de la neige qui craquait se faufilaient jusqu'aux oreilles de Marie. Djélila chauffa de l'eau, chauffa des draps et brûla du benjoin dans tous les coins de la maison. Accroupie dans un angle de la pièce, elle ressemblait à une araignée géante avec ses bras maigres qui ne cessaient de gesticuler. Elle vivait l'accouchement dans sa propre chair, ahanait, geignait à chaque contraction. Elle poussa un cri interminable lorsque l'enfant sortit au monde. Elle s'en empara comme s'il était son bien personnel.

— Gloire à celui qui, là-haut, régularise les morts et les naissances, lança-t-elle d'une voix exaltée.

L'enfant remplaçait Sidi. Marie a servi de lieu de passage. Elle a tourné le visage du nouveau-né vers la fenêtre et lui a expliqué que toutes les terres lui appartenaient.

— De la montagne jusqu'à la vallée. Chaque grain de sable, chaque herbe. Tu imiteras Sidi et n'emploieras que des étrangers. Ceux du douar ont tué ton père. Tu porteras ses responsabilités en même temps que son nom : tu t'appelles Hussein.

Marie n'a pas eu un seul regard pour son enfant. Il est à Djélila. Elle peut mourir maintenant qu'elle s'est acquittée de sa tâche. Elle se sent très faible. Elle est incapable de le porter ou de le nourrir. L'eau bleuâtre qui gonfle sa poitrine ne ressemble pas à du lait.

« Les larmes de cette fille ont emprunté le chemin de ses seins », dit l'accoucheuse, et personne ne la contredit. Elle propose d'engager une nourrice, tant de femmes allaitent au douar. Certaines ont perdu leur enfant. Mais Djélila refuse.

— Le fils de Sidi nourri par la femme d'un des assassins de son père ?

Elle préfère demander l'aide des esprits invisibles, les génies du bien qui hantent la zaouia. Elle partira demain, avant le lever du soleil. Elle a tant fait ce pèlerinage, le chemin connaît son pas.

Marie la laisse faire. Elle se sent vidée. L'enfant a emporté toutes ses forces. Elle n'a qu'une seule envie, dormir pour ne plus penser. Les idées de fuite qu'elle nourrissait du temps de sa grossesse la font sourire maintenant. Fuir vers où ? Pour retrouver qui ? L'image de Jean Soubiran est devenue si lointaine. Le sang qu'elle a perdu portait toutes ses illusions. Ses rêves flottent sur les bassines sanguinolentes qui empuantissent l'air de la chambre.

28

Le navire cloué face à Ténès donne une impression de grande sérénité. Il est impossible de penser qu'il abrite des pestiférés. Seule la couleur jaune du fanion annonce le danger à s'en approcher.

Hélène ne quitte pas des yeux le monstre qui a englouti Mère Jeanne, Mouloud et même Chahida qu'elle a vue emprunter la passerelle derrière la religieuse.

Pourquoi elle, et pas moi ? se demande-t-elle jalouse.

— Eloigne ton fils d'ici, lui crie-t-on à travers un hublot.

Elle a même vu une main lui faire signe de s'en aller. Mais elle refuse de quitter la grève, devenue sa vraie maison. C'est là qu'elle donne le sein à son enfant, là qu'elle le berce pour l'endormir. Le château de sable qu'elle a construit à son intention est une réplique du château des Courtavray. Ses mains font des tas qu'elle arrondit en donjons, puis en tourelles. Elle s'active tout en guettant le retour de ses amis.

Les trois silhouettes fourbues qui descendent l'échelle à la nuit tombante sont accueillies par une pluie de pierres. Les Bani Haoua veulent les empêcher de rentrer dans le village.

— Eloignez-vous d'ici, fils de chiens. Vous portez la mort sur vos semelles.

Les insultes se confondent avec les cris des mouettes qui tournent en rond autour des têtes des trois malheureux comme si elles cherchaient à les encercler.

Une pitié sans bornes envahit le cœur d'Hélène à la vue de Mère Jeanne, de Mouloud et de Chahida qui retournent vers le navire maudit. Le jour qui décline éclaire sa coque sombre. Les vagues de plus en plus rapprochées le bousculent. Sur leurs crêtes flottent des formes noirâtres qui courent dans tous les sens dès qu'elles atteignent le rivage : des rats, Hélène en est certaine. Elle comprend brusquement la peur des Bani Haoua et s'enfuit à son tour. Hélène se barricade derrière sa porte, verrouille ses fenêtres. La peste ne pourra pas entrer chez elle. Elle apprécie, plus que jamais, le fait d'être protégée par un toit et des murs. La maison de Laouza lui apparaît comme un havre de paix. Les braises rougeoient dans l'âtre, l'eau frémit dans la bassine en cuivre. Elle a assez de légumes et de fruits pour tenir plusieurs jours. Hélène frotte vigoureusement la peau de son bébé pour effacer les germes du mal, puis se lave à son tour. Son sommeil est peuplé de cauchemars. Elle se voit escaladant l'échelle du navire. Ses pieds font craquer les lattes du pont. Quelqu'un remonte de la cale et se dirige vers elle. Il se tient sur la première marche.

— Jacques, crie-t-elle d'une voix déchirante.

Elle se précipite vers lui, prête à l'étreindre, mais il recule, recule encore. Sa peau déchiquetée pend autour de son squelette. Il lui confie qu'il est interdit d'amour. Il est revenu sur terre pour accomplir une mission. Il l'entraîne vers la soute, lui montre tout un arsenal. Les fusils, mousquetons et carabines atteignent le plafond.

— Tu les donneras à Benjamin. Bonaparte le veut.

Hélène est perplexe. Est-il possible que Bonaparte connaisse Benjamin ?

— Benjamin n'existe pas, se croit-elle obligée de lui préciser. Il a ressuscité en Laouza.

— Tu les donneras alors à Laouza.

— Elle a quitté Ténès pour le Chélif, où elle s'est mariée. Je ne saurai pas la retrouver.

Jacques semble au courant de tous ces détails. Le sourire amusé qui étire ses lèvres le dit :

— Elle viendra les prendre en personne, conclut-il avant de disparaître de sa vue.

Hélène le cherche partout, de la soute jusqu'au pont. Elle l'appelle devant chaque porte, chaque ouverture. Les pleurs de son enfant la réveillent. Elle lui donne à boire de l'eau additionnée de fleurs d'oranger puis essaie vainement de retrouver le sommeil. Elle préfère se lever et vaquer à ses occupations. Le linge sale du bébé trempe depuis la veille dans une bassine sur la terrasse. Hélène frotte dans l'obscurité, sans quitter le navire des yeux. La cabine du commandant est la seule éclairée. Mère Jeanne, Mouloud et Chahida doivent dormir sur le pont. Le souvenir des rats fuyant le bâtiment infesté lui donne des frissons d'horreur. Hélène les a vus se diriger vers Ténès. Ils vont se faufiler dans les maisons et les Bani Haoua mourront de la peste si personne ne leur apprend à s'en préserver.

La marquise oublie sa haine pour ceux qui ont assassiné son mari et décide de leur venir en aide.

— Je sauverai les enfants, balbutie-t-elle. Seulement les enfants.

Contrairement à ce qu'elle pense, Mère Jeanne ne dort pas. Comment pouvoir fermer l'œil quand les gémissements et les râles vous cernent de toutes parts ? Autour d'elle, les hommes basculent en une seconde de vie à trépas. Elle connaissait la mort sous une forme plus usuelle, avec son cortège de prières, de larmes et de condoléances. Le mort sortait grandi de ses obsèques. Rien à voir avec la déchéance qui frappe ces malheureux recroquevillés sur leurs déjections.

La mort qui les a surpris ne leur a pas laissé le temps de s'allonger, de donner à leur corps la posture digne d'un cadavre. Des agonies bâclées, des yeux étonnés d'être morts. Personne n'a pu les refermer. La religieuse reçoit leur regard arrêté comme un reproche. Elle n'a pas su guérir. Elle passe d'un malade à l'autre, met des compresses sur les fronts, presse des bubons, désinfecte, panse, donne à boire de l'eau, ou du cognac à ceux que la douleur a rendus fous. Les dangereux sont assommés par une rasade de décoction de pavot. Mouloud et Chahida l'aident à leur manière. Chahida veut bien laver le sol, les murs, les malades, mais refuse de toucher aux morts, alors que Mouloud, chargé d'évacuer tous les trépassés, évite d'approcher les vivants. Le mal vient d'eux. Il meurt avec son homme. Son dos voûté, les cernes autour des yeux de la jeune Kabyle donnent mauvaise conscience à la religieuse. Elle leur ordonne de se reposer, puis les rappelle. Elle a besoin d'eux pour plier des matelas, calmer un excité, assister un mourant, dégager le passage, traverser sans se faire arrêter par tel ou tel, atteindre le pont pour mieux respirer. Pour ne pas étouffer.

Parfois, elle glisse sur un objet visqueux. Dieu merci ce n'est qu'un rat. Il est aussi terrifié qu'elle, aussi titubant qu'elle. Le poison qu'elle a disséminé dans tous les coins a tué les plus fragiles, laissant en vie les durs à cuire, qui basculent sur le dos dès qu'ils butent sur un obstacle, exhibant impudiquement un ventre rose et luisant. Chahida en a rempli des seaux entiers que Mouloud a jetés à la mer. Mais il en reste encore. La chaleur, l'humidité, la puanteur constituent un terrain favorable à la procréation. Mère Jeanne a décidé d'admettre leur présence. Elle ne se révolte qu'à la vue des lambeaux de tissu qui viennent flotter à ras des hublots. Maudits poissons ! susurre-t-elle entre ses dents. Quel besoin ont-ils de déchiqueter les linceuls des malheureux marins privés de sépulture ?

Elle préfère faire la sourde oreille lorsque des coups sont assenés sur le plafond. Les convalescents qu'elle a enfermés dans les cabines du premier étage veulent fuir. Pourtant, elle leur a bien expliqué que les Bani Haoua ont juré de les tuer à coups de pierres si jamais ils s'approchaient du village. Ses visites à ces impatients lui demandent beaucoup de diplomatie. Elle essaie de les raisonner tout en leur faisant ingurgiter des mélanges fortifiants d'œufs, de lait et d'alcools puisés dans la réserve du commandant. Un navire apparaît-il à l'horizon ? Ils sortent une tête hirsute, gesticulent dans le vide, appellent jusqu'à extinction de leur voix et sa disparition complète de l'autre côté de l'azur, à moins que ce qu'ils ont pris pour un navire ne soit que l'image du leur, reflété par le miroir géant de l'océan.

Mère Jeanne-de-l'Enfant-Jésus s'agite dans tous les sens. Ceux d'en bas saignent, vomissent, perdent la vie par tous leurs orifices. Ceux d'en haut menacent, vocifèrent, cognent au besoin. En face les Bani Haoua s'entêtent à pêcher les poissons qui se sont nourris de la chair des pestiférés ancrés dans le fond de la rade. Comment les en empêcher alors qu'ils refusent tout dialogue ? Ils sont convaincus que la contagion est transmise par l'air, par les nuages. Il suffit d'une bonne pluie pour diluer le mal. La religieuse a l'impression de se battre seule. Le commandant a disparu de la circulation. Il n'a pas mis les pieds dans les machineries depuis deux semaines. Il ne veut rien partager avec son équipage. Enfermé dans sa cabine, il s'alimente de biscuits et de cognac.

Il chante à tue-tête, d'une voix de crécelle, quand les vapeurs de l'alcool embrument son cerveau, la même chanson : « Il était un petit navire », puis sanglote lorsqu'il attaque la dernière strophe : « On tira à la courte paille pour savoir qui, qui sera mangé. »

Ses vomissements du premier soir étaient plutôt dus à une cuite qu'à la peste. Il entrouvre sa porte d'un doigt lorsque la solitude lui pèse et appelle Mère Jeanne d'une voix impérative pour qu'elle lui tienne compagnie. Elle se plie au même rituel avant de traverser le seuil : plonge ses mains dans un bol de vinaigre, avale une gorgée de brandy, puis se déchausse. Le tabouret qu'il lui indique est haut. Ses pieds nus se balancent dans le vide. Le commandant ne quitte pas du regard ses orteils livides. Il parle de tout et de rien, lui confie même des secrets d'Etat qu'elle fera bien de garder pour elle. Son bateau, dit-il, n'a pas traversé la mer dans le seul but de délivrer des femmes.

Les rescapées du naufrage ne sont qu'un alibi pour s'introduire dans le pays et livrer des armes aux ennemis de la Sublime Porte et du dey. Bonaparte accuse ce dernier des actes de piraterie visant des Français en Méditerranée. Beaucoup ont été enlevés puis vendus comme esclaves dans les pays ottomanisés. L'affaire Bousnah et Bacri a jeté de l'huile sur le feu. Bonaparte refuse de payer les deux Juifs livournais qui lui ont prêté main-forte lorsqu'il a fallu rapatrier les survivants du massacre. Il arme les ennemis du dey, en particulier un certain Mehieddine, chef de la secte des Kadria. Des centaines de caisses d'armes et de munitions sont entreposées dans la cale. Il faut les livrer à qui de droit. Je ne suis pas assez vaillant pour m'en acquitter. Dubois-Thainville attend cet arsenal depuis plusieurs mois. L'homme est méfiant. Il préfère passer par un intermédiaire. Laouza est le nom de son représentant. Il s'agit d'un nom d'emprunt. Essayez de mettre la main sur lui. Dites-lui que la marchandise est arrivée et il comprendra.

Mère Jeanne s'accroche à son tabouret pour ne pas tomber à la renverse. Est-il possible que Talleyrand traite avec Laouza ? Il faut qu'il soit devenu fou pour confier une mission aussi dangereuse à une flambeuse de cœurs, une fille à hommes, une courtisane.

— Etes-vous sûr du nom ? ose-t-elle d'une voix chevrotante.

— Absolument sûr. Je sais même que Laouza est en réalité un homme, il s'était déguisé en femme pour servir les intérêts de la France. Un homme d'un grand courage.

Mère Jeanne est soudain aphone. Elle ouvre la bouche pour parler mais aucun son ne sort de sa gorge. D'ailleurs le commandant ne lui en laisse pas la possibilité. Ce qu'il a à dire est d'une grande teneur philosophique.

— La politique c'est comme les anges. Elle n'a pas de sexe.

La religieuse ne peut qu'approuver de la tête. Elle profite du fait qu'il ne soit pas soûl pour lui suggérer d'écrire au dey afin de lui demander d'envoyer des médecins, des infirmiers et des médicaments. Ses herbes deviennent de moins en moins agissantes et l'épidémie risque de s'étendre à la totalité du pays si elle n'est pas jugulée.

La réponse du commandant est brutale :

— Je n'ai plus la force d'écrire.

Il lui conseille d'écrire à sa place, de signer à sa place.

— Vous êtes la seule maîtresse à bord, la reine.

— La reine de la peste, susurre-t-elle entre ses dents.

Mère Jeanne a l'impression de régner sur un tombeau, plutôt que sur un bateau. Plus elle en guérit, plus il en meurt. Elle doit combattre le découragement en même temps que la maladie. Elle se réfugie à la cuisine quand le désespoir l'assaille de toutes parts. Préparer des potages pour ceux qui peuvent encore s'alimenter lui redonne confiance en la vie.

Elle jette dans l'eau bouillante tout ce qu'elle trouve à portée de sa main : lentilles, pois chiches, fayots. Rien que des choses sèches. Personne ne peut l'approvisionner en légumes. Elle touille tout en suivant du regard le mouvement des vagues, si violentes à cause de la pleine lune. Les malades souffrent autant de leur fièvre que des oscillations du navire. Leurs appels dégringolent l'escalier et parviennent à ses oreilles en longues plaintes. Elle répond une fois sur deux, tout en continuant à remuer le potage, ou à trier ces plantes qu'elle associe d'après des vieilles recettes : des feuilles de romarin, des cosses d'haricots et des écorces de bouleau contre l'urée. De la valériane et du cumin contre les spasmes. Encore du cumin mais avec du serpolet contre les catarrhes. Mère Jeanne n'oublie pas la groseille des bois, si efficace pour soigner la dysenterie, ni le sainfoin, pour le diabète, ni les cataplasmes de millefeuilles pour calmer les hémorroïdes, ni les infusions de pensées, connues pour guérir de l'eczéma. Car il n'y a pas que la peste qu'il faut soigner, les corps affaiblis par la maladie souffrent de mille autres maux.

29

« Pourquoi a-t-on choisi Laouza, et pas quelqu'un d'autre ? » continue-t-elle à se demander trois jours après sa conversation avec le commandant.

Les rumeurs pendant ce temps vont bon train à Ténès. Les faits et gestes de Laouza, vrais ou imaginaires, alimentent toutes les réunions. On parle d'elle sur la place publique, sur le parvis de la mosquée, dans la cour de la madrassa avant et après la lecture du Coran, la nuit à la lumière des lampes quand sa maison apparaît entre les barreaux des fenêtres. On dit qu'elle possède trois palais : un premier au cœur d'Alger, face à celui du dey, un deuxième à Oran face à la mer, et un troisième dans la plus riche oasis du désert.

— Pourquoi trois palais alors qu'elle n'a qu'un seul corps ? se demandent les sages. La fortune multiplie-t-elle les êtres ?

On sait de source sûre que son écurie abrite un carrosse en or, un carrosse en argent et treize pur-sang.

— Abriter le chiffre treize sous son toit quand on est une femelle ouverte à toutes les malédictions ? Laouza provoque le destin et lui fournit la dague qui la pourfendra.

Un grainetier revenu récemment d'Alger raconte que le palais de Laouza est aussi haut que celui du dey. Son pigeonnier compte cent volailles, cent espions déguisés en oiseaux. Ils travaillent de préférence la nuit, arpentent le ciel de leur pas inaudible, vont de consulat en consulat, du français à l'espagnol, du représentant de Bonaparte au représentant de Sa Majesté Charles IV, transmettent les ordres reçus de l'étranger. Le premier a payé le palais, les carrosses, les pur-sang, les esclaves. Le second a fourni les paons que tout Alger vient admirer à travers les grilles du jardin. Des oiseaux multicolores, repeints tous les matins aux couleurs de l'arc-en-ciel, côtoient des oiseaux polyglottes qui connaissent tous les alphabets de l'amour, tous les versets coraniques, tous les codes, qu'ils soient civils ou militaires, toutes les réglementations : celles qui régissent les relations entre le maître et l'esclave, le riche et le pauvre, le propriétaire et le locataire, le piéton et le cavalier, entre celui protégé par le Prophète et celui qui l'est par Ibliss. Les oiseaux de Laouza sont un puits de connaissances et de sciences. Leur vocabulaire amoureux s'étend à toutes les langues, à tous les dialectes :

« *Ya habibi*, je t'aime, *I love you*... » entendent les passants admiratifs. Hélas ! des déraillements ont lieu en temps de pluie, quand l'humidité fait fourcher les langues. Les oreilles des mêmes passants captent des propos qui n'honorent pas la maîtresse des lieux :

« Pute ! espèce de pute, lance un perroquet du haut de son perchoir. »

« *Kahba*, tu n'es qu'une *kahba*, lance un paon à une perruche. »

« *Son of bitch,* fils de chien, pédé, enculé, *maniouk* », s'égosillent les canards qui clapotent dans le bassin.

La garde du dey se croit visée et pointe ses mousquetons sur les massifs d'hortensias, sur les rosiers grimpants, sur les saules pleureurs, et même sur le sol, convaincue qu'une armée de djinns s'amuse à mettre ses nerfs en pelote. La garde du dey tire sur tout ce qui bouge : l'ombre du portail sur les murs, celle du pigeonnier sur la rue, celle de la grille sur l'herbe du jardin. Leurs coups font sursauter Laouza qui se plaint au dey, par écrit, sur papier parfumé à la corne d'hippopotame, connue pour son pouvoir aphrodisiaque.

On continue à parler de Laouza, à Ténès, malgré le temps qui passe, même en présence de Mokrane sachant qu'on ravive ses blessures. Ses bras sont vides de femme. Ses épouses ne lui inspirent que méfiance depuis qu'Assia s'est fait engrosser par le muletier. Attachée à un arbre face à l'oued, pendant trois jours et trois nuits, Assia n'est pas morte. La soif qui devait la tuer a alimenté son imagination. Sur ses rétines exorbitées se dessinèrent des visions terrifiantes qui donnèrent la frousse à ceux qui l'écoutaient. Elle a vu la peste forcer les portes de Ténès, s'installer dans les maisons, s'emparer des petits et des grands, pourrir la végétation, empoisonner l'eau des puits et des citernes, ternir la couleur du soleil.

« Le mal, criait-elle, viendra de la mer, dans le ventre d'un navire pareil à celui que vous avez laissé couler et dont vous avez massacré l'équipage. Toutes les portes de Ténès seront marquées à la chaux vive. La terre n'aura pas le temps de se refermer entre deux enterrements. Ses mâchoires resteront ouvertes pour engloutir les vieux, les jeunes, les moins vieux et les moins jeunes.

Assia avait perdu la raison. Elle ressemblait à ces saints fous qui prêchaient dans le désert. Elle mordit la main qui essaya de la museler, cracha à la face de celui qui tenta de lui bander les yeux.

Assia la soumise s'était transformée en furie. Elle serait certainement morte sans l'intervention de son amant.

— Vous voulez châtier la mère ou l'enfant ? lança-t-il par-dessus les têtes de la foule, venue assister à l'agonie de la femme adultère. Donnez-la-moi jusqu'à son accouchement. Je vous la rendrai après. L'innocent qui bouge dans son ventre a droit à la vie.

Les sages de Ténès ont discuté une après-midi entière et conclu que le muletier avait raison. Seule la mère sera châtiée. Assia fut aussitôt relâchée. Elle est partie ailleurs et personne n'a protesté. Les habitants de Ténès préfèrent la savoir loin, et muette, sa bouche ne s'ouvrant que pour prédire des catastrophes.

Les prédictions catastrophiques de Assia précédèrent d'une semaine l'arrivée du bateau, dépêché par la France pour venir délivrer les rescapées du Banel. Tout Ténès en témoigne.

30

Le soleil de midi embrase l'air et allonge des ombres immenses sur le sol. Elise marche depuis le matin. La fatigue dirige ses pas vers un chêne en bordure de la route. Elle s'affaisse, le dos contre le tronc. A travers ses paupières fermées, elle continue à voir le paysage, rouge, ocre, jaune. L'air sous les branches est d'une grande douceur et le vent jette par brassées des fruits secs que la chèvre happe au passage. Un bruit de sabots s'approche d'elle. Le cavalier qui met pied à terre n'est qu'un vieux moine, et sa monture un vieil âne. Les deux sont aussi gris de poil et de poussière.

— Bonjour, murmure Elise, étranglée par l'émotion.

— Diable ! si je m'attendais à entendre parler français dans ce trou. Que fais-tu là, fillette ? Et où vas-tu ?

— A Toulouse, répond le plus simplement du monde Elise. Je dois retrouver Mère Jeanne. On nous a séparées après le naufrage. Ils l'ont donnée à un chevrier et ils m'ont vendue à un émir. L'émir m'a mariée à son fils. Je me suis enfuie après sa mort.

— Tu es veuve, si je comprends bien.

— Pas vraiment. Nous avons fait semblant d'être mariés. J'ai failli me perdre dans le désert. Je ne voyais rien à cause du khamsin. Connaissez-vous le khamsin ?

Elle ne lui laisse pas le temps de répondre et poursuit.

— Un vent inconnu en France. Il empêche de voir et de respirer. J'étais clouée au sol, j'ai même dormi. J'aurais dormi jusqu'à la fin de ma vie si un cavalier ne m'avait réveillée. Il m'a emmenée dans un village et confiée à une femme. Sans lui, les loups m'auraient dévorée.

Il la coupe, méprisant.

— Il n'y a pas de loups dans le désert. Ils préfèrent vivre près des poulaillers. Et ce que tu as pris pour un cavalier est certainement saint Georges, le seul saint qui sait monter à cheval. Je parie qu'il portait un casque et une armure ?

Elise secoue la tête.

— Ni casque, ni armure, mais un voile qui cachait la moitié de son visage. C'est un Touareg.

Le moine est mécontent d'être contredit.

— C'est quand même saint Georges. Sans lui tu serais morte de soif, de froid et de faim. Que vas-tu faire maintenant ?

— Retourner à Toulouse. Vous allez pouvoir me ramener chez moi.

— Impossible ! Ce n'est pas mon chemin. Je ne peux pas changer d'itinéraire. Mon ordre m'envoie en Haute Kabylie, pas à Toulouse. D'ailleurs : tu n'es pas sur ma liste.

Le papier qu'il tire de la poche de sa soutane est aussi crasseux que ses ongles.

— Tiens ! Regarde si tu y es. Sais-tu lire ?

Elise parcourt la page de bas en haut et de haut en bas. La fameuse liste ne comporte que des noms d'hommes. Elle ne peut pas prétendre être André Paoli, ni Antoine Cogio, ni Ambroise Magno, ni Antoine Corneille, ni Philippe Podgi, encore moins le père Bartolomo Raveno.

— Qui sont ces gens ?

— Des têtes brûlées qui se sont aventurées sur les

mers comme si la terre ne pouvait pas leur suffire. Les Barbaresques les ont capturés au large de la Tunisie et les ont vendus au dey qui les a revendus comme esclaves à de riches Algériens.

« Des malheureux ! ils ont droit à toute notre bienveillance pour la résignation avec laquelle ils supportent leur esclavage. De bons chrétiens. Aucun d'eux n'a renié sa foi. Notre ordre les rachète pour les rendre à leurs familles. Nous comptons sur les dons venus de particuliers, Bonaparte refuse de débourser le moindre sou. Il veut les reprendre par la force et traite le dey d'Alger de chef de pirates. Ce dernier se défend comme un diable. Il prétend que les Français sont venus d'eux-mêmes se jeter sur les côtes de Barbarie, accuse le mauvais temps qui rend la navigation impossible, les ouragans qui sévissent tous les mois d'hiver. Il l'a écrit noir sur blanc dans une lettre au Premier Consul et conclut qu'il craint que les tempêtes ne causent d'autres malheurs, contre lesquels il ne pourra pas lutter.

« Un menteur. Il y a une semaine, un capitaine anglais lui portait une lettre de l'amiral Kenneth. Celui-ci exigeait la punition d'un *rais*[1] turc qui avait bastonné un de ses marins. A la toute dernière ligne, il annonçait qu'il viendrait en personne, avec sa flotte, si justice n'était faite. Sais-tu ce qui est arrivé ? Le porteur de la lettre a été maltraité. Son consul, venu à son secours, le fut aussi. Une autre histoire de ce genre : il y a trois mois, deux marchands français, Louis Baston et son fils, embarqués comme passagers sur un navire corse, ont été capturés au large de la Tunisie et traînés dans un bagne. La France les réclame. Le dey donne l'ordre de les libérer et de punir le raïs qui les a capturés. Celui-ci les a rendus sans leurs vêtements, sans leur bourse, complètement nus. »

N'ayant plus rien à raconter, le moine fouette son âne, prêt à repartir. Elise s'accroche à sa soutane.

1. *Rais :* chef.

— Emmenez-moi avec vous. Ne me laissez pas seule ici.

— Impossible, riposte-t-il. Mon âne arrive à peine à me porter. C'est une vieille bête. D'ailleurs je suis en mission. Personne ne me prendrait au sérieux avec une fille accrochée à mes basques. Je suis un serviteur de l'Eglise. Je dois obéissance à mes deux patrons : le pape et le supérieur des Trinitaires. Il m'est interdit d'adresser la parole à une femme. Je suis envoyé dans ce pays pour récupérer de braves pères de famille, pas des filles.

— Ne partez pas si vite, le supplie Elise. Laissez-moi au moins vous suivre.

Mais il se dégage d'une secousse.

— Je ne peux rien pour toi, ma pauvre enfant. Dis-toi que Dieu ne te laissera pas longtemps dans l'embarras. Quelqu'un passera sûrement par ce chemin. Ne désespère pas. Je prierai pour toi.

Elise suffoque de colère. Elle court de toutes ses forces, décidée à le rattraper, mais s'écroule de fatigue au bout d'une centaine de mètres.

— Je hais ton pape, vocifère-t-elle l'écume à la bouche. Je hais ton supérieur. Ton saint Georges n'est pas un vrai saint mais un bandit. J'espère que vous allez tous crever.

Son cœur est près d'exploser. Elle décide de ne plus se lever. D'ailleurs ses jambes sont incapables de la porter. La chèvre tourne autour d'elle en bêlant. Est-ce elle qui convainc Elise de poursuivre son chemin vers la ville qui se profile derrière la plaine ?

Elise voyait la vie sous un angle plus optimiste avant sa rencontre avec le moine. Le vieillard lui a montré la petitesse des hommes, leur manque de générosité, et l'indifférence de la France à l'encontre des rescapées du *Banel*. Elle ne se fait plus d'illusions. Aussi prend-elle pour un mirage le fort qui apparaît au loin. Son séjour dans la palmeraie lui a appris à se méfier des visions. Elle s'arrête, lorsque des sons parviennent à ses oreilles. Ils frappent l'air de leur martèlement. A sa droite, en bordure d'un champ de blé, quatre silhouettes s'agitent d'une manière frénétique. La couleur vive de leurs vêtements tranche avec l'or pâle des épis. Ils l'ont repérée et lui font de grands gestes des bras. Elise quitte la route et s'enfonce dans leur direction. Ils l'accueillent bruyamment, lui offrent à boire et à manger. Est-ce en son honneur que le vieillard joue du banjo, que la fillette fait sauter un chien à la corde, que le garçonnet fait des galipettes et que la jeune femme danse sur le sol poussiéreux ? Les clochettes autour de ses chevilles rivalisent avec les cordes du banjo. Ses cheveux noirs bouclés sursautent autour de son beau visage au teint mat. Ils s'immobilisent en même temps.

— Qui es-tu ? Où vas-tu ? Pourquoi es-tu seule ? Ta chèvre est-elle à vendre ?

Ils la pressent de questions, ne lui laissent pas le temps de répondre, rient en chœur devant sa mine ahurie.

Non, la chèvre n'est pas à vendre. Elle va à Toulouse. Elle s'appelle Elise. Elle a perdu ses compagnes dans un naufrage, fut vendue à un émir qui l'a mariée à son fils. Elle est veuve depuis deux semaines, et elle voudrait retrouver Mère Jeanne.

Ils n'ont jamais entendu parler de Mère Jeanne ni de Toulouse. Pourtant ils ont voyagé en France, et connu Lyon, Dijon, Paris et même Lille. Les Français n'aiment pas les forains. « Sales saltimbanques, voleurs d'enfants et de poules », leur criait-on entre les volets entrouverts. Ils ont alors rebroussé chemin vers l'Espagne qu'ils ont traversée du nord au sud avant d'embarquer pour Tanger. Ils ont monté des spectacles sur toutes les places publiques. Les Marocains ne donnent pas de sous mais des sourires et de la nourriture. Ils ont végété tant bien que mal. Les voilà sans l'avoir fait exprès aux portes du désert. Le vent les a poussés d'une oasis à l'autre. La jeune femme dansait chez les uns, tirait les tarots chez les autres, devenait diseuse de bonne aventure quand son ventre de femme enceinte l'alourdissait. Leur fille est née dans la palmeraie de Chamba, leur garçon a vu le jour à

Ngoussa dans une maison creusée dans le sable. Ils se sont nourris de dattes et de lait. Ils ont appris à grimper aux arbres et à se protéger du khamsin. Ils ont surtout appris à ne prendre racine nulle part.

— Demain, nous dormirons à Ghardaïa, disent-ils. Sultan el-barr nous y emmènera.

Sultan el-barr doit se douter qu'on parle de lui pour braire avec autant de conviction. La carriole attachée à ses flancs ne l'empêche pas de brouter tout un carré de luzerne. « Est-il possible qu'une carriole aussi étroite puisse contenir tout ce monde ? » se demande Elise.

— On t'emmène. Ce n'est pas la place qui manque dans la charrette, à condition que tu prennes ta chèvre sur tes genoux.

La proposition du vieillard est accueillie par des cris de joie. Les enfants aiment Elise à cause de la chèvre. Leur mère semble ailleurs. Son regard survole l'océan de blé et fixe la ville dont on ne voit que ce fort, adossé au ciel. Un regard triste même quand elle dansait. Pourquoi a-t-elle épousé un homme qui a l'âge de son père ? Et pourquoi lui avoir donné deux enfants ?

Elle ne lui adresse la parole qu'à travers le banjo qui fait ondoyer son corps. Ghardaïa l'effraie et l'attire en même temps. Une diseuse de bonne aventure lui a annoncé qu'elle quittera les siens dans une ville dont le nom commence par la lettre G. « Une agglomération sans muraille et sans remparts, avec un fort qui surplombe de vastes champs de blé. »

La carriole a failli verser son monde à chaque tournant. Les encouragements des enfants à Sultan el-barr lui faisaient retrouver l'équilibre au dernier moment. Celui-ci oubliait qu'il était un vieux mulet bon pour l'abattoir. Ils entrèrent à Ghardaïa à la tombée de la nuit, à l'heure où les badauds se retrouvent sur la grande place. Le père attaqua un air andalou, la mère dansa, le chien sauta à la corde, les enfants firent des galipettes. Soudain ce jet de pierres venu d'on ne sait où et qui visa les cuisses de la danseuse, nues lorsqu'elle tournoyait. Mais elle continua à danser, malgré les projectiles qui lacéraient sa peau. La foule l'aurait tuée si un homme de haute taille n'était venu à son secours. Il prit le bras de la danseuse, l'entraîna dans une ruelle, et personne ne dit mot. Son mari la vit s'éloigner, puis disparaître derrière une porte plombée. Il semblait pétrifié. Majina n'eut pas un seul regard pour lui et pour ses enfants. Le chien, qui l'avait poursuivie, fut roué de coups de pieds par son ravisseur. Elise aida la fillette à le ramasser, à laver ses blessures puis à bander ses pattes brisées. Elle supplia le forain de quitter les lieux, mais celui-ci refusa. Il ne quittera pas Ghardaïa sans sa femme. Il arpenta jusqu'à l'aube toutes les rues. La tête levée vers les fenêtres, il appela « Majina » d'une voix rauque puis d'une voix étouffée avant de revenir vers la place, où un silence de tombe avait succédé à la flambée de violence. La tête serrée entre ses mains, il devait se demander pourquoi sa femme ne s'était pas débattue pour échapper à l'inconnu. L'avait-elle suivi de son plein gré ou obéissait-elle à ce destin annoncé par la voyante ? L'idée de s'y soustraire ne l'avait pas effleurée.

Il eut la réponse à ses questions le lendemain, lorsqu'une faune étrange envahit la place. Chaque arrivant avait son carré hérité de père en fils. L'avaleur de feu à la droite du charmeur de serpents, le conteur face à la mosquée. La confrérie des Aïssaoui, venue du Maroc, est seule maîtresse des lieux. Ils sont craints. Leur pouvoir est immense. Ils peuvent jeter le sort à distance, tuer à distance, sucer le sang à distance, incendier, voler. On raconte qu'un nouveau-né tombé des bras de sa mère fut happé par un des leurs et mangé aussitôt.

Le ravisseur de Majina est leur chef, ce qui explique le silence de la foule lorsqu'il apparut. L'homme règne sur toutes les places publiques, depuis Oran jusqu'à Alger. Le forain n'ignore pas qu'il a peu de chances de récupérer sa femme. Il n'ignore pas non plus qu'il n'a plus aucune chance de travailler. Des forains sans danseuse et sans chien qui saute à la corde n'attirent pas les badauds, mais la pitié. Le vieillard a bu et insulté les habitants de Ghardaïa, bu et injurié les charmeurs de serpents et de femmes. Il épingla Dieu sur son passage, l'Allah des musulmans qui règne sur une parcelle pourrie du ciel. D'une malle déglinguée, il sortit une robe à volants qu'il lança à Elise, puis une corde qu'il jeta à la chèvre. Il fera de la première la danseuse de flamenco la plus illustre de son temps, et de la deuxième la plus célèbre sauteuse de corde. Elle remplacera le chien, devenu infirme.

Ils ont quitté la ville qui ne leur a apporté que le malheur, quitté l'ombre des platanes pour affronter de nouveau le soleil nu. La carriole avec sa charge a traversé un paysage plat, le plus désolé du monde. Pas le moindre arbre, ni herbe, ni ruisseau, ni caillou. Mais un sol si jaune qu'on le dirait nourri de soufre. C'est là que Sultan el-barr a décidé de s'arrêter. Son banjo sous le bras, le vieillard demande à Elise d'accorder son pas avec la musique, pieds et notes marchant de pair jusqu'à ne plus savoir si c'est le banjo qui danse ou les pieds qui produisent les sons. Les yeux fermés pour mieux se concentrer, Elise extirpe de ses souvenirs les déhanchements de Majina, sa manière d'enlacer l'air, et de creuser le sol comme si elle cherchait à le sonder. Elle suit scrupuleusement le rythme, danse. Oui elle danse, seul lui manque ce zeste d'impudeur, un don du diable, accordé aux femmes insatisfaites. La chèvre, de son côté, déploie tant d'ardeur qu'elle surpasse le chien. Elle volerait si la corde ne la ramenait pas plus bas. Elle s'élance, virevolte, se pose pour mieux rebondir, ivre, cornant l'air dans un sifflement de fouet. Le vieillard pleure de joie. Il peut de nouveau affronter les places publiques.

Arrivés à Laghouat, ils entendent pour la première fois parler de la peste qui frappe une ville côtière. Ses habitants, d'après les dires, ont posté des chasseurs de vents pour éloigner les miasmes venus d'un bateau ancré dans leur rade. Elise ne s'en inquiète pas. Mère Jeanne est rentrée en France, sinon elle aurait remué ciel et terre pour la retrouver.

A Djefla, après la rude traversée des montagnes en dents de scie, ils entendent de nouveau parler de la peste. Elle frappe Ténès, le fief des Bani Haoua. Toute la région est en quarantaine. Personne n'a le droit d'en sortir. Personne n'y entre. Les rats ont envahi les rues et les maisons. Une armée de chats a été lâchée pour les décimer, mais les chiens affamés les ont dévorés.

Personne ne compatit aux malheurs des Bani Haoua. Les paysans n'aiment pas les habitants du littoral. Ils leur reprochent de gagner leur vie facilement. Il suffit de jeter un filet à la mer pour que les poissons s'y précipitent. La famine est bien plus terrible sur les hauteurs. L'absence de blé entraîne celle des oiseaux. Seuls les corbeaux, des guetteurs infatigables, sillonnent le ciel. Ils pressentent la mort avant les hommes et ne se trompent jamais. On sait qu'elle va frapper une maison lorsqu'on les voit alignés sur son toit.

Ténès est sur toutes les lèvres. Les conteurs s'en sont emparés. La peur de l'épidémie gonfle leur récit, comme le levain la pâte. Ils disent que les Bani Haoua ne savent plus où enterrer leurs morts, devenus plus nombreux que les vivants. Ils n'ont plus assez de draps pour confectionner des linceuls, pas assez de bras pour creuser des tombes. Ils ont tout essayé pour étourdir l'air vicié : brûler des herbes aromatiques, brûler des carcasses d'animaux, prier. Ils croient se protéger en s'interdisant d'ouvrir la bouche, de respirer.

Les *ulémas* d'Alger, de Constantine et d'Oran ont leur propre explication : la peste n'a visé les Bani Haoua que pour montrer la pourriture de leur âme. Leur péché éclate en bubons sur leur peau. Ils ont massacré de pauvres innocents, ils se sont appropriés leurs vêtements et leurs femmes.

On a vu des Kabyles se promener en brodequins de cuir, sanglés dans des vestes galonnées, avec un képi et une ceinture à pompons. Les conteurs de Djefla ne tarissent pas sur l'épidémie qui ravage Ténès. Il a fallu qu'Elise et ses compagnons atteignent Sidi Ameur pour entendre un autre langage. Le conteur assis à l'ombre d'un muret a pour sujet unique une femme. Laouza est son nom.

— Laouza, clame-t-il après un roulement de tambour, est venue de l'autre côté de la terre, là où le soleil se couche tôt pour permettre à la lune de faire trois fois le tour de la nuit. L'astre du jour l'a désignée pour le remplacer au firmament quand il ne pourra plus régner sur l'azur. Laouza, si douce pour ceux qui l'ont goûtée, amère pour les autres. Celui qui n'a pas connu cette fille quittera le monde à regret, en regardant derrière lui. Tout un harem dans la peau d'une seule femme. Les émeraudes du chah de Perse dans ses yeux, les rubis de la Chine sur ses lèvres, les perles de la mer d'Oman dans ses dents. Laouza aimée par tous les hommes, du plus puissant au plus faible, du plus riche au plus pauvre. Mokrane, le chef des Bani Haoua, a perdu ses biens et son honneur pour elle. Le vieillard qui l'a épousée s'empressa de mourir pour qu'elle devienne la plus riche veuve du Chélif. Le dey d'Alger ne gouverne plus son pays depuis qu'elle est sa voisine. Au lieu de compter les soldats de son armée, les sacs de blé de ses réserves, le nombre d'armes dont disposent ses troupes, le nombre de dirhams dans ses caisses, il additionne les entrées et les sorties du palais d'en face. L'opération de soustraction qu'il fait à la tombée de la nuit le laisse désespéré. Un homme est resté entre les murs de Laouza. Il donne l'ordre à sa garde d'aller fouiller, d'extirper l'amant, de le pendre à un réverbère face à la fenêtre de l'infidèle.

Le conteur a des versions qui varient selon son humeur et celle du public. Laouza, le lendemain, brûle d'amour pour le dey. Dans ses yeux il puise la lumière qui éclaire son palais, dans sa bouche il aspire l'eau de ses fontaines, entre ses cuisses il prend le feu qui réchauffe ses vieux os. Du corps de Laouza arqué par le plaisir, le dey s'inspire pour faire construire des arches en son honneur, des ponts au-dessus des rivières et des voûtes. La rumeur dit qu'il a fait arracher tous les boutons de roses de son jardin parce qu'ils évoquent le bout des seins de Laouza. Laouza aux sept bracelets de chair autour du poignet, donc sept fois veuve, d'où la peur du dey de l'épouser.

La foule qui a pleuré hier sur le sort du dey se réjouit aujourd'hui. Les petites gens n'aiment pas voir les grands malmenés. Les peines, souffrances et humiliations doivent être réservées au peuple.

Le conteur de la place de Sidi Ameur se tait. Son regard balaye la foule puis s'immobilise sur Elise.

— Cette fille a connu Laouza. Elles ont partagé le même pain et la même peur.

Il s'approche d'elle, passe une main sur ses traits comme l'aurait fait un aveugle.

— Vous avez échappé au même naufrage. La même mer a failli vous tuer.

— Mensonges, protesta le forain. Cette fille vient du désert. Une oasis l'a crachée devant ma carriole. Elle n'a jamais vu la mer, ne sait donc pas nager. Par contre elle sait danser. Vous n'avez qu'à juger.

Un murmure d'admiration accueille Elise. La foule n'a jamais vu une danseuse aussi frêle, aussi peu charnelle. Une enfant qui fait semblant d'être une femme, une poupée qui veut faire croire qu'elle est de chair, une luciole échappée d'un buisson, une feuille d'arbre pourchassée par le vent. Ses pieds menus ne sont pas faits pour un sol rocailleux. Elle croit danser alors que c'est l'air qui danse autour d'elle. Elle croit suivre la musique alors que les notes suivent ses pas.

« Priez le prophète », marmonnent attendris les croyants. Ils craignent les regards envieux, capables de la casser, d'émietter le bleu de ses yeux, de fêler la porcelaine de sa peau. « Priez le Prophète », l'homme au banjo ferait mieux de la cacher. Il provoque le diable en l'exhibant sur les places publiques.

Le forain ramasse les dirhams autour des pieds en sang, puis jure devant son fils, sa fille, la chèvre et le chien qu'Elise dansera désormais sur des tapis de soie. Uniquement dans des palais.

31

Un étranger venu d'une ville côtière, probablement d'Alger ou de Constantine, cherche depuis une semaine une Française nommée Marie. Il a sillonné toutes les routes de la Haute Kabylie, interrogé tous les passants, et tous ceux dont il a croisé le chemin.

A Tiouarda, il a attaché son cheval à un noyer, près de la fontaine, et bu bruyamment, la tête renversée en arrière. Sa soif étanchée, il s'est aspergé le visage à grands coups d'eau comme s'il se giflait, puis a fait un somme à l'ombre d'un muret. Les habitants de Tiouarda se méfièrent de son air suffisant, de son cheval richement bâté, et de sa haute corpulence. Ils ne l'invitèrent pas à traverser leur seuil, ni ne répondirent à ses questions. Ils le regardèrent partir avec soulagement.

Pourtant ! il fut accueilli comme un ami dans le village suivant. Les femmes accroupies autour d'un feu furent les premières à le voir arriver. Son cheval noir se détachait sur le paysage rouge, aussi rouge que le soleil qui déclinait. Elles essuyèrent leurs mains sur leurs hanches et saluèrent l'inconnu, un Français qui parlait leur langue sans accent. Quelqu'un d'important, d'après ses vêtements et son sabre. Plus qu'un soldat, probablement un chaouch ou un envoyé du dey. Les mères poussèrent leurs filles dans sa direction. Il sauta de sa selle et rit à gorge déployée. Non il ne cherchait pas une épouse mais une Française nommée Marie. Un riche cultivateur du Rif l'a achetée, il y a un an, au chef de la tribu Bani Haoua.

— Impossible de la retrouver après tant de temps, réplique une vieille. Autant chercher les traces du soleil sur un toit, ou l'ombre d'un oiseau sur un champ. Seuls les arbres prennent racine. Les femmes se déplacent. L'insatisfaction les pousse de couche en couche. Les sédentaires sont en général des mères. Ta Marie a-t-elle donné un enfant à ce riche cultivateur ? Tu le sauras en interrogeant les sages-femmes.

L'homme demande si d'autres villages existent après le leur.

— Si on peut appeler villages les gourbis accrochés à la montagne, et hommes ses habitants. Ils sont si paresseux qu'ils laissent leurs terres en friche et préfèrent se nourrir de sauterelles. Les interroger ne servirait à rien : parler les fatigue.

Le voyageur reprend sa route sans grand espoir de retrouver la Française réclamée par le chargé d'affaires à Alger. On l'avait prévenu. Il ne sera payé qu'en cas de succès seulement. Si grand est son étonnement, après le passage du col, de voir des champs alignés des deux côtés du chemin. Le blé y est aussi serré que les fils sur un métier à tisser. Des hommes s'activent sous un soleil de plomb, coupant les épis, en faisant des gerbes. Ils répondent à ses appels, puis le dévisagent pendant qu'il les interroge.

— Il y a bien une étrangère dans le douar, mais elle est devenue une des leurs depuis qu'ils travaillent sur ses terres. Ils ignorent si elle vient de France ou d'ailleurs. Sitt Maryam vient d'en haut, envoyée par les *malaîkas*, les anges, qui ont fini par écouter leurs prières. Cette femme a su effacer les injustices et humiliations causées par son défunt mari, qu'Allah lui pardonne. Il a eu sa punition : mort avant la naissance de son fils.

Les paysans se relaient pour parler de Marie. Les témoignages affluent. Son grand mérite est d'avoir su faire plier la femme de Sidi, l'irascible Djélila qui préférait embaucher des bras étrangers, des saisonniers qui venaient de loin.

— Nous soignons son blé et son bétail, déclare un autre. Elle soigne nos enfants, nos malades et notre fierté blessée.

Ils lui montrent la grande maison isolée entre les arbres. La plus grande, la seule entourée d'une muraille, la seule ouverte aux vents, les leurs sont des verrues sur la face de la montagne.

Le messager du consul de France à Alger est reçu par une jeune femme qui porte son enfant sur sa hanche, à la manière des mères kabyles. Le soleil a buriné sa peau. Il l'aurait prise pour une indigène sans ses cheveux blonds et ses yeux d'un vert si tendre. Il ne lui laisse pas le temps de s'étonner et entre directement dans le vif du sujet :

— Je suis chargé de vous ramener auprès de vos autres camarades, à Ténès. La France a envoyé un bateau pour rapatrier toutes les rescapées du naufrage. Mais la peste sévit à bord du bâtiment. La moitié de l'équipage est malade, l'autre a péri. Il est de mon devoir de vous arracher à ce lieu, de mon devoir aussi de vous y laisser jusqu'à ce que l'épidémie prenne fin. Mais la peste a progressé. Elle a traversé l'eau et s'est faufilée dans toutes les maisons de Ténès, tuant des vieux, des jeunes sans discernement d'âge.

— Mère Jeanne, Hélène de Courtavray, Elise ? demande Marie d'une voix étranglée.

— Mère Jeanne-de-l'Enfant-Jésus soigne les malades. La comtesse de Courtavray recueille les orphelins chez elle. Tout enfant qui perd ses parents trouve place sous son toit. Elle est mère de vingt enfants en plus du sien. Elle a accouché d'un garçon.

— Tout ce monde habite chez Mouloud ?

— Plutôt dans la maison que Mokrane a fait construire pour Laouza, la cinquième rescapée du naufrage.

— Il n'y avait pas de Laouza sur *Le Banel*, s'étonne Marie.

— Elle est apparue après le naufrage. Mère Jeanne et Mouloud l'ont trouvée à moitié morte sur la grève. La mer l'avait crachée. Elle a échappé par miracle au massacre. C'est pour ses beaux yeux que le chef des Bani Haoua a fait construire cette maison, pour ses beaux yeux que son fils a voulu mourir.

— Je ne me rappelle pas avoir rencontré cette fille, s'entête Marie.

— Elle portait un autre nom. On prétend qu'elle était un garçon avant le naufrage. Une fille diabolique, capable du pire comme du meilleur. Il y a trois mois, on la disait mariée à un riche vieillard du Chélif. Devenue veuve, on la disait à Alger liée avec le dey, devenue sa favorite.

— Et Elise ? Qu'est devenue la fillette qui accompagnait Mère Jeanne ?

— Mariée avec le fils d'un émir. Elle vit dans une oasis. Nous n'avons pas de ses nouvelles. Les gens heureux n'ont pas d'histoire.

Il se lève. La nuit risque de tomber d'un moment à l'autre. Marie lui pose une dernière question :

— Pourquoi a-t-on tant tardé à nous rechercher ? Est-ce l'intervention de ma grand-mère qui fait bouger les Français ?

— Votre grand-mère est morte, peu de temps après le naufrage. Les rescapées du *Banel* seraient oubliées si un jeune officier, basé à Port-au-Prince, n'avait écrit toutes les semaines au chargé d'affaires français à Alger. Jean Soubiran est très connu auprès du consulat. Dubois-Thainville le craint. Cent fois il l'a menacé de ses foudres s'il ne retrouvait pas Marie Belleterre. Il faut être sorcier pour deviner que Marie se cache dans la peau de Maryam.

Le seuil traversé, il lui demande une dernière fois si elle désire l'accompagner à Alger.

Elle secoue la tête. Sa place est auprès de tous ces fellahs qui ont labouré, semé.

— Ils ont commencé à récolter. La veuve de Sidi les chasserait si jamais je partais.

Le messager lance son cheval sur l'allée bordée de cyprès. Djélila, pieds nus sur le gravier, lui barre le chemin.

Sa voix est persiflante. Que lui dit-elle pour qu'il devienne si pensif ? Il fait non de la tête, et Djélila ramasse une poignée de cailloux et les lance sur les pattes du cheval. Les pierres ricochent sur le sol, puis rebondissent dans un bruit pareil à une petite explosion. Le cheval hennit de colère. La femme vocifère :

— Emmenez-la d'ici. Qu'elle retourne chez elle. Elle n'a plus rien à faire dans cette maison, sa tâche est terminée. La poule a couvé l'œuf. Le poussin se passe de sa présence pour devenir un coq. Je saurai en faire un homme. Qu'elle parte. Nous l'avons logée, nourrie, vêtue. Je lui ai donné la totalité de mes bijoux. Que veut-elle de plus contre neuf mois de grossesse ?

— Le Coran interdit qu'on sépare l'enfant de sa mère, balbutie l'homme gêné.

— Je suis la vraie mère. Elle l'a juste porté. Son ventre a été un lieu de passage. Donner naissance à l'enfant de Sidi l'a rendue arrogante. Elle a fait entrer la racaille dans le domaine, et donné du travail à ceux qui ont tué mon mari. Elle les a engagés contre mon gré, sans me consulter. Elle a décidé de leur donner la moitié de la récolte, après leur avoir cédé la moitié du troupeau. Cette femme ruinera le fils de Sidi.

La voix coléreuse s'arrête d'elle-même. L'homme est déjà loin. Il a traversé le portail. La route l'a happé. Djélila reste prostrée entre les deux haies de cyprès. Dans sa main une dernière pierre qu'elle n'a pas eu le temps de lancer. Soudain, elle s'ébroue puis s'élance à travers champs. Elle passera la nuit dehors. C'est devenu une habitude, chez elle, de découcher chaque fois que Marie la contrarie.

La nuit dévore le paysage parcelle après parcelle. Marie ressent comme une protection l'obscurité qui surgit de tous les angles de la maison. Elle n'allume pas. Accoudée à la fenêtre, elle regarde la montagne s'estomper progressivement, effaçant l'un après l'autre les gourbis accrochés à son flanc. Çà et là scintillent de maigres feux. Les hommes, qui ont sué, peiné, ont faim. Les femmes du douar préparent le repas du soir. Marie les imagine accroupies devant les flammes, touillant le contenu de marmites couvertes d'une suie épaisse. Un chant traverse l'air. Il vient des gorges épuisées d'avoir soufflé sur les brindilles :

« *Laisse le sillon à Dieu*
ta femme et tes enfants t'attendent
Des os de mouton bouillent dans ta marmite
Dans tes rêves il y a un cheval blanc. »

Le chant est interrompu par des cris qui éclatent comme des bulles de savon derrière la muraille. Les enfants du douar jouent à quelques mètres de Marie. Ils ne s'y aventuraient jamais auparavant. La haine avait creusé un abîme autour de la grande maison. Leurs rires l'ont comblée. L'obscurité n'empêche pas Marie de les voir. Ils sont aussi maigres que des sauterelles, aussi vifs que des écureuils. Ils grimpent sur les plus hautes branches, escaladent les talus, s'ébattent dans les flaques d'eau, puis se sèchent en se roulant dans la poussière. Marie se souvient avec précision du jour où elle avait engagé leurs pères. Il faisait un froid glacial. Fatima les avait réunis sous le grenadier, la veuve de Sidi avait interdit qu'ils entrent dans la maison. On aurait dit un tas de vieillards alors qu'aucun d'eux n'avait dépassé la quarantaine. Ils voulurent embrasser la main de Marie, mais celle-ci les salua comme s'ils étaient ses égaux. Elle les avait interrogés l'un après l'autre, du plus âgé au plus jeune :

— Que sais-tu faire ?

— Je labourais, dans le temps. Aucune charrue ne résistait à mes bras. Les sillons que je creusais étaient si droits qu'ils pouvaient mener au paradis.

— Et toi ? Que faisais-tu ?

— Je construisais des haies, des murs aussi hauts que le djebel.

— Et toi ?

— Je soignais les bêtes, trayais les vaches. Je l'ai fait jusqu'au jour maudit où Sidi m'a chassé.

— Sidi a montré beaucoup de patience avant de les renvoyer, cria Djélila d'une fenêtre. Il les a pris en haine après la mort de notre dernier enfant. Leurs regards envieux tuaient nos fils, nos filles, notre bétail. Les fruits pourrissaient sur nos arbres. Nous avons dû faire appel à des bras étrangers.

Marie leur fit signe de ne pas répondre, et ils lui obéirent. Elle leur demanda de travailler dur pour mériter leur propre lopin de terre et la paire de bœufs qui leur permettront de le labourer.

Se moquait-elle d'eux ? Depuis quand les paysans partagent-ils les terres avec leur employeur ?

Ils parlèrent de Marie le soir avant de s'endormir, reparlèrent d'elle le matin lorsqu'ils se réveillèrent, puis sur le chemin du travail. La montagne, dirent-ils, est devenue moins pesante grâce à la présence de Sitt Maryam.

La décision de les engager sur les terres de Sidi, Marie la prit après la naissance de son enfant, quand le lait avait tari dans ses seins. Son fils pouvait mourir de faim. Fatima crut la consoler en lui racontant qu'au douar, un enfant sur cinq atteint l'âge d'un an. Les autres survivent grâce aux arbres sauvages auxquels ils arrachent des fruits sans goût et sans saveur, bons pour caler leur estomac vide. Des fruits souvent mortels.

Marie jura, ce jour-là, qu'aucun enfant ne mourrait plus de faim, le sien en premier. Pour retrouver son lait, elle suivit le conseil de Fatima, tissa une corde de chanvre, la jeta sur le chemin des troupeaux et cria :

« *O Hallaba*
O Jallaba
Rendez-moi mon lait et mon beurre
celui des mamelles de mes vaches. »

Son lait revint aussitôt.

Marie prit l'enfant dans ses bras et lui donna à téter à la lueur de la lampe. Les regards de la mère et de l'enfant se croisèrent pour la première fois. Marie sut qu'elle l'aimait.

Des pleurs arrachent Marie à ses pensées. Djélila l'a devancée auprès de l'enfant et l'empêche de le porter ou de le consoler.

— Il pleure Sidi Hucein, notre prophète, le saint des chiites. Demain, nous fêtons Ashura. Les croyants se taperont la tête sur le sol cent fois de suite pour expier la mort des deux fils de Ali. Ceux qui auront la chance de mourir de leurs blessures iront droit au paradis et auront droit à quarante houris chacun. Ce soir les morts se mêleront aux vivants en reprenant leur forme humaine. Ils achètent d'énormes quantités de viande pour le sacrifice et en lapent le sang au cours de la nuit. Sidi sera certainement parmi eux. Nous lui montrerons son fils.

Les explications de Djélila terrifient Marie. Elle arrache son enfant à son lit, et se met à courir vers la grand-route sur les traces des sabots du cheval du messager. Elle est décidée à le suivre. La fatigue l'arrête. Elle a brusquement honte d'avoir douté de son amour pour ce pays et pour ses habitants. Le seul regret de la vie de Marie a pour nom Jean Soubiran. Elle lui aurait écrit et confié la lettre à l'envoyé du chargé d'affaires à Alger si un enfant et des dizaines de familles ne l'enchaînaient à ces terres. Marie retourne chez elle, décidée à lutter dorénavant contre le découragement, contre les éléments et surtout contre Djélila. Hier, elle a bousculé Fatima qui fleurissait la tombe de Sidi :

— Les fleurs c'est pour les morts, criait-elle à tue-tête. Sidi est toujours vivant. Il a simplement déménagé sous terre pour pouvoir surveiller son domaine en profondeur.

32

La honte écrase les Bani Haoua. Ils sont obsédés par le souvenir de la nuit où ils ont failli lapider Yemma B'net pour la contraindre à revenir sur le navire infesté. Elle y était retournée, dès la première sommation, suivie de Mouloud et de Chahida. Elle comprenait leur terreur devant la mort. La vie sur terre, pour eux, est bien plus importante que celle promise au croyant, mais dont personne jusqu'à ce jour n'a pu vérifier l'existence. Elle les avait plaints au lieu de leur en vouloir. Ils sont prisonniers de leur corps alors que le sien n'est qu'un outil, nécessaire pour mener à bien sa besogne. Elle plaint surtout leurs femmes, enfermées dans leur vie de femmes en plus de leurs vêtements. Elle ne désespère pas de les affranchir des lourds anneaux qui encerclent leurs chevilles, des bracelets qui circulent de mère en fille, et qui par on ne sait quelle hypocrisie ont fini par prendre une autre signification : assimilés à des bijoux.

Yemma B'net bute sur les mêmes difficultés concernant le voile. Elles devraient l'enlever ne serait-ce que pour vaquer aux travaux des champs.

— Vous aussi êtes voilée, lui lance une impertinente.

— C'est par choix, lui répond-elle. Personne ne me l'a imposé.

Nombreuses sont celles qui viennent discuter et prendre le frais à l'ombre du caroubier. La vieille dame qui possède tous les remèdes et toute la sagesse du monde n'a pas fini de susciter leur curiosité et les questions.

— Tu comptes revenir dans ton pays, Yemma B'net ?

— Es-tu heureuse chez nous, Yemma B'net ?

— As-tu un chez toi avec des fils et des filles, Yemma B'net ?

Comment leur expliquer qu'elle est heureuse là où sa présence est nécessaire, même si c'est pour remettre sur ses pattes une fourmi renversée sur le dos, qu'elle ignore le sens du mot loin, le proche et le lointain ne font qu'un lorsqu'on a la foi, et que le vrai éloignement est celui avec Dieu, quand l'être erre sans but précis, ignorant ce qui l'attend après sa mort.

Puis cette dernière question, posée par une femme qui se tient à l'écart des autres.

— Tu ne t'es jamais révoltée ? Comment expliquer que tu te sois adaptée à notre vie, à nos coutumes, alors que tes camarades en sont incapables ?

— Il ne faut pas repousser le destin, ni chercher à lui faire changer d'aspect. D'ailleurs je n'ai ni la force, ni la volonté de m'y opposer. Je soumets mon corps pour le préparer à se transformer en âme. En rouh, précise-t-elle.

— Les femmes n'ont pas de « rouh », réplique la même. Elles sont pétries dans la même glaise que les animaux domestiques. Seuls les hommes ont droit au jannat. Elles redeviennent limon, sable, argile.

— Ce ne sont que suppositions d'hommes, proteste Yemma B'net. Rien dans le Coran ou dans l'Evangile ne dit que vous êtes différentes.

La délégation d'hommes qui demande audience à Yemma B'net ne cache pas son mécontentement.

Quelle nécessité de soulever la femme contre son maître ? Enlever le voile à une hourma la rendrait avide des biens de ce monde. Elle voudra posséder tout ce que voit son regard. Lui ôter les anneaux de ses chevilles la ferait courir loin de sa maison. La convaincre qu'elle est dotée d'un rouh la rendrait insolente. Aucun de nous ne nie l'utilité de la femme et sa place dans la société entre l'animal domestique et l'animal sauvage. Mais l'élever au niveau de l'homme est une hérésie. Yemma B'net devrait faire la distinction entre une marmite en terre cuite et une autre en fonte. La boue ne peut rivaliser avec l'acier.

Les hommes partis, Yemma B'net jure de ne pas mourir avant d'avoir transformé la mentalité des hommes des Bani Haoua et l'existence de leurs femmes.

33

Le soleil qui traînait sur la place disparaît progressivement derrière la montagne. La nuit se dresse, aussi haute qu'une muraille. Le forain n'attend pas le jour pour poursuivre sa route vers la capitale. Il appréhende Alger : ses habitants n'aiment pas les étrangers. Accoutumés depuis la naissance à voir des esclaves dans leurs maisons, ils traitent avec brutalité les Maures et les chrétiens, et considèrent comme des usurpateurs des royaumes qui ont appartenu à leurs ancêtres les Espagnols et les Portugais. Les Algérois sont convaincus que tous les autres peuples sont nés pour leur être soumis.

La carriole lourdement chargée se dirige à pas lents vers la ville nantie de quatre forts et d'autant de portes. Le vieillard n'ignore pas qu'il sera à la merci du moindre soldat et qu'il devra sans broncher supporter l'insolence et le mépris des passants. Il donnera du « effendi » ou du « sidi » à toute personne qui l'interpellera et s'écartera au passage des Turcs pour ne pas mériter une bastonnade.

La nuit s'épaissit à mesure qu'approche Alger. Son fils dort sur les genoux d'Elise. Sa fille s'est blottie sur son épaule. Elle les a recouverts avec son châle. La chèvre et le chien sont affalés à ses pieds. Il conduit les dents serrées. Des larmes silencieuses ruissellent sur son visage. Alger apparaît en même temps que le soleil, blanche et piquée de minarets. Le forain et son attelage sont happés par les ruelles étroites, qui le renvoient vers des rues plus larges, qui s'arrondissent çà et là en places. Des hommes dissertent à l'ombre d'un platane. D'autres dorment en position assise, le dos appuyé au tronc. Les mouches qui se promènent sur les visages sont chassées du revers de la main. La voix des muezzins survole les terrasses où sèche un linge multicolore. L'appel à la prière se perd au-dessus de la digue, là où les mouettes dessinent des cercles de plus en plus serrés, comme si elles voulaient emprisonner l'air, l'étrangler. Une foule compacte attire l'attention des voyageurs. Sous les arcades d'un caravansérail, un homme armé d'un fouet invite les badauds en termes racoleurs :

— Homme de bien. Mets une femme dans ton lit et un gholam à ta table. Dors avec la première. Ris et bois avec le second. Pour cent dirhams seulement, une vierge venue d'Andalousie. Elle a traversé la mer en dansant. Elle a dansé à Oran, à Ghardaïa, à Sidi

Ameur et sur toutes les routes qui l'ont vue passer. La foule a jeté des pièces d'or sous ses pieds. Les arbres y ont jeté l'or de leurs feuilles. Son ventre, une forge brûlante, ses seins, neige torride. Pour cent sequins seulement, une vierge intacte venue d'Andalousie.

La vierge proposée à cent sequins n'est autre que Majina. Le chef des Aïssaoui la vend après une seule nuit dans sa couche.

— Rendez-moi ma femme, crie le forain.

La foule ricane. Une femme aussi belle et jeune ne peut être l'épouse de ce vieillard.

— Cet homme est-il ton mari ? demande le marchand d'esclaves à Majina.

Elle regarde le forain droit dans les yeux, secoue la tête, étonnée.

— Je ne l'ai jamais vu avant ce jour.

— Je veux ma femme, s'entête-t-il. Je veux la mère de mes enfants.

— Tu n'as qu'à l'acheter, suggère un plaisantin.

Il le prend au sérieux, fouille ses deux poches. Les trois sequins qu'il tend déclenchent les rires.

Le désespoir, la honte le rendent fou. Il se jette sur le marchand, prêt à se battre. Celui-ci a vite fait de le maîtriser. Il pèse de tout son poids sur le vieillard. Ses mains martèlent son crâne sur le sol. Il n'arrête pas avant de l'avoir achevé. Personne n'intervient. Ceux qui ricanaient, il y a un instant, deviennent brusquement sérieux. Ils sont sourds aux cris des enfants, aux supplications d'Elise. Leur dernière vision du forain les fait reculer d'horreur : il est recroquevillé sur lui-même au milieu de la place. La mort l'a surpris dans cette position. Il n'a pas eu le temps de s'allonger.

La foule autour du cadavre est volubile. La vierge venue d'Andalousie, n'ayant pas trouvé preneur, finira entre les mains du *mezouard* [1], tel le veut la loi. L'homme est responsable du bon ordre public. Il a plein pouvoir sur les femmes de mauvaise vie. Celles qui n'ont pas de protecteur sont considérées comme

1. *Mezouard :* policier gardien d'esclaves.

telles. Il les tient enfermées dans sa maison, où elles sont distinguées par ordre de classe. Il les loue aux Turcs et aux Maures contre une somme d'argent. Leur temps de location terminé, elles reviennent chez lui. Celles qui veulent sortir et faire fortune en demandent la permission. Permission accordée contre de l'argent. Le mezouard est tout-puissant. Il peut donner la bastonnade à ses pensionnaires ou même les faire exécuter par ses hommes.

Majina, tassée sur elle-même, sait ce qui l'attend. Le marchand d'esclaves se désintéresse d'elle. Une mauvaise marchandise puisque personne n'en a voulu.

Elise entraîne les enfants vers le centre ville, loin de leur père et du chien qui aboie, le museau levé vers le ciel, qu'il semble accuser de leurs malheurs.

Les rues se suivent, étroites, bordées de murs qui dégagent une odeur de puanteur. L'eau des fontaines apporte la seule note gaie. Des hommes de tous âges y font la queue pour boire. Les Turcs en tête, suivis des Maures, des chrétiens, puis des juifs en dernier. La timbale accrochée à la fontaine passe de main en main.

Mansour, qui rêvait de connaître Alger, avait parlé à Elise d'une ville ouverte sur la mer, protégée par quatre forts, riche de cinq portes. Les exécutions ont lieu à la porte de Babazon où on pend les malfaiteurs. Les voleurs de grands chemins sont jetés contre des crocs en métal qui les éventrent. La porte de Bab-el-Oued s'ouvre sur le cimetière juif, pauvre et envahi par les ronces. Les Turcs en ont fait un lieu de supplices. A la porte marine s'activent nuit et jour les esclaves maures et chrétiens qui luttent douze mois sur douze contre la mer qui emporte la digue. Enfoncés jusqu'à la ceinture dans l'eau salée, ils remplacent les pierres emportées par les vagues.

Seuls les notables et les Turcs sont bien logés à Alger, lui avait-il dit. Le dey a fait construire de vastes casernes à leur intention. Ils habitent des chambres spacieuses et sont servis par des esclaves. Il faut être célibataire pour y être admis.

— Omrane et moi avons fait une demande. Nous attendons la réponse, avait-il ajouté, le regard rêveur.

— Mais vous n'êtes pas turcs, lui avait-elle fait remarquer.

— Le dey fera une dispense si mon père paie.

Sa dernière phrase, dite sur son lit de maladie, avant que Omrane ne vienne l'enlever pour lui « faire faire le tour du désert ».

La jeune fille regarde Alger, avec ses yeux et ceux de Mansour en même temps, comme si elle devait lui raconter la ville. Elle marche au hasard, suivie des enfants, de la chèvre et du chien qui a fini par les rejoindre en boitillant. Leur petit groupe est seul dans la rue à cette heure matinale. Les boutiquiers commencent à sortir leurs marchandises et à les étaler sur les éventaires. Les muezzins, au-dessus de leur tête, appellent pour la première prière, celle qu'on balbutie les yeux fermés, dans un état proche du sommeil. Arrivés dans le quartier des palais, ils frappent à une porte, puis à une autre, mais personne ne répond à leurs coups. Ils s'arrêtent médusés devant le palais du dey. L'étonnement agrandit leurs yeux. La garde les refoule. Ils gênent le passage et risquent d'être écrasés par les cavaliers qui entrent ou sortent par le grand portail. Des voix furieuses les chassent. Un fouet cingle l'air. Au même moment, une fenêtre s'ouvre dans la bâtisse d'en face. Une voix de femme demande la raison de tout ce bruit.

— Que veulent ces enfants ?

— Du travail, répond la fillette. Mon frère est acrobate. La chèvre saute à la corde, et notre sœur sait danser.

Un rire répond derrière les volets. La voix chantante donne au portier l'ordre de les laisser entrer.

— Ils distrairont mes invités de ce soir. Tu leur donneras de la nourriture et des vêtements propres.

Elise est sûre d'être morte et de se trouver au paradis, sinon comment expliquer la présence de Benjamin devant elle ? Un Benjamin mort au cours du naufrage. Mais un Benjamin déguisé en femme.

— Vous étiez Benjamin, bégaie-t-elle confuse.

— Et toi tu es Elise, lui répond la maîtresse des lieux.

La petite Elise achetée trois livres-or par un émir qui la destinait à son fils.

— Comment l'avez-vous appris ? Vous étiez mort...

— ... Mais pas enterrée. Mère Jeanne et Mouloud m'ont retrouvée sur la plage, soignée, rendue à la vie et tout raconté.

— Tu es donc vivant ! Elise, perplexe, passe du vouvoiement au tutoiement.

— Et toi, tu n'es plus mariée, réplique son hôtesse.

Son rire ruisselle jusqu'au sol, en marbre de Carrare. Laouza sait rire. Sa bouche rouge s'ouvre sur des dents étincelantes de blancheur, deux haies d'ivoire.

Elle revient à la charge, avide d'en savoir plus :

— Ton mari t'a répudiée.

— Il est mort. Les siens l'ont assassiné.

— Veuve à douze ans ? siffle Laouza, admirative.

— Treize, la reprend Elise.

— Parfait ! Nous allons prouver que le chiffre treize ne porte pas nécessairement malheur. Je te garde avec moi. Cette maison est la tienne, avec tes amis, bien sûr.

— Ils sont plus que mes amis.

— Tu ne vas pas me faire croire qu'ils sont tes enfants ? Impossible d'en faire trois en moins d'un an.

L'ironie s'efface d'un coup et laisse la place à l'émotion.

— Je me doutais que tu avais eu des malheurs. Je l'ai su le jour où un caravanier m'a proposé un tapis tissé dans un village proche du désert. Ton nom figurait sur la bordure. La belle-fille de l'émir a dû avoir bien des malheurs pour devenir une simple tisserande. Mes hommes t'ont cherchée partout. Voilà que le destin te conduit vers moi.

Elle l'entraîne vers le salon où se pressent ses invités : des Français, des Espagnols, des Maltais et des notables d'Alger.

— Ils aiment se retrouver chez moi. Ma maison est accueillante. Ils n'ignorent pas que le dey m'écoute. Le grand blond que tu vois de dos est le chargé d'affaires français. Le géant barbu en face de lui est le chef d'une secte puissante, les Kadria. Mehieddine n'aime pas la France. Il n'aime pas les Turcs non plus. Il veut son pays libre de toute tutelle. Dubois-Thainville fait de grands efforts pour le séduire.

Laouza et Elise n'ont pas besoin de s'approcher des deux hommes pour capter leur conversation. Mehieddine parle suffisamment haut pour être entendu par tous les présents, même par l'ambassadeur d'Amérique, William Shaler, accoudé à une fenêtre et qui tend une oreille attentive.

— Vos préjugés sont terribles envers tout ce qui est mahométan. Vous ne faites pas de différence entre les habitants de ce pays et les bêtes. Le mépris et l'horreur que nous vous inspirons sont dus à ces moines qui débitent mille fables sur les Kabyles auxquels ils rachètent des esclaves. Des menteurs ! Ils parlent des chaînes que ceux-ci n'ont jamais portées, et des mauvais traitements. Il est temps d'ôter vos œillères et de nous regarder tels que nous sommes : des hommes comme vous, même si nous nous habillons autrement que vous, et parlons une langue différente de la vôtre. Vous nous imaginez sans raison, ni sens commun, des individus entre les brutes et les animaux. Il n'y a pas longtemps, un Français m'a demandé si les habitants de la Kabylie avaient entendu parler de Dieu.

— Les actes de piraterie de votre flotte donnent une si mauvaise réputation de votre peuple. Vous avez intérêt à maîtriser la situation, réplique Dubois-Thainville.

— Ce que vous appelez flotte ne sont que de vieilles embarcations comparées à vos bateaux qui ne cessent de croître et de renforcer leur armement. Le déclin de la Régence et du dey entraîne celui du commerce. Les désespérés tentent leur chance contre les navires français, anglais, hollandais.

— ... Et terrorisent l'Occident qui doit se défendre

contre le pouvoir turc, les corsaires, et les maîtres des esclaves.

Une rougeur violente a envahi le visage du chargé d'affaires français. Il a du mal à contenir sa colère. La maîtresse des lieux croit calmer la situation en poussant Elise vers lui.

— Voici Elise, la protégée de Mère Jeanne. Vous la cherchez depuis des mois.

— Une esclave libérée, je présume, ironise Mehieddine en s'éloignant.

Dubois-Thainville cache mal son émotion.

— Où diable étiez-vous ?

Se tournant vers Laouza :

— Où l'avez-vous trouvée ?

— Devant ma porte.

— Vous embarquez dès demain. J'ai promis à Talleyrand de rendre à la France toutes les rescapées du *Banel*.

— Oui ! si Mère Jeanne y est déjà.

— Mère Jeanne est à Ténès. La peste ravage ce village. Elle y soigne les malades. L'épidémie a commencé à bord du navire français venu vous délivrer, avant de s'étendre à toutes les maisons.

— J'irai donc à Ténès.

Le ton d'Elise n'admet pas la contradiction.

— Vous y laisserez votre peau.

— Mais je serai utile entre-temps.

Elle se tourne vers Laouza, suppliante.

— Peux-tu garder les enfants ? Leur père a été tué sous leurs yeux. Leur mère les a abandonnés.

— Je les prends avec le chien et la chèvre. Ils me porteront chance.

Elle ponctue sa phrase par son fameux rire, qui fait découvrir les deux haies d'ivoire de ses dents. Rire qui la suit de convive en convive.

Le dernier invité parti, Elise pose à Laouza la question qui lui brûle la langue :

— Qui a payé le palais, les servantes, les meubles ? Qui t'a fait connaître ces notables, ces ambassadeurs ?

— Saint Antoine est la réponse. Je l'ai prié tous les soirs, dans n'importe quel endroit ou quel lit, sur n'importe quelle couche, sous les ronflements du cheikh qui m'a épousée, sous ceux du dey qui doit guetter mon arrivée. La lanterne qui clignote derrière la fenêtre d'en face dit que le chemin est libre.

Un nuage noir traverse son beau visage. Elle est brusquement grave :

— J'ai pitié de cet homme que tout le monde admire et craint. Il est riche sans être le maître de ses trésors, père sans enfants, époux sans femmes, despote sans liberté, roi d'esclaves alors qu'il est l'esclave de la Sublime Porte. La tutelle ottomane l'écrase, le dernier janissaire nommé par le sultan le terrorise. Tant de deys ont été égorgés de leurs mains. Ils ne sortent pratiquement jamais de leur palais. Six deys furent massacrés dans la même journée par ceux qui convoitaient ce poste. Leurs mausolées forment un cercle près de la porte de Bab-el-Oued. Rares étaient les deys non dépravés. Ibrahim Pacha aimait tellement les femmes qu'il se faisait informer par son confident des maisons où les maris étaient en mer, il s'y rendait, suivi de sa garde, distribuait des bakchichs aux esclaves et menaçait de mort ceux qui le dénonceraient. Un autre dey, un Egyptien brutal et cruel qui gardait les bœufs dans sa jeunesse, n'avait de faiblesses que pour les garçons, qu'il comblait de cadeaux. Il serait encore en vie s'il était resté chez lui. Il a voulu visiter les châteaux de la marine. Personne n'a pu l'en dissuader. Il fut tué lors d'une embuscade. Son khaznadar courut au palais et se proclama dey dans l'heure qui suivit. On l'assit sur le trône, et on le revêtit du caftan sanglant de son prédécesseur, la coutume le veut. Un seul dey est mort dans son lit, chose rarissime. Il fut proclamé saint.

Elise écoute avec un mélange de terreur et de dégoût. Pourquoi Laouza se complaît-elle à lui raconter toutes ces horreurs ? Le sommeil alourdit sa tête, mais son amie est intarissable.

— L'armée compte douze mille hommes. Rien que

des Turcs, qui sont automatiquement remplacés par d'autres Turcs quand leur nombre diminue. On leur donne du « effendi » ou seigneur, du « sidi » ou monsieur. Ils sont exemptés d'impôts et ne peuvent être ni décapités, ni châtiés en public. On les étrangle secrètement dans leur cachot lorsqu'ils sont condamnés pour haute trahison. Leur cadavre n'est jamais exhibé.

Elise réprime difficilement le frisson qui la secoue.

— Pour tout l'or du monde je ne voudrais être un dey, dit-elle en bâillant. Que fait-il à part tuer ou être tué ?

— Il gouverne, assis sur un siège en marbre dans une grande salle du rez-de-chaussée. Les plaignants défilent. Il les écoute, puis consulte ses secrétaires, ses chaouchs, ses hodjas assis à sa droite et qui vérifient dans des dossiers la justesse de ce que le dey ordonne. Il décide de toutes choses, sauf des affaires religieuses, réservées au Cadi. Il regagne sa chambre, dès que tombe la nuit, soupe et se couche de bonne heure, sauf quand je viens le rejoindre. Il n'a confiance en personne, surtout pas en ceux qui l'entourent. Ils tiennent tous les commerces, tous les bateaux, leurs destinations, leurs prises, la répartition du butin. Ils sont les maîtres des pirates. L'économie du pays est entre leurs mains. Ils peuvent le détrôner en une seule nuit. Ils peuvent me tuer aussi. Je tremble chaque fois que je traverse le long couloir qui mène à ses appartements. Derrière chaque porte se cache un assassin. J'entends le bruit de mes pas partout. Sur les murs, sur les plafonds en stuc doré. J'arrive haletante dans ses bras. Nous sommes unis par la même peur. Nous avons les mêmes ennemis. Ils lui reprochent de mal servir le sultan, et me reprochent de bien servir la France. Personne n'ignore que je suis entretenue par le chargé d'affaires français. Dubois-Thainville est mon employeur. Je dois obéir à tous ses ordres, sinon il m'écraserait comme une mouche.

— Pourquoi ne pas retourner en France avec nous autres ? demande Elise hors d'elle.

— Il n'en est pas question. Je suis reine à Alger. Je redeviendrais blanchisseuse en France. Toulon pour moi, c'est un tas de linge sale à laver et à repasser, des quais gluants de pluie. Le dey est fou de moi. Il m'appelle l'herbe de son cœur, la lanterne de ses yeux. Connais-tu un seul Français qui sache parler si joliment ?

Non ! Elise n'en connaît pas. Elle a vu très peu d'hommes, cloîtrée comme elle l'était dans son couvent. Elle tombe de fatigue. Mais Laouza n'a pas l'intention de dormir. Les bâillements d'Elise ne la découragent pas. Elle a tant de choses à lui raconter.

— Tu ne me demandes pas comment j'ai connu le dey ?

Elle n'attend pas la réponse, enchaîne sur le même ton.

— Dubois-Thainville m'a introduite au palais. Il obéissait aux ordres de Talleyrand qui à son tour obéissait à ceux de Bonaparte. Je sers les intérêts de la France en distrayant le représentant de la Sublime Porte à Alger. Je lui raconte des histoires aussi longues que la chaîne des montagnes de l'Ouarsenis, aussi mystérieuses que les souterrains de son palais, plus incroyables que la neige dans la forge du *haddad* [1]. J'ai pour mission de l'étonner.

Laouza invente à longueur de nuit. L'eau qui fait tourner le moulin de sa parole ne tarit jamais. Pas plus tard qu'hier, elle a parlé au dey d'un pays si lointain que ses habitants ont oublié son nom, si froid que les arbres l'ont fui.

Un pays éclairé par deux lunes. Pas de jour, mais deux nuits en vingt-quatre heures. Tout y est double. Les points cardinaux sont au nombre de huit et l'homme marche à côté de son ombre gelée par le froid.

— Et le soleil, s'énerva le dey. Que fait-il pendant ce temps ?

— Il est ailleurs. En Afrique. Les nègres se le sont

1. *Haddad :* forgeron.

appropriés. Il leur appartient depuis que le monde est monde. C'est du moins ce qu'ils prétendent.

— Des fils de chiens ! Je m'en plaindrai auprès du sultan.

— Inutile, le rassura-t-elle. Viendra un jour où l'Afrique sera du mauvais côté. Elle ne recevra plus le soleil, étant donné que la terre tourne.

De la géographie, Laouza passa à la littérature, puis à la poésie. Le poème arabe qu'elle lui récita le laissa perplexe. Etait-ce vraiment de l'arabe ? Le ton y était, mais pas le sens. Mais quelle importance ? La voix qui le dit était si suave et si suave la langue qui roulait les mots.

« *Al Khaylou wal laylou wal baïdaou ta'rifouni...* »

Etait-ce vraiment un poème d'amour ?

Laouza jura sur ce qu'elle avait de plus cher au monde : sa mère restée à Toulon.

— A moins que Son Altesse n'en préfère un autre, un poème français, cette fois.

> « *Maître corbeau sur un arbre perché*
> *tenait dans son bec un fromage*
> *Maître renard par l'odeur alléché*
> *lui tint à peu près ce langage* »

Laouza qui a interrompu ses études à l'âge de huit ans, quand sa mère la jugea assez grande pour repasser les mouchoirs et les caleçons de sa clientèle, ne put aller au-delà de la première strophe. « *Par l'odeur alléché* » est certainement doté d'un pouvoir érotique pour que le dey se jette avec tant de fougue sur la conteuse. Il fouilla sous les jupes, écarta ce qui pouvait l'être, déchira ce qui lui résistait, huma l'odeur alléchante qui se dégageait des plis et des replis, pourfendit la chair rose, s'y emboîta. Le dey d'Alger, prisonnier d'une bague de chair qui le serrait, le relâchait, pour mieux le resserrer, pompant le plaisir, le distillant dans ses veines, le renvoyant vers son cerveau, soudain pris de secousses. Son hurlement alerta la garde qui se précipita, prête à attaquer. Le factotum les renvoya à leur poste. Il n'y a pas lieu de s'inquiéter. Son Altesse mesure la longueur de sa voix, éprouve sa force, sonde sa profondeur. Que chacun s'occupe de ses oignons, et au diable si on ne peut plus baiser en paix.

« Par Allah le grand, le miséricordieux, nota-t-il sur son registre, une fois le vacarme tu. En ce jour de chaaban, le huitième du mois, la dénommée Laouza, admise dans la couche du dey, lui a donné cinq fois satisfaction. Que le Prophète l'inonde de ses bienfaits. »

Non ! Laouza n'a aucune raison de rentrer en France. Faire jouir le représentant de la Sublime Porte est bien plus important que de repasser le linge des Toulonnais. Elle n'ira pas à Ténès, non plus. Le sens du sacrifice n'est pas sa qualité première. Elise s'y rendra toute seule. Libre à elle de soigner les pestiférés, et d'en mourir. Laouza n'a rien à faire dans ce maudit coin où elle n'a connu que des mésaventures. La jeune fille pourra disposer de son attelage et de son saïs. Elle la charge de ses salutations à Mère Jeanne, à Mouloud, à la marquise, même à Mokrane.

— Dis-lui que je lui pardonne tout le mal que je lui ai fait et il comprendra.

Le regard au loin, elle ajoute d'une voix tremblante :

— Je voudrais que Mehdi m'aime à travers toi.

Demain à l'aube, Elise quittera Alger où elle n'a fait que passer. La ville ne lui inspire que méfiance. Laouza lui a décrit ses habitants d'une manière si peu séduisante.

— Ils sont avares et craignent de passer pour riches, à cause de l'Etat qui a des besoins pressants d'argent. Il le prend là où il en trouve. Certains n'hésitent pas à enterrer leur bien dans leur jardin. On a vu des receveurs d'impôts fouiller la terre, remuer le sol des maisons à la recherche du pécule. Leurs femmes forniquent à l'abri de leurs murs avec les esclaves considérés comme des animaux domestiques. Toute leur conversation, lorsqu'elles sont ensemble, roule sur les plaisirs. Devenues vieilles, elles sont considérées inutiles pour l'homme qui se met à les mépriser. La famille les renvoie dans le coin d'une cour ou d'une cabane. Les enfants n'interviennent pas. Ils ont beaucoup de respect pour leurs pères, mais n'en ont aucun pour leurs mères, des femmes issues de nations étrangères. Souvent d'anciennes esclaves achetées par l'époux.

34

Hélène a commencé par recueillir un enfant. D'autres ont suivi. Ils viennent d'eux-mêmes chez la *Frangi* qui ouvre sa porte à tous les orphelins. Ils arrivent, une bûche à la main, prix de son hospitalité, puis s'arrangent pour être utiles, de crainte d'être renvoyés. Les grands s'occupent des petits. Les petits font jouer le bébé d'Hélène. La maison sur la falaise est devenue le symbole de la résistance à la maladie. Hélène, après Yemma B'net, a supplié qu'on leur envoie un médecin, mais a buté contre les coutumes millénaires qui prônent la guérison de la main de Dieu seulement. D'ailleurs il n'y a aucun médecin à Alger, ni dans aucun autre endroit du royaume. Les mahométans croient provoquer Allah en prenant des remèdes. Ils disent leurs jours comptés, marqués de toute éternité. Seuls les baumes extérieurs sont tolérés par la religion.

Hélène a sa propre stratégie pour lutter contre l'épidémie qui continue à tuer dans le village. Interdiction de manger les fruits des arbres, de boire l'eau du puits. Elle nourrit ses pensionnaires avec des céréales bouillies que le thaleb lui apporte. Mehdi joint ses efforts aux siens en apportant ce que recèlent les réserves de Mokrane.

La grande pièce est transformée en classe, les jours de pluie. Hélène apprend aux enfants les mots essentiels de la langue française. Leur joie est grande quand ils découvrent que le même mot existe dans les deux langues :

Tawla : table.

Succar : sucre.

Riz : al rouz.

Pourquoi ne désignerait-on pas le chien par le même nom en arabe et en français ? demandent les enfants. Ainsi est né le mot cleb.

Les journées d'Hélène sont si remplies qu'il lui arrive d'oublier le navire français ancré dans la rade. Elle embarquera quand l'épidémie prendra fin, quand chaque enfant retrouvera un foyer. Elle a des nouvelles de Mère Jeanne par Mehdi et le thaleb. La religieuse refuse de quitter ses malades. Mouloud et Chahida s'activent à ses côtés. La jeune Berbère qui a failli être lapidée la nuit de ses noces épousera un jeune marin marseillais. Elle l'a soigné et sauvé de la mort. Le commandant a donné son consentement. Chahida deviendra Mme Roy et habitera Brest avec son blondinet de mari.

Le thaleb est resté plus que de coutume, hier, auprès d'Hélène. Il a traduit à son intention une sourate du Coran et l'a comparée à un texte de l'Evangile. Pas une seule fois il n'a évoqué son éventuel départ. Il n'en a parlé qu'au tout dernier moment, devant la porte ouverte.

— Le bateau lève l'ancre dans dix jours. Le commandant m'a chargé de vous l'annoncer. Il vous demande d'être prête.

Hélène accueillit la nouvelle avec calme. Son beau visage fatigué ne refléta aucun sentiment.

— Dans dix jours, répéta-t-il d'une voix désespérée. C'est si terrible de ne plus vous revoir.

Il se mordit violemment la lèvre.

— Je parle au nom des enfants, fit-il en s'enfuyant.

Hélène attendit qu'il fût loin pour lui crier qu'elle n'avait encore rien décidé.

— Je ne sais pas si je saurai vivre ailleurs. J'aime cette maison. Mon mari dort au pied de cette falaise.

Hélène a eu toute la nuit pour réfléchir. La décision est venue avec le matin. Pas question de quitter. Elle s'est habituée à vivre face au large, avec l'horizon pour tout obstacle. Les maisons cernées par des murailles, prisonnières des villes, ne sont plus pour elle. Elle y étoufferait. Hélène en France deviendrait une veuve parmi d'autres veuves, vouée à un deuil éternel. Ici, elle est l'éducatrice, la mouallima, celle qui apporte le savoir et la connaissance. Le thaleb, un passeur entre les langues, la secondera de son mieux. Mehdi continuera à veiller sur son confort. Il a promis d'agrandir la salle de classe, et d'ajouter un bâtiment annexe qui fera office de dortoir. Son suicide manqué l'a transformé, l'amoureux trahi est devenu un homme responsable. D'ailleurs, il succédera à son père à la tête de la tribu, tous les Bani Haoua le souhaitent.

Mokrane, qui s'est retiré de la vie active, n'a qu'un seul regret : celui de n'avoir pas gardé Elise pour son fils, et vendu Laouza à l'émir du ksar. Par ce geste, il se serait épargné bien des malheurs.

35

Elise laisse derrière elle deux enfants endormis et un palais qui se réveille de sa torpeur. Des dizaines d'esclaves s'activent du rez-de-chaussée jusqu'au pigeonnier. Les cahots de la berline prêtée par Laouza ne l'empêchent pas de se poser des questions. Est-il possible que la France soit derrière toutes les richesses de l'ancien mousse ? Et faut-il chercher la cause de sa célébrité dans ses réceptions fréquentées par des ambassadeurs, des notables et des chefs de tribu. Dubois-Thainville semblait si soulagé de mettre la main sur une des rescapées du naufrage. Il va pouvoir la rapatrier en même temps que ses deux camarades restées à Ténès.

— Avez-vous des nouvelles de Mère Jeanne-de-l'Enfant-Jésus ? lui demanda-t-elle d'une voix craintive.

Il fit une réponse brève. Son attention allait à un petit homme brun avec lequel il discutait à mi-voix.

— C'est l'architecte Boutin, lui souffla Laouza. Il arpente l'Algérie dans tous les sens depuis un an : du Sahel jusqu'au Rif, du Sahara jusqu'à la mer. L'empereur l'a chargé de faire un relevé cartographique du pays.

— Quel empereur ? s'enquit Elise.

— Napoléon.

— Parce qu'il est devenu empereur ?

— Depuis des mois.

Laouza éclata de rire, oubliant que la jeune fille, recluse dans une oasis, ne pouvait être au courant de cet événement.

— Il s'est fait sacrer à Notre-Dame par le pape venu de Rome malgré lui. Une belle cérémonie pendant que l'Europe saignait. On raconte tant de choses sur lui. Ses espions sillonnent les pays qu'il convoite et établissent le dialogue avec les ennemis du régime en place. M. de Nurciat en Perse, Lascarus chez les bédouins du désert qu'il essaie de soulever contre le dey. Boutin a échoué à Alger. Il étudie les mœurs du peuple algérien pour mieux sonder les faiblesses de ceux qui le gouvernent. Il fait semblant de s'intéresser aux ressources naturelles du pays, à sa végétation, à son eau potable alors que tout son intérêt va aux hommes clés du régime. Il souhaitait rencontrer le chef des Kadria en terrain neutre, donc chez moi.

Elise revoit Mehieddine s'inclinant devant les convives de Laouza, dédaignant les mains qui se tendaient vers lui. Sa moustache noire, touffue, dissimulait le sourire, méprisant.

— Est-ce un ami du dey ? avait-elle demandé à la maîtresse des lieux.

— Son pire ennemi. Ils ont pourtant une passion commune : les chevaux, et une haine commune : celle du sultan d'Istanbul. Le dey courbe l'échine devant l'Ottoman, pour mieux dissimuler la terreur qu'il lui inspire. Mehieddine ne s'incline que devant Dieu.

Elle devait s'en vouloir d'avoir trop parlé pour quitter aussi brutalement Elise. La traîne de sa robe verte ondoyait derrière elle tel un serpent. Le même vert que l'émeraude géante qui ceignait son auriculaire droit, même vert que ses yeux.

Elise parcourut du regard le reste des invités. Un diplomate espagnol entretenait l'Américain William Shaller de la condition des juifs vivant dans l'Etat d'Alger.

— C'est l'usage de ne jamais recevoir de juif chez soi. Seuls les Livournais, considérés comme des marchands étrangers, sont agréés. Un banquier juif soupçonné de banqueroute frauduleuse est immolé par le feu. Il aurait été pendu s'il était chrétien ou mahométan. Les juifs sont obligés de s'habiller de noir, couleur méprisée par les Turcs. La robe arrive à mi-jambes, le turban, noir aussi, entoure un bonnet de feutre. Toutefois, un juif peut être considéré comme chrétien s'il mange publiquement du cochon. Les juifs maures n'ont pas le droit de sortir de leur quartier. Les Ottomans l'exigent. Ils sont souverains ici. Le dey est leur vassal. Ils détiennent tous les postes importants, et se disent nobles même quand ils viennent du peuple. Ils sont craints et détestés. Leurs mœurs ont déteint sur les gens du pays. Les Algériens riches les imitent. Non seulement ils épousent plusieurs femmes, mais prennent aussi un gholam sous leur toit.

La dernière phrase fit saigner la mémoire d'Elise, non encore guérie du meurtre de Mansour et de Omrane.

— Est-ce vrai que les hommes prennent des gholams sous leur toit ? demanda-t-elle plus tard à Laouza.

— La sodomie est d'usage dans les grandes maisons et dans le palais. Les épouses et les concubines ont causé la perte de bon nombre de deys et de ministres. Ils les ont remplacées par de jeunes esclaves, qu'ils comblent de cadeaux. Le gholam du dey porte des chemises de gaze avec des pierres précieuses en guise de boutons, sa ceinture en soie fait plusieurs fois le tour de ses hanches. Ses pantoufles sont en maroquin jaune. Il pénètre chaussé dans le *diwan*, alors que je suis obligée de laisser mes escarpins sur le seuil.

— Mais où est ta place dans tout ça ? ne put s'empêcher de demander Laouza.

— Ailleurs ! fut la réponse. Je partirai. Dubois-Thainville me confiera d'autres missions. Il me voit un destin plus glorieux que celui de favorite d'un obscur dey, voué à une mort violente. Je finirai sultane à Istanbul.

Le paysage, rouge, ocre, sanglant, défile sous le regard d'Elise pendant qu'elle reconstitue sa conversation nocturne avec Laouza. Hier, à la réception, elle a vu le sang gicler de la gorge du chef des Kadria, et faillit crier. Dieu merci, ce n'était que le reflet des flammes du *kanoun* [1] placé au milieu du salon. Une diseuse de bonne aventure payée pour distraire les convives s'était dirigée droit sur lui et s'était emparée de sa main :

— Vous serez tué chez vous, entre vos murs. Votre fils vous remplacera auprès de vos hommes. Il se battra comme un lion pour libérer le pays, mais sera vaincu. Il mourra en exil. Tu lui donneras le nom d'Abd el-Kader, ou esclave du puissant.

Se tournant vers Elise, elle lui annonça qu'elle épouserait le fils de l'homme qui l'a vendue. Au capitaine Boutin, qui essayait de la fuir, elle prédit la fin atroce de son maître.

— Il mourra sur une petite île, empoisonné par un de ses proches.

Infatigable, insatiable, elle allait d'un invité à l'autre. Le regard halluciné.

Dubois-Thainville fendit la foule des invités et l'aborda sans préambules :

— Ne vois-tu pas cinq Françaises quitter l'Algérie

1. *Kanoun :* le poêle.

pour la France ? Ces femmes sont les otages des Bani Haoua, des sauvages.

— Elles ne sont les otages de personne, répliqua la bédouine. Je les vois vivre et mourir sur ce sol, puis enterrées côte à côte dans un bâtiment blanc qui surplombe un rivage. Leur aînée deviendra une sorte de sainte, vénérée par ses semblables, plus grande que Lalla Khadija, plus importante que Lalla Aïcha. Les femmes stériles enfanteront après une seule visite à sa zaouia, les répudiées retrouveront foyer et amour.

— Assez, femme ! avait protesté le chargé d'affaires.

Puis s'adressant à Laouza, il lui demanda de la jeter dehors.

— Il ne suffit pas de me chasser pour faire taire la prédiction et arrêter le destin. Les cinq *Frangis*[1] feront partie de ce peuple que tu méprises. Personne ne les y forcera. Tu dois respecter leur choix.

— Pas la marquise, protesta Dubois-Thainville. Je la vois mal partager la vie des assassins de son mari.

Se tournant vers les convives de Laouza :

— Le sort du commandant de Courtavray est chose certaine maintenant. Nous avions l'espoir de le retrouver vivant tant que nous n'avions pas récupéré tous les Français tombés aux mains des montagnards. Le marquis n'était pas du nombre.

Le cœur d'Elise s'emballe à mesure qu'approche la fin du voyage. Le cocher ne lui adresse la parole que pour lui annoncer les haltes. Elle descend du véhicule et s'assoit à l'ombre d'un arbre pendant qu'il donne à boire et à manger à ses chevaux.

A Sidi Frej, sous les collines protégées par le massif du Chenoua, des enfants lui proposent des poteries et des pièces de monnaie romaines. Elle les déçoit en leur montrant ses poches vides. A Teffassed, ou l'abîmée, à cause de sa muraille détruite par les barbares, elle découvre une basilique avec son cimetière riche

1. *Frangis :* Françaises.

de plusieurs sarcophages. Les inscriptions dans la pierre disent qu'elle a été construite au VIe siècle. Un mausolée édifié en pleine ville attire son regard. Elle en fait plusieurs fois le tour. Quel mort illustre gît sous ces pierres ?

— Le tombeau de la *roumia* [1], lui explique le saïs.

Qui est cette chrétienne qui dort sous ce riche monument ? Soixante colonnes en marbre veillent sur sa dépouille. Des croix géantes gravées sur des portes scellées témoignent de sa religion.

Elise pose mille questions à la fois. Le conducteur lui apprend que la Roumia fut follement aimée par un notable musulman, puis longtemps pleurée après sa mort. Un trésor est caché sous un des piliers. C'est du moins ce que dit la légende. Les fouilles entreprises par un gouverneur, le terrible Othman Pacha, n'aboutirent à rien. Il fit démolir le *Kobr* [2] à coups de canon, sans rien trouver non plus. Son successeur l'a fait reconstruire.

Teffassed disparaît à un tournant de la route. Mais la chrétienne qui y est enterrée continue à obséder Elise. Lorsque apparaît Ténès. Ses lèvres balbutient une prière :

— Mon Dieu ! faites que Mère Jeanne soit encore en vie.

Le village lui paraît plus petit que dans ses souvenirs. Les maisons sont plus basses. Elles sont comme prostrées. Seuls les palmiers de la place et le minaret gardent leur air altier. Les cadavres jetés dans une fosse en bordure de la route empestent l'air. Personne sur la place ou sur le parvis de la mosquée. Elise demande au cocher d'aller droit vers la maison de Mokrane, la seule qu'elle connaisse. La porte fermée, les volets clos parlent d'abandon. Partout les mêmes portes marquées à la chaux vive. Des pyramides d'immondices sont entassées dans les angles. Les chiens, squelettiques, règnent en maîtres des lieux.

1. *Roumia :* chrétienne.
2. *Kobr :* tombe.

Elise se demande si elle ne s'est pas trompée de village. Elle est sur le point de rebrousser chemin quand un vieillard surgit devant la carriole. Il fait de grands gestes. Son doigt montre la zaouia sur la colline. Les habitants de Ténès ont laissé leur village aux morts. Dans chaque maison attend un cadavre.

— Des lâches. Ils se cachent derrière leur saint.

— Et la religieuse française ?

— Chez Mouloud, depuis hier. C'est là-haut, derrière le caroubier. La pauvre femme a quitté le navire à moitié morte. Elle a redonné vie aux Frangis et ils l'ont remerciée à leur façon. Ils lui ont refilé leur mal. Elle était incapable de marcher. Mouloud l'a portée sur son dos. On aurait dit une fourmi qui transporte une montagne. A ta place j'attendrais quelques jours avant d'aller la voir. Laisse-lui le temps de nouer son mal, de casser les pattes d'Ibliss. Va plutôt chez la marquise. C'est la maison blanche sur la falaise. La peste n'a pas osé traverser son seuil. Cette femme est protégée par sa fierté. Tous les orphelins de Ténès ont trouvé refuge chez elle. Elle leur a appris à parler le français et ils lui ont appris à être moins orgueilleuse.

Le claquement du fouet écarte le vieillard et fait fuir les corbeaux alignés sur les toits. L'ombre de leurs ailes précède la carriole sur le sentier. Le navire apparaît entre deux dunes. Elise réprime un frisson à la vue du bateau venu la délivrer avec ses camarades. Sa coque a la forme d'un cercueil. Le fanion noir flotte toujours au vent. Personne n'a eu la force de le retirer. La peste, enfin vaincue, a laissé la place à une grande fatigue. Pas le moindre visage n'apparaît aux hublots. Aucun marin ne s'aventure sur le pont. Alerté par le bruit des roues, puis par la voix du pêcheur, Mouloud se précipite devant le véhicule. La joie illumine ses yeux. Pour la première fois depuis longtemps, des étrangers osent s'aventurer à Ténès. Il appelle la passagère par son prénom. Il a reconnu la fillette aperçue brièvement, il y a un an, dans la maison de Mokrane. Il n'ignore pas la place qu'elle occupe dans le cœur de

Yemma B'net et encourage le cocher à escalader le raidillon.

Elise est étonnée de s'entendre appeler par son nom. Le vieillard qui gesticule devant la carriole doit la connaître pour lui demander si elle était heureuse chez l'émir du ksar.

— Tu viens rendre visite à Yemma B'net ?

Elle a déjà entendu ce mot. C'était après le naufrage. La foule avait désigné ainsi la religieuse.

— Conduisez-moi auprès d'elle, le supplie-t-elle.

— Elle risque de ne pas te reconnaître. La fièvre l'aveugle.

— Moi je la reconnaîtrai. Je la soignerai, et saurai la guérir.

Son ton n'admet pas de réplique. Elle met pied à terre, et demande à Mouloud de lui montrer le chemin.

— Tu peux rentrer à Alger, lance-t-elle au cocher.

— Pas avant d'avoir terminé ma besogne, ricane l'homme. Je dois m'assurer que le navire français a bien apporté les marchandises commandées par ma maîtresse. Toute une caravane est prévue pour son transport jusqu'à Alger. Trente-six chameaux, autant de mulets et d'hommes. Sitti Laouza exige que le travail soit fait de nuit.

Brusquement, il affiche un air inquiet.

— Combien de survivants reste-t-il à bord ?

— Une vingtaine, répond Mouloud.

— Donc quarante bras, calcule-t-il à haute voix. C'est insuffisant pour décharger quatre cents caisses.

Le découragement fait ployer ses épaules.

— Mais qu'y a-t-il de si lourd dans ces caisses ? ose le naïf Mouloud, prêt à donner un coup de main.

— Des robes, ironise le cocher. La favorite du dey ne s'habille qu'à Paris. C'est du moins ce qu'on dit.

Son rire est gras, aussi gras que la main qui brandit de nouveau le fouet, pour le seul plaisir de faire sursauter le vent.

36

Mère Jeanne diagnostiqua elle-même son mal. Elle venait de préparer le dîner des marins. Vingt gamelles remplies d'un potage fumant allaient être réparties parmi les vingt convalescents. La douleur l'avait saisie aux bras, aux jambes, dans la nuque. Un marteau cognait dans sa tête. La soif desséchait sa bouche. Elle but plusieurs verres d'eau sans parvenir à l'étancher. Elle se mentit pour lutter contre le découragement. La marée et non la fièvre faisait vaciller le sol sous ses pieds, l'obscurité brouillait sa vue, le bruit des vagues houlait dans ses oreilles. Elle essaya de maîtriser ses gestes avant d'affronter ses protégés, car ils la regardaient. Ceux qui venaient d'échapper à la peste ne la quittaient pas des yeux. Non ! ils ne la verront pas dans cet état. Sa maladie les culpabiliserait. Ils ne sont pas assez forts pour lutter contre ce sentiment. Elle les servit en prenant mille précautions, posant son coude sur la table pour ne pas trembler, s'adossant au mur pour ne pas tomber. Elle ramassa les gamelles vides sans leur souhaiter bonne nuit. Elle avait hâte de regagner le pont pour pouvoir vomir et respirer. Chahida fut la première à remarquer son teint cireux. Son cri de terreur se mua en hurlement qui alerta Mouloud. Il aurait pu l'étrangler pour la faire taire.

— Personne ne doit savoir, lui répétait-il dans l'oreille. Tu t'occuperas d'eux. Yemma B'net sera mieux soignée chez moi. Je te promets de la sortir d'affaire. Les saints ne meurent pas. Cette femme est une sainte.

Ses yeux scellés par la fièvre ne l'empêchent pas de voir Elise. Mère Jeanne est sûre d'être au seuil de la mort. La fillette est revenue pour la voir une dernière fois. Elle lui pose question sur question, avide de tout savoir d'elle, avant que la mort n'embrume son cerveau.

— La palmeraie ?

— Je n'ai pas su me faire aimer du fils de l'émir. Ils l'ont tué et je me suis enfuie dans le désert.

— Tu dis désert ?

— J'y serais morte de soif et de peur si un Touareg ne m'avait pas sauvée. Il m'a emmenée dans un village, chez une femme qui m'a appris à tisser des tapis. Elle m'a donné une chèvre quand j'ai dû repartir.

— Pourquoi n'es-tu pas restée chez elle ?

— Il fallait que je vous retrouve. J'ai traversé beaucoup de villes sans retenir leurs noms. A Alger j'ai rencontré le mousse Benjamin.

— Tu veux parler de la favorite du dey ?

— Vous êtes au courant ?

— Seulement des anciens faits et gestes de Laouza. Je n'ai plus de ses nouvelles depuis un mois. Beaucoup de choses ont dû lui arriver en trente jours. Elle a pu entre-temps devenir l'impératrice de Chine, ou de Perse, ou sultane à Istanbul. Elle règne sur Topkapi.

Elise est rassurée. L'humour de Mère Jeanne n'est pas celui d'une mourante.

— Je suis sûre de l'avoir vue à Alger, précise Elise en réprimant une forte envie de rire.

— Où elle espionne pour le compte de la France, pour celui du dey, de ses ennemis aussi. Elle devrait se calmer. Les Laouza doivent se contenter de mettre le feu aux cœurs, non aux pays. Les caisses de munitions marquées à son nom, dans la cale du navire, auraient fini dans la mer si Dieu m'avait prêté un jour de santé de plus.

Elle se redresse. Son regard hagard essaie de se fixer sur Elise. Elle veut s'assurer qu'elle n'est pas l'objet d'une hallucination.

— Qui t'a conduite ici ?

— Le cocher de Laouza.

— Il me ramène ma fille et sert le diable en même temps.

Parler l'a épuisée. Sa tête bascule sur l'oreiller. Son mutisme soudain, son visage pétrifié inquiètent Elise. Mouloud lui conseille de la laisser dormir. Seul le sommeil peut effacer les horreurs qu'elle a vécues.

— Viens. Je t'emmène chez la marquise. Tu passeras la nuit chez elle. J'irai te chercher demain.

Elise n'est pas prête à quitter Mère Jeanne. Elle fait la sourde oreille, chauffe de l'eau, remplit une bassine, lave la malade, change ses vêtements et ses draps. Dehors, le vent malmène le caroubier. Il y a un an, par une nuit similaire, *Le Banel* s'est échoué le long du rivage visible à travers les branches.

Le regard d'Elise scrute les ténèbres à la recherche de l'endroit précis du naufrage. Le sable a effacé toute trace du carnage. Ses larmes ne l'empêchent pas d'imaginer un radeau ballotté par les vagues. Les Kabyles qui déferlent de derrière les dunes vont sauver ses occupants. Soudain tout bascule dans l'horreur. Les bras tendus vers les sauveteurs sont brisés à coups de perches, et brisés les crânes avec des massues. Les cris des mouettes se mélangent aux hurlements et aux supplications. Les hommes tombent en masse autour d'Elise. Pourquoi la préserve-t-on ? Elle est étonnée d'être encore en vie.

Elle en comprend la raison quand elle se retrouve dans la maison du chef de la tribu. Sa joie d'être de nouveau à côté de Mère Jeanne est de courte durée. Trois livres-or les séparent de nouveau. Trois livres-or ont tué Omrane et Mansour dans la maison près du puits. Il y avait du sang partout : sur le seuil ombragé par le néflier, sur les chemins du désert, sur les marches du palais de l'émir, sauf sur les draps de la mariée. La grand-mère de Mansour lui avait proposé de la dépuceler avec son doigt. Mansour serait encore en vie si elle avait accepté. Sanglant était le soleil au-dessus de la palmeraie, et rouges les tombes où se rencontraient les deux amants. Rouge aussi le khamsin à cause du feu qu'il charriait. La couleur rouge s'arrêtait au bord d'une rivière, et d'un village peuplé de femmes. Pourquoi ces houppelandes noires alors que les époux étaient en vie ? Portaient-elles le deuil des hommes qui les avaient quittées pour la ville ? Ceux qui partaient ne revenaient jamais. Leurs fils les suivaient. Les filles grossissaient le nombre des fausses veuves. Rouge était le tapis suspendu sur le métier. Elise y avait tissé son nom avec un fil noir. Rouge et noir couleurs du sang frais, ceux du sang séché.

Mouloud, derrière elle, allume une lanterne et l'accroche au mur. Sa lumière éclaire Elise de profil. Le cœur du chevrier se serre à la vue des larmes roulant sur sa joue.

— Je veux voir Mokrane, dit-elle d'une voix rauque. Je veux savoir pourquoi...

La fin de sa phrase se dilue dans un sanglot interminable, sans cesse alimenté par ses hoquets.

— Il ne voit plus personne. Surtout pas des femmes. Il a renvoyé les siennes dans leurs familles. L'imam dit qu'il expie. Ceux qui l'ont aperçu parlent d'un homme squelettique. La gandoura blanche des pénitents le fait ressembler à un fantôme. Il prie nuit et jour, et se tape la tête contre le mur quand le souvenir de Laouza vient le torturer. Ses sommations à la pécheresse transpirent des pierres. Il lui donne l'ordre de quitter sa mémoire, d'oublier son nom et celui de son fils.

— ... Mehdi t'a oubliée. Tu croyais avoir blessé son cœur, tu n'en as écorché que l'écorce. J'aurais dû te donner à l'émir du ksar, et garder la fille de Yemma B'net pour lui.

Elise est trop loin pour comprendre l'allusion. Elle se tourne lentement vers la forme assise sur le pas de la porte, s'adresse à elle alors qu'elle ne la voit plus depuis qu'un nuage a caché la lune.

— Mokrane aurait mieux fait de nous tuer. Aucune de nous n'a trouvé le bonheur dans ce pays.

La voix de Mouloud tremble de colère :

— Qui es-tu pour t'opposer à ce qui est écrit et devait arriver ? C'est lui, là-haut, qui t'a poussée vers ce pays, lui qui t'a envoyée dans le Sahara, lui qui a envoyé Marie dans le Rif et gardé Sitt Hélène et Yemma B'net à Ténès. La première a sauvé les enfants de la contagion, la deuxième a sauvé des adultes de la mort. C'est certainement l'obscurité qui te fait voir les choses en noir. Va dormir. Ta vie et celle de tes camarades t'apparaîtront meilleures à la lumière du jour.

37

Marie regarde son bébé, puis les champs de blé qui s'étirent jusqu'à la vallée pour ne pas regretter sa décision d'être restée. Les épis coupés et ramassés au milieu de l'aire rivalisent de blondeur avec le soleil. Demain, on séparera le grain de la paille. Le foin nourrira les bêtes pendant la froide saison.

Marie est au courant de l'épidémie de peste qui a ravagé Ténès et des efforts de Mère Jeanne et de la marquise pour sauver ceux qui pouvaient l'être. Le messager du consulat français a communiqué son adresse aux deux femmes, qui lui ont écrit, et l'ont pressée de venir se joindre à elles avec son bébé. Marie leur a répondu. Peu importe que la lettre mette trois mois pour leur parvenir. Elles sauront qu'il lui est impossible de quitter le Rif tant que la récolte n'est pas rentrée, les étables chaulées, les bœufs revenus de transhumance et que le puits qu'elle fait creuser pour les habitants du douar n'est pas terminé. Elle leur montrera son enfant après la Aïnsara qu'elle doit fêter avec ses fellahs et ses commis. Les feux de la Aïnsara lui rappellent d'autres feux, ceux de la Saint-Jean. Saint-Jean, Jean Soubiran, marmonne-telle entre ses lèvres. La similitude entre les deux l'amuse et lui remue le cœur en même temps.

> « *Donne-nous le miel de la dernière figue*
> *le miel de la dernière fleur*
> *a goutte de la première pluie*
> *la flamme du dernier feu*
> *l'eau de la première source* »

chantonne-t-elle doucement.

La voix de Marie se casse. Elle pense à Djélila, qui dans une scène terrible lui a reproché de faire construire un puits aux assassins de Sidi.

— Tu leur donnes l'eau après le pain.

Ses récriminations se transformèrent en menaces.

— Je mettrai le feu à la récolte et me jetterai dans le puits. Tu auras ma mort sur la conscience.

Fatima, qui se désolait devant le visage triste de sa jeune maîtresse, dit que ce n'étaient que gesticulations.

— Sitt Maryam doit penser à elle. Elle dort seule, se réveille seule. Le sang qui traverse chaque mois son ventre ne rencontre aucun grain, aucune semence. Sitt Maryam n'a pas besoin de visiter le mzar après ses règles. Les femmes ne se purifient que pour être de nouveau approchées par l'homme.

Ce n'est pas l'homme, mais Jean qui manque à Marie. Son désir de le revoir est si grand qu'il lui est arrivé de le matérialiser. Elle a cru l'apercevoir sur la grand-route, il y a une semaine, et a couru vers lui, pieds nus. Agenouillée sur les gravats, le visage tendu vers le visage invisible, Marie avait étreint l'air, là où Jean était passé.

Le hadj qui ne se déplace jamais est venu de lui-même chez elle, et lui a imposé ses visions :

— L'homme qui vit de l'autre côté de la terre finira par entendre ta voix. Ses pas le conduiront vers cette maison. Il t'aidera à faire fructifier tes terres et sera un bon père pour ton fils. Les gens du douar l'aimeront, et il leur rendra leur amour au centuple.

— Et Djélila ? avait demandé Marie en haletant.

— Elle ne le connaîtra pas. Bouchez le puits si vous la voulez en vie. Laissez vos terres en friche si vous craignez le feu.

— Je reviendrai dans trois jours, lui lança-t-il, en se levant. Trois jours, trois semaines, trois mois pour lire la Fatiha à son intention, même si ses oreilles seront sourdes aux paroles du Coran.

38

Mehdi a appris avec étonnement le retour de la jeune Française mariée au fils de l'émir du ksar. S'est-elle enfuie ? A-t-elle été répudiée par son époux ? Il fouille sa mémoire à la recherche du visage d'Elise dans la maison de son père, elle devait y être en même temps que les autres rescapées, mais bute sur la marquise, hautaine malgré sa robe déchiquetée, sur la religieuse calme et sereine, sur Marie Belleterre qui sanglotait. Laouza surgissait une semaine plus tard, Mouloud l'avait trouvée à moitié morte sur la grève, Yemma B'net la soignait depuis sept jours dans le plus grand secret. La respiration de Mehdi s'arrête dès qu'il pense à elle. Elle est la faille de sa vie, sa blessure secrète. Il a juré de ne plus aimer. Pourtant, il n'a pas pu maîtriser les battements de son cœur à la vue d'Elise. Il l'a aperçue la nuit de son arrivée devant l'enclos de Mouloud, une lanterne l'éclairait de profil. On aurait dit une statuette de marbre. Debout face à la mer, elle ne bougeait pas. La tempête qui faisait rage ne semblait pas l'incommoder. Il l'a revue, le lendemain, chez Hélène et n'a pu s'empêcher d'effleurer sa joue du bout des doigts tant elle paraissait irréelle. Ils se croisent tous les jours, discutent de choses et d'autres, notamment du sort des enfants qui ont perdu leurs deux parents, et qui ne sauront où aller après le départ de la marquise. Parce qu'elle partira, le navire sera prêt dans peu de temps. L'équipage s'active des cales jusqu'au grand mât.

Il y a suffisamment du travail pour occuper tout le monde. Il y a ceux qui tressent les cordages, ceux qui fabriquent des lave-pont avec de vieux filins, ceux qui font l'inventaire des réserves, ceux qui calfeutrent les trous, ceux qui testent le gouvernail et ceux qui réapprennent à leurs jambes affaiblies par la maladie à grimper sur le mât.

Accroupi sur le sable, Mehdi lance des cailloux en direction du bâtiment qui doit emporter Elise, comme si par ce geste il allait le faire fuir. Hier, devant la jeune fille qui évoquait son départ, il fit semblant de partager sa joie. Son silence aurait été interprété comme un manque d'amitié. Dans son for intérieur, Mehdi regrette que l'épidémie ait pris fin. Rien maintenant ne s'oppose au départ de la jeune fille. Les morts enterrés, les immondices balayés, chaulés les murs, la vie a repris son cours normal à Ténès.

Ses habitants travaillent du matin au soir pour lui rendre son visage habituel. Seul Mokrane ne participe pas aux activités. Il prie. Ses ennemis qualifient sa retraite de fuite devant les autorités. Il prie pour échapper aux janissaires capables de venir le traîner devant le maître d'Alger. Mokrane jeté dans un cachot, celui-ci serait innocenté par la Sublime Porte, et oublié de Napoléon.

Les supputations allèrent bon train, hier, lorsque Mokrane emprunta le raidillon qui mène à l'enclos de Mouloud.

— Il a décidé de se retirer du monde, chuchotaient les naïfs.

— Il va demander la main d'Elise à Yemma B'net, espéraient les sentimentaux.

Les rancuniers étaient d'un autre avis. Mokrane allait demander à Yemma B'net de renvoyer sa protégée en France. Sa famille échaudée par une première Frangi n'était pas prête à recommencer.

Le chef des Bani Haoua, à sa sortie, fut assailli de questions. Mais il refusa de répondre, arguant qu'il s'agissait d'un secret. Les secrets, comme la neige, ne tenant que sur les hauteurs, tout Ténès apprenait la nouvelle peu d'heures après.

Mokrane cédait sa maison à la religieuse. Elle en fera ce qu'elle voudra : un dispensaire, un hôpital, même un couvent, si tel est son désir.

— Vous pourrez y prier votre Dieu, fit-il d'un ton bougon.

— Mon Dieu est le vôtre, répliqua la religieuse. Il est dans ta zaouia, dans ta mosquée. Ton muezzin croit chanter le Coran, alors que l'essence de sa parole vient de l'Evangile.

Une lueur d'espoir illumina le regard du vieillard.

— Tu veux insinuer que nous avons le même Allah ? Tu devrais le dire à ton Napoléon pour qu'il cesse de me harceler.

De retour chez lui, il s'arrêta face à la mer. Pour la première fois, il osa regarder le navire venu délivrer les femmes. Il pouvait le faire maintenant que Yemma B'net, Elise et la marquise ont décidé de ne pas quitter Ténès. Vus à cette distance, les marins qui s'activaient sur le pont lui parurent minuscules. Les ordres vociférés, la bousculade vers le mât donnaient une impression de confusion. Mokrane ignorait que la répartition des tâches s'accompagne toujours d'un certain tumulte. L'ancre hissée, les voiles gonflées par un vent sud-est, les grands huniers libérés, le bateau se mit en route. Mokrane le comprit au sillon qu'il traça derrière lui et au lamento de l'équipage qui chantait.

Il le regarda partir avec un sentiment de soulagement. Les habitants de Ténès n'étaient pas près d'oublier sa dernière nuit dans leur rade. Le bruit des caisses déchargées sur la grève puis emportées à dos de chameaux et de juments dura jusqu'à l'aube. Ils firent semblant de ne rien entendre, se barricadèrent derrière leurs portes et leurs volets fermés. Ils ne voulaient pas être mêlés à toute cette agitation. Les armes emportées vers Alger, personne ne l'ignorait, serviront à mettre fin au régime du dey et des Turcs. Que la Régence et la Sublime Porte règlent leurs comptes sans les éclabousser. Les Bani Haoua ont eu leur lot de souffrances et de malheurs. Le sol de Ténès est gorgé de sang et gorgé de morts son cimetière. Ils ont payé leurs dettes envers le Créateur. La peste n'a frappé qu'eux.

Hélène et Elise assistèrent au départ du navire avec un serrement de cœur, mais sans le moindre regret. Leur décision de ne pas embarquer étonna le commandant. Mais il n'essaya pas de leur faire changer d'avis. Sa hâte de quitter Ténès était si grande. Sa mer a englouti bon nombre de ses marins.

— Quelles raisons invoquerai-je devant mes supérieurs ? demanda-t-il d'un ton sec.

Yemma B'net répondit pour elles. Trop affaiblie pour pouvoir parler, elle eut recours aux gestes. Ses vieilles mains tracèrent des formes longitudinales, suivies d'autres horizontales. Clocher ou minaret, qu'importe. Elle incitera les hommes à construire les deux. La cloche alerte les fidèles. Du haut du minaret, le muezzin dispense la bonne parole.

ÉPILOGUE

La légende veut que, trente ans avant la colonisation de l'Algérie par la France, Hélène de Courtavray aurait été la première enseignante, Jean Soubiran le premier colon à s'être aventuré en Haute Kabylie. Il avait déserté pour y rejoindre Marie. Seul le travail de la terre pouvait lui faire oublier les horreurs de sa mission à Saint-Domingue où Français et indigènes s'étaient surpassés en cruautés.

De l'union de Mehdi et d'Elise naquirent plusieurs enfants, qui donnèrent à leur tour naissance à d'autres enfants. Yemma B'net devint une sorte de sainte. Les Bani Haoua qui la vénéraient édifièrent un mausolée sur la falaise où elle avait coutume de contempler la Méditerranée qui la séparait de sa patrie. C'est là qu'elle fut enterrée. Les dépouilles de ses compagnes de naufrage furent, plus tard, transférées dans ce sanctuaire, devenu la Zaouia de Yemma B'net, ou mama Binette. Deux siècles après sa disparition, la religieuse qui quitta Toulon avec l'intention de fonder un couvent à Port-au-Prince continue à aider les Bani Haoua à vivre. Les vœux se forment à l'ombre du sanctuaire blanc qui domine la baie des Souhalias, à deux pas du village de pêcheurs que fut Ténès.

Laouza continua longtemps à hanter les esprits et à alimenter les récits des conteurs. La Française capturée en haute mer, puis offerte au sultan d'Istanbul, ne pouvait être qu'elle. Aimée Dubucq de la Riverie n'étant qu'un surnom de plus derrière lequel elle se cachait. Une femme incroyable ! Elle aurait réussi à mystifier l'Histoire.

BIBLIOGRAPHIE

Traditions et civilisations berbères, Jean Servier, Editions du Rocher.

Les Kabyles, Editions de l'Office algérien d'action économique et touristique, 1948.

Histoire du royaume d'Alger, Laugier de Tassy, Editions Loysel.

Ainsi qu'un article paru dans *l'Express* en date du 10 septembre 1992 : « Mama Binette et les barbus ».

L'Epopée coloniale, Arthur Conte, Plon, 1992.

Ainsi que

Les Correspondances consulaires, archives du Quai d'Orsay.

Du même auteur

POÈMES

Terres stagnantes (Seghers)
Au sud du silence (Editions Saint-Germain-des-Prés)
Les Ombres et leurs cris (Belfond), Prix Apollinaire
Un faux pas du soleil (Belfond)
Monologue du mort (Belfond), Prix Mallarmé
Fables pour un peuple d'argile (Belfond), Grand prix de la Société des gens de lettres
Qui parle au nom du jasmin (E.F.R.)
Leçon d'arithmétique au grillon (Editions Le Milan)
ILS. 12 poèmes illustrés par le peintre Matta. Edité par les amis du musée d'Art moderne.

ROMANS

Dialogue à propos d'un christ ou d'un acrobate (E.F.R.)
Alma cousue main (Régine Deforges)
Le Fils empaillé (Belfond)
Les Fugues d'Olympia (Ramsay)
Vacarme pour une lune morte (Flammarion)
Les Morts n'ont pas d'ombre (Flammarion)
Mortemaison (Flammarion)
Bayarmine (Flammarion)
La Maîtresse du notable (Seghers)
La Maestra (Actes Sud)

Composition réalisée par JOUVE

IMPRIMÉ EN FRANCE PAR BRODARD ET TAUPIN
Usine de La Flèche (Sarthe)
LIBRAIRIE GÉNÉRALE FRANÇAISE - 43, quai de Grenelle - 75015 Paris.

ISBN : 2 - 253 - 14108 - 9 31/4108/2